寻找唯一的真相

再见，吾爱

FAREWELL

再见，吾爱

MY

【美】雷蒙德·钱德勒◎著
张晓玲 秦 怡◎译

LOVELY

马洛系列
私人侦探
NO.2

中国出版集团
现代出版社

FAREWELL MYLOVELY

1

事情发生在中央大道附近的一块街区，那一片人员混杂，什么肤色的人都有，还没出现黑人“一统天下”的局面。我刚从一家只有三把椅子的理发店出来，因为听人说一个叫迪米特里奥斯·阿莱迪斯的理发匠可能在这儿工作。我找他也不是因为什么了不得的大事，无非就是这人成天不着家，他老婆想花点小钱把他弄回去。

我没找到他，不过那位阿莱迪斯太太压根儿也没付我钱，事情就这么不了了之。

那天天气挺暖和，想想也是，都快到三月底了。我站在理发店外面，研究着挂在二楼的一块霓虹灯牌，那里是一家叫弗洛里安的餐饮娱乐中心。旁边一个男人也在看二楼，他满脸的欣喜若狂，直勾勾地盯着楼上落满灰尘的窗户，那模样简直就像中欧移民终于见到魂牵梦萦的自由女神像。他的块头很大，身高差不多有 6 英尺 5 英寸，肩膀有啤酒运输车那么宽。他站在离我 10 英尺远的地方，双臂随意地垂在身侧，大得令人咋舌的手指间夹着一支雪茄，那雪茄正在寂寞地冒着烟，好像被遗忘了。

街上不时经过些黑杆儿条瘦的黑人，他们无一例外都暗暗斜眼瞅那个男人。他那一身装扮着实惹眼，头戴起毛的博尔萨利诺帽，身穿做工粗糙的灰色运动上衣，衣襟上系着几个白色的高尔夫球当扣子，运动衣里套一件棕色衬衫，领口系条黄色领带，下半身穿着条打褶的灰白色法兰绒裤，脚上蹬着一双鳄鱼皮皮鞋，鞋头开了线，露出白色的鞋里，胸袋里夸张地露出一大截手帕，染着领带一样的亮黄色来回招摇。他的帽檐上还突兀地插着两根彩色的羽毛，显得有点多此一举。中央大道的人着装风格也算独特，可那男人在这里就像一只狼蛛趴在白蛋糕上，要多显眼有多显眼。

他脸色苍白，胡子也该刮了，瞧着像那种需要经常刮胡子的人，他头顶一头黑色鬈发，两道浓眉几乎要在大鼻子上方“短兵相接”，一对耳朵小巧精致，与他这么个大块头极不相称，他的灰色眼睛好像蒙着一层泪水，水汪汪的尤其明亮。他一动不动地站着，像一尊雕塑，良久，才微微一笑。

他慢悠悠地穿过人行道，走到楼房的双向门前，门后就是通往二楼的楼梯。他推开门，面无表情地回头扫了一眼身后的街道，然后走了进去。如果他个头小一些，穿着低调点儿，我可能会认为他要去抢劫；可就他穿那身衣服，戴那顶帽子，还有那身板儿，怎么瞅也不像个抢劫犯。

门扇“砰”的一声弹出来，哆哆嗦嗦地弹回原位，还没停稳当呢又“砰”的一声弹开了。一个辨不出人样的人踉踉跄跄地掠过人行道，倒在停着的两辆车中间。他双手和膝盖着地，像只走投无路的老鼠一样发出一声凄厉的尖叫，然后慢慢地站起来，捡回一顶帽子，费劲地走回到人行道上。这是个瘦弱的棕色皮肤小青年，他肩膀很窄，身穿淡紫色的西装，西装上还别着一枝康乃馨，头发是黑色的，梳得一丝不苟，闪着油亮的光泽。他张着嘴巴哼唧了一会儿，然后若无其事地戴上帽子，弯着身子挪到墙根，撇着外八字脚一声不吭地走了，看得旁人一头雾水。

街上一阵寂静，交通又恢复了正常。我不紧不慢地晃到双向门前，门扇待在原位，一动不动，反正刚才那些乱七八糟又不关我的事，于是我推开门向里面望去。

黑暗中倏地伸出一只手，一把抓住我的肩膀，顿时让我有种粉身碎骨、痛彻心扉的感觉。我被那只大手抓着拖进了门，眨眼间就被轻而易举地拎着上了一级台阶。一张大脸蓦地出现在我眼前，一个深沉的声音轻轻地对我说：

“来瞧热闹吗？你得帮我保密啊，伙计！”

这里面黑漆漆一片，安静异常，楼上的说话声隐约传来，楼梯上只有我们两个人。大块头男人神色凝重地打量着我，一只手仍不忘用力捏住我的肩膀。

“一个黑人，”他说，“我把他丢出去了，你看到了吧？”

这时他终于松开了我的肩膀，谢天谢地，我的骨头好像没碎，不过整条胳膊都麻了。

“这儿就这样，”我揉着肩膀说，“你以为呢？”

“别这么说，伙计，”大块头低声说，那声音呼噜呼噜的，活像刚刚吃饱喝足的老虎，“维尔玛以前在这里工作。小维尔玛。”

他又伸手过来抓我的肩膀，我左躲右闪，可还是没能逃过被抓的噩运，他的动作简直像猫一样敏捷。他狠劲地捏住我的肌肉，比之前还要用力，他的手指根本不能叫手指，那明明就是钢爪！

“是，”他说，“小维尔玛，我八年没见她了，你说这里现在是黑人的地盘？”

我哑着嗓子应了一声。

他又拎着我上了两级台阶，我憋着劲扭来扭去，想挣脱他的钳制。我身上没带枪，因为觉得寻找迪米特里奥斯·阿莱迪斯这种小事应该用不上枪，不过就目前来看，带了也难说是件好事，这个可恶的大块头说不定会把枪夺去吃掉！

“你上去看看就知道了。”我说，竭力维持着正常的语调，不让他觉察我的痛苦。

他再次放开我，用那双灰色的眼睛悲伤地看着我，“我现在感觉很好，”他说，“不想让人惹我生气，你跟我一块上楼喝两杯吧。”

“他们不会招待你的，我不是说了吗，这里是黑人的地盘。”

“我八年没见维尔玛了，”他忧伤地说，“自从我们分别后，整整八年！她都六年没给我写信了，不过我相信她肯定有苦衷，她以前在这里工作，她是个非常可爱的女孩，你跟我一起上去吧？”

“好，好，我去！”我喊道，“我跟你上去，你松开手让我自己走，我是个四肢健全的成年人，能走会跳，可以自己上厕所，别再拎着我了！”

“小维尔玛以前在这里工作，”他还在轻声说着，好吧，他压根儿没听到我的话。

我们继续往楼上走，他终于肯松手让我自己走了，我的肩膀疼得要死，脖子后面全是汗。

2

上了楼梯又有一道双向门，门关着，看不到里面的情况。大块头伸出两只手的大拇指轻轻一推，门开了，我们走进去。这是一个又长又窄的房间，里面脏兮兮的，光线有点暗，气氛也有些沉闷。房间角落里一束锥形灯光自上而下照亮一张赌桌，桌边围着几个黑人，闹哄哄地聊得不亦乐乎；右侧墙边是吧台，其他地方大都摆放着小圆桌。顾客倒也稀稀拉拉有几个，男女都有，但都是黑人。

看到我们进来，赌桌那边的嬉笑声骤然止住，照在赌桌上的锥形灯光也突然熄灭。周围一下子安静下来，气氛变得像进了水的船一样沉重。一双双眼睛盯着我们，栗色的眼睛，镶嵌在灰色、黑色的脸上。一个个脑袋慢慢转过来，目光犀利，在死一般的沉寂中死死盯着我们两个不速之客。

一个大个头、粗脖子的黑人倚靠在吧台末端，衬衣袖子绑着粉红色袖箍，厚实宽阔的后背绷着两道粉白相间的背带，一看就是个保镖。他慢慢地放下一只原本跷起的脚，慢慢地转过身盯着我们，然后双脚微分，一条大舌头像捕食者见到猎物一样不安分地舔着嘴唇。他的脸疤痕累累，坑坑洼洼，应该就差被吊铲抓斗撞了。这样一张历经千磨万难的脸无时无刻不在传递着“老子天不怕地不怕”的讯号。

他的一头卷发理得很短，隐约能看到一些白发夹杂其中，一只耳朵没有耳垂。

再看他的身体，身形笨重，膀大腰圆，两条大腿粗壮结实，仔细一看还有点 O 形腿，这在黑人当中倒是很少见。他又舔了舔嘴唇，微笑着活动了一下身体，然后松松地摆了个拳击手的姿势向我们走来。大块头老老实实地在原地等着，一言不发。

粉红色袖箍伸出一只大黑手抵在大块头胸口，那么大的一只手，放在这儿竟像一颗纽扣。大块头没动，粉红色袖箍温和地笑着说：

“兄弟，这里不招待白人，只招待有色人种，不好意思了。”

大块头抬起那双悲伤的灰色小眼睛环视四周，脸颊微微泛红，“这地方不错，”他压低声音愤怒地说，接着又抬高声音问“维尔玛在哪里？”

粉红色袖箍敛起笑脸，上下打量着大块头的穿着——棕色衬衫，黄色领带，做工粗糙的灰色运动上衣上缀着几个白色高尔夫球，他时不时微微侧头换个角度。当他低头看到大块头脚上的鳄鱼皮鞋时，不禁轻笑出声，看样子被逗乐了。看到他这般表现，我不禁有点可怜他了。这时，他又开口温和地说道：

“你说维尔玛？兄弟，这里没有维尔玛，没有酒，没有女人，什么都没有，滚蛋，白脸小子，赶紧滚蛋！”

“维尔玛以前在这里工作。”大块头神情有点恍惚，好像自己孤身一人在森林里游荡。我又掏出手帕，狠狠地擦了几把脖子后面的汗。

粉红色袖箍突然笑出声来，“是，”他说，回头瞥了眼身后的观众，“维尔玛以前是在这里工作，但她现在已经不在这儿了，她辞职了，哈哈。”

“拿开你的脏手！”大块头说。

粉红色袖箍皱了皱眉，这人居然敢这样跟他讲话。他把手从大块头的衬衫上拿开，紧紧攥成拳头，那大小、那颜色，活像一个大茄子。眼前的情形让他有点挂不住脸面，他可是个以强硬出名的保镖，哪能就这么坏了自己的名声！于是他稍微考虑了一下，做出一个极其错误的决定。他猛地挥起一记硬拳，重重地打上大块头的下巴。房间里响起一片轻呼。

真是一记好拳！攻击者放低肩膀，身体顺势移动，一看就知道他出手很重而且有过大量的练习。大块头纹丝未动，连挡都没挡，生生地接受了这一拳。只见他轻晃身体，嗓子里发出一声低吼，一把掐住了粉红色袖箍的脖子。

粉红色袖箍试图用膝盖顶大块头的下体，不料却被揪离了地面，还滴溜溜地转了一圈，脚上花哨的鞋子也掉到了脏兮兮的地毯上。大块头往后压制着粉红色袖箍，右手抓住他的皮带，只听“啪”的一声，皮带像捆肉绳一样干脆地断了。然后他一双大手平托住粉红色袖箍的背，轻而易举地将他举起来，“倏”地一下把他扔到房间那头，倒霉的粉红色袖箍无助地挥舞着双臂，晕头转向、磕磕绊绊地飞起来，中途带倒了一张桌子，最后“砰”的一声撞到护壁板上，那惊天动地的一声巨响，估计在丹佛都能听到，他的双腿抽搐了几下，然后便躺在地上一动不动了。

“有些人总是看不清形势。”大块头若无其事地说，然后转向我说，“走，你跟我喝点儿去。”

我俩向吧台走去，屋里的顾客三三两两地离开座位，一声不吭地向楼梯口溜去，一声不吭地出了门，安静得像草地上的黑影，连门扇都没动一下。

我和大块头靠在吧台上，“威士忌酸酒，”他说，“你要什么？”

“威士忌酸酒。”我说。

威士忌酸酒上来了。

大块头沿着厚厚的玻璃杯壁，面无表情地嘬了口酒，然后抬头面目阴沉地盯着酒保。酒保是个瘦巴巴的黑人，他穿着白色的衣服，一脸忧心忡忡的表情，身体不住地晃来晃去，好像脚疼似的。

“你知道维尔玛在哪里吗？”

“你说维尔玛？”酒保颤颤地回答说，“我最近没见过她，最近没有，真的没有！”

“你在这儿工作多久了？”

“我想想看，”酒保放下手中的毛巾，皱起眉头，掰开手指数起来，“大约十个月吧，也可能是一年，也可能是——”

“给个准数。”大块头打断他的话。

酒保吓得顿时瞪大了眼睛，喉结像只无头小鸡一样骨碌碌地滚动。

“这个地方什么时候成了黑人的地盘？”大块头没理他，继续粗声问道。

“什么？”

大块头握起拳头，手中的威士忌酸酒酒杯几乎看不见了。

“五年了，”我说，“这伙计应该不认识这个叫维尔玛的白人女孩，估计这里没人认识她。”

大块头看着我，好像我是刚刚从蛋壳里孵出来的，看来喝了威士忌酸酒他的脾气也没好多少。

“你算哪根葱，谁让你多管闲事了！”他问我。

我扯开嘴角，微微一笑，极力表现出最大的诚意，“我跟你一块进来的，记得吗？”

他也朝我咧嘴一笑，不过只是个干巴巴的笑容，什么意思也没有。“威士忌酸酒，”他又对酒保说，“使劲调调，麻利点！”

酒保领命后便逃也似的离开了，临了还大大地翻了个白眼。我转过身子，背靠着吧台，仔细打量起这个房间。这里现在已经空了，只剩下酒保，大块头，我，还有撞了墙的粉红色袖箍。粉红色袖箍现在在蠕动，他的动作非常缓慢，好像承受着极大的痛苦，用上了全身的力气。他沿着护壁板一点一点地挪动着，活像一只只剩一个翅膀的苍蝇。终于，他慢慢地挪到了桌子后面，整个人显得疲惫不堪，像是瞬间老去，突然看破红尘，醒悟了。我一直看着他慢慢挪动，直到酒保又放下两杯威士忌酸酒才又转过身去。大块头只是淡淡地扫了一眼正在地上辛苦爬行的粉红色袖箍，便再没理会。

“这儿全都变了，”大块头不满地抱怨道，“以前这里有个小舞台，还有个乐队，还有一些可供人们玩乐的小房间。维尔玛在这里唱歌，她长着一头红发，像花边裤一样可爱。我们本来要结婚的，他们却把我弄了进去。”

我喝着第二杯威士忌酸酒，心里隐隐有些不耐烦，“弄进哪里去？”我问。

“你以为我是在哪里待了八年？”

“花园里捉蝴蝶了？”

他伸出一根像香蕉一般粗的食指戳着自己的胸口说：“进局子了。我叫马洛伊，大家都叫我驼鹿马洛伊，因为我个头大。知道大本德银行劫案吧？四万元，我自己干的，怎么样，还行吧？”

“你现在要花了那些钱吗？”

他狠狠地瞪了我一眼，这时我们身后传来窸窸窣窣的声音。粉红色袖箍又站起来了，不过站得不稳当，晃晃悠悠的。他抓住破桌子后面一扇黑门上的门把手，艰难地打开门，几乎是跌了进去，门哐当一声关上，随后响起咔哒的上锁声。

“那家伙去哪儿了？”驼鹿马洛伊问。

酒保眼神躲躲闪闪地看着粉红色袖箍跌进去的那扇门，说：“那、那是蒙哥马利先生的办公室，先生，他是大老板，他的办公室就在那里。”

“他可能知道维尔玛在哪儿，”大块头说完，一口喝光了杯中的酒，“他最好说实话，免得也跟那人一样的下场。”

他迈着轻快的步伐，慢慢悠悠地穿过房间，满脸的毫不在乎。走到黑门门口，他那宽阔厚实的背把门挡得严严实实。门锁着，他抓住门扇晃了几下，掉下来一块板子，门开了，他大摇大摆地走进去，随手关上门。

周围又安静下来。我和酒保俩人面面相觑，他的眼神渐渐地变得若有所思，叹着气擦了擦吧台后便支起右胳膊靠在上面。

我伸手抓住他的那只瘦骨伶仃、仿佛一捏就断的胳膊，微笑地看着他。

“你在搞什么鬼，小子？”

他舔舔嘴唇，一声不吭地向我的胳膊倒下去，原本发光的脸霎时面如土色。

“那家伙可不是什么省油的灯，”我说，“他很容易暴躁，喝了酒更是如此，他在找一个以前认识的女孩，这个地方以前是白人的地盘，明白了？”

酒保又舔了舔嘴唇。

“他离开了好长一段时间，”我继续说，“八年。不过他好像没有意识到八年到底是什么概念，也许以为八年有一生那么久。他认为这里的人应该知道那个女孩在哪里，明白了？”

酒保慢慢地说：“我以为你俩是一伙的。”

“我也是身不由己，他在楼下问了我一个问题，然后就把我拖上来了。我从来没见过他，但也不想被他扔来扔去。你到底在搞什么？”

“我有一把锯短的猎枪。”酒保说。

“啧啧，那可是违法的，”我低声说，“听我说，咱俩是一边的，还有别的吗？”

“还有一把手枪，”酒保老实地回答，“藏在雪茄烟盒里，你先放开我的胳膊。”

“嗯，不错，”我说，“靠过去点，放轻松，靠一边，现在可不是开打的时候。”

“去你的，”酒保冷笑着说，疲惫的身躯靠在我的胳膊上，“去——”

他突然停住，眼珠飞快地转了几下，脑袋猛地一抬。

破桌子后那道关着的门里面传来一声闷响，听起来像甩门的声音，但我感觉不是，酒保显然也不这么认为。

酒保当场呆住了，吓得口水直流。我侧耳细听，再没听到别的声音。过了一会儿，我疾步走向吧台尽头，刚才听得有点太久了。

后面的门“砰”的一声开了，驼鹿马洛伊大步流星地冲了出来，然后双脚骤然停住，好像被钉在了地上，他苍白的脸上扯出一个大大的笑容。

一把柯尔特式点四五口径军用手枪像个玩具似的被他握在手中。

“谁也不许耍花招，”他安抚地说道，“把手放到吧台上。”

我和酒保听话地把手放上吧台。

驼鹿马洛伊犀利地扫视了房间一周，脸上的笑容突然绷住了，他迈着大步一言不发地穿过房间。别看他穿的衣服不像样，那派头真像是个单枪匹马抢银行的主儿。

他走到吧台前，温和地说：“举起手来，黑鬼。”酒保顺从地把手举到头顶。然后他又走到我身后，用左手上上下下仔细搜我的身，他呼出的热气径直喷到我的脖子上，过了一会儿才消失。

“蒙哥马利先生也不知道维尔玛在哪里，”他说，“他想告诉我来着——用这个。”说着，他用厚实的手掌拍拍那把枪。我慢慢地转过身看着他，“对，就是这样，”看到我看他，他说，“你以后会知道我的，伙计，到时你肯定再也忘不了我。告诉那些家伙小心点儿。”他玩弄着手中的枪继续说道，“那就再见吧，伙计们，我得去赶电车了。”

他向楼梯口走去。

“你还没结账呢。”我说。

他停下脚步，仔细端详着我。

“可能你手里有家伙，”他说，“不过还是悠着点好。”

他再度迈开步子，穿过双向门，走下楼梯，脚步声渐渐远去。

这时酒保弯了下腰，我见状不妙，迅速跳到吧台后，一把将他推到旁边。只见吧台下的架子上用毛巾盖着一支锯短了的猎枪，旁边还放着个雪茄烟盒，盒子里装着把点三八口径的自动手枪。我把两支枪都拿到了手中，酒保吓得不轻，紧紧地贴着吧台后的陈列柜上。

我没理他，绕过吧台一端，穿过房间，径直向破桌子后面走去，那里的门仍然大开着。门里是一条L形走廊，走廊里黑漆漆的，几乎没有光，粉红色袖箍四肢摊开躺在地上，昏迷不醒，嘴里呼哧呼哧喘着粗气。他的一只手里握着把刀，我弯腰把刀抽出来，顺手扔下了后面的楼梯，那只原本拿刀的手无力地耷拉到地上。

我从粉红色袖箍身上跨过去，打开一扇用黑漆写着“办公室”三个字的门，那黑漆有的地方已经掉了。

屋里有一扇半封闭的窗户，窗旁放着张又小又破的桌子，桌子后的椅子上直挺挺地搁着个男人的躯干。椅背很高，男人的颈背正好卡在椅背边上，毫无生气的脑袋顺势折过去，沉甸甸地挂在椅背后，鼻尖正好指向窗户的位置。这姿势乍一看就好像一块手帕或铰链被折过去一样。

桌子上男人右侧的抽屉开着，里面平铺着一张中间有油渍的报纸，驼鹿手中的枪原本应该就在这儿。紧急时刻从这里拿枪抵抗貌似很方便，也很合理，可如今看来这却是个致命的错误，毕竟蒙哥马利先生的脑袋都成那样了。

桌子上有台电话，我放下锯短的猎枪，回头锁上门，然后打电话报了警，这样让我感觉安全点儿，而且蒙哥马利先生似乎也不介意。

那些巡逻的小子们到达现场时，粉红色袖箍和酒保早就逃之夭夭了，整个地方只剩我一个人。

3

一个叫纳尔蒂的人负责这个案子。纳尔蒂是七十七号街道分局的一名警官，下巴很尖，人也不讨喜，跟我说话时总爱将双手放到膝盖上，他的手指很长，一个个全都变黄了。我们在一个空荡荡的房间里谈的话。房间里只有两张小桌子，分别靠墙放在两侧，中间留下一条仅够一人通过的通道。地面铺着脏兮兮的灰色地毯，空气中弥漫着一股陈旧的雪茄烟蒂味。纳尔蒂穿着一件破衬衫，外套的袖子卷着，邋里邋遢的样子倒像个实诚人，可是怎么看也不像能对付驼鹿马洛伊的样子。

地上已经散落着不少火柴梗，他点燃半支雪茄，又把火柴梗随手一扔，恨恨地说：

“好极了！又一桩黑人谋杀案。我在这警局待了十八年，天天就处理些这样的案子！不仅报纸不报道，连个寻人启事都没有。”

我没说话。他拿起我的名片看了看扔到桌上。

“菲利普·马洛，私家侦探。噢，你是干这个的！老天，你看起来真壮实。说说吧，那段时间你在干什么？”

“哪段时间？”

“那个马洛伊扭断那倒霉鬼的脖子的时候。”

“噢，他们当时在另一个房间，”我说，“马洛伊可没告诉我他要去扭断人家的脖子。”

“你在逗我呐！”纳尔蒂一脸的怨恨，“好吧，玩吧，玩吧，爱怎么玩怎么玩，反正别人都这样，不在乎多你一个。老纳尔蒂这个可怜虫，咱们去捉弄他一下吧，找乐子嘛！”

“我没有逗你，”我说，“事情就是这样——他们确实是在另一个房间。”

“哦，当然了，”纳尔蒂说着吐出一大口烟，“我去过现场，自己看到了。你没带家伙？”

“我现在这份工作不需要带家伙。”

“什么工作？”

“我在找一个离家出走的理发匠，她老婆想劝他回去。”

“黑人？”

“不是，是个希腊人。”

“好吧，”纳尔蒂往废纸篓里吐了口痰，说，“你是怎么认识那个大块头的？”

“我不是已经告诉你了吗，我碰巧在那儿，撞见他把一个黑人从弗洛里安餐饮娱乐中心的门里丢了出去，我一时脑热凑过去想瞧瞧热闹，结果就被他拎上楼了。”

“他用枪抵着你上的楼吗？”

“没有，他那时候没有枪，就算有也没拿出来，后来那把可能是他从蒙哥马利手里弄来的。他就只是把我拎了上去，我这人有时候挺讨人喜欢的。”

“我可没看出来，”纳尔蒂说，“你就老老实实地让他拎着？”

“好了，”我有些不耐烦地说，“这有什么可讨论的，我见过那个大块头，你没有。他可以把咱俩吊起来当挂件，他离开后我才知道他杀了人。我是听到一声枪响，但我以为是别人害怕，打了他一枪，然后他把枪夺下了。”

“那你为什么会这样以为？”纳尔蒂用几近温和的口吻问道，“他可是持枪抢过银行的人！”

“根据他穿的衣服可以判断，他不是去杀人的，一个杀人犯可不会那么穿。他去那儿找那个叫维尔玛的女孩，在他因为抢银行被抓之前，这女孩是他女朋友，她当时在弗洛里安工作，不过当时那地方还是白人的地盘，可能不叫这个名字。马洛伊就是在那儿被抓的。你肯定能抓到他。”

“那是当然，”纳尔蒂说，“就他那体型，那身行头，简直是小菜一碟！”

“他可能会换衣服，”我提醒他说，“也可能会有辆车，有个藏身的地方，还有很多钱，说不定还有不少帮他的朋友，但你一定能抓到他。”

纳尔蒂又往废纸篓里吐了一口痰，“等我抓到他，”他说，“我假牙都换第三副了。你知道多少人负责这个案子吗？一个！你知道为什么吗？因为没人报道，有一次东四十八号大街上发现了五具摞在一起的黑人尸体，其中一具早已经凉透了。血溅得到处都是，家具上，墙上，连天花板上都有。我在现场外面碰见一个《纪事报》的记者，他刚从走廊里出来，正要上车离开。他向我们做了个鬼脸，说：‘哎，倒霉催的，又是黑人。’说完他便钻进车里扬长而去，索性连门都没进。”

“也许马洛伊还在假释期内，”我说，“这样可能会有人协助你调查。不过我奉劝你抓捕时悠着点，搞不好他可能把你们的巡逻车砸个稀巴烂，这样你可就有机会上报了。”

“那不正好，我就再也不用办这种案子了！”纳尔蒂自嘲道。

桌上的电话响了，他接听后脸上扯出个苦涩的笑容。挂断电话后，他在一张便笺上写写画画，眼睛里闪着微弱的光芒，仿佛那光是从落满灰尘的走廊尽头照出的一般。

“该死的，他们找到他了。刚才是档案处来的电话，他们那儿有他的指纹、照片和一些其他资料，总算有点头绪了。”他读着刚才记下的信息，“老天，6 英尺 5 英寸半高，264 磅重，没系领带，老天，了不得了！哎，管他呢。他们已经开始通缉他了，可能会把他的名字加在车辆失窃的名单末尾，我们什么也做不了，只有等等看了。”他把吸剩的雪茄扔进了痰盂里。

“你可以去找找那个女孩，”我说，“那个叫维尔玛的女孩。

马洛伊肯定也在找她，说起来她才是整件事情的导火索，找找她吧。”

“你去找吧，”纳尔蒂说，“我都二十多年没进那种娱乐场所了。”

我站起来，说：“好吧。”说完便向门口走去。

“喂，等一下，”纳尔蒂急忙说，“开个玩笑而已，你不是很忙吧？”

我没说话，拿出一根香烟在指间玩弄着，站在门口看着他。

“我是说，你有时间的话可以四处转转，找找这个女孩。你刚才说得对，这方面可能会有线索，你可以暗中调查。”

“这对我有什么好处？”

他遗憾地摊开那双泛黄的手，狡猾地笑着说：“你跟我们局子里的伙计关系闹得挺僵吧，我都听说了，别跟我说没这回事。这种事情，多一个朋友多一条路。”

“这对我有什么好处？”

“你听我说，”纳尔蒂有点急了，“虽然我没什么本事，但是警察局里的其他任何人都能给你带来很大的好处。”

“那我做这事是纯粹出于同行之爱，还是你会付我报酬？”

“没有报酬，”纳尔蒂说着有些滑稽地皱皱他的黄鼻子，“我现在急需做出点成绩，上次重组之后我的处境就一直有些困难，伙计，我坚决不会忘记你的好处的。”

我低头看了看手表，“好吧，我有线索的话就告诉你，你拿到照片后，我会帮你指认。午饭后见。”我们握了握手，我穿过土黄色走廊，下了楼梯，向停在楼前的车走去。

现在距离驼鹿马洛伊拿着柯尔特式点四五口径军用手枪离开弗洛里安已经有两个小时。我在一家杂货店吃了午餐，买了一品脱波本威士忌，然后驾车向东上了中央大道，沿中央大道向北驶去。我心中有种直觉，但是感觉却像路上翻腾的热浪，模模糊糊让人瞧不清楚。

这案子本不关我的事，我跟着掺和纯粹是因为好奇。再说，这一个月什么事也没有，让人闲得慌，这份无偿的工作也算是调剂一下生活吧。

4

当然，弗洛里安被查封了。一个浑身都写着“我是警察”的便衣正坐在路旁的车里，眯着一只眼睛读报纸。我真不理解他们费这劲干嘛，这里根本没人认识驼鹿马洛伊。粉红色袖箍和酒保依旧下落不明，这条街上的人说到他俩也是一问三不知。

我驾车慢慢经过那里，在拐角处停下来，坐在车里观察情况。在弗洛里安的斜对面、距离它最近的十字路口有家名为“无忧旅馆”的黑人旅馆。我下了车，掉头回去穿过十字路口，走进这家旅馆。旅馆前厅的地板铺着一条长长的褐色地毯，地毯两侧分别摆放着一排空荡荡的硬椅子。灯光暗处有一张桌子，桌子后面坐着个貌似正在打盹的光头男人，他闭着眼睛，柔软的褐色双手放在桌上，松松地握在一起。他脖子上系着一条阿斯科特领带，瞧那样子像是打出生系上就没摘下过，领带夹上的绿宝石大得吓人，都快跟苹果一般大了。他松垮的大下巴就那么轻轻地压在领带上。他的双手很干净，指甲也修剪得非常齐整，能清楚地看到指甲根部一个个的半月痕。

他胳膊肘处放着一个金属牌，上面印着“本旅馆受国际统一机构有限公司保护”。

所以，当这个看起来很温和的、棕色皮肤的男人睁开一只眼睛小心地打量着我时，我指着那块金属牌说：

“我是H.P.D的，来看看情况，最近有没有遇见什么麻烦？”

H.P.D是“旅馆保护部门”的英语简称，隶属于一个大机构，专门负责帮助旅馆对付那些开空头支票的人和不付钱从后门溜走、只留下装满砖块的二手手提箱的人。

“麻烦？兄弟，”他故意扯着嗓子高声说道，“我们这里从来没有麻烦。”接着他压低声音问道：“你哪位？”

“马洛，菲利普·马洛。”

“真是个响当当的好名字。你今天看起来状态很不错，”紧接着他又低声说道，“可你不是H.P.D的人，那边好多年没来过人了。”说着他懒洋洋地抬手指着那块金属牌，“我那是个二手货，搞来装装样子的。”

“好吧。”我无所谓地回答，然后靠着柜台，掏出一枚五角的硬币，在满是划痕的木质桌面上转着玩起来。

“你听说今早弗洛里安发生的事了吧？”

“兄弟，我好像记不太清了。”男人的两只眼睛霎时睁得大大的，直勾勾地盯着正在旋转的锃亮的硬币。

“那里的老板被干掉了，”我说，“就是那个蒙哥马利，有人扭断了他的脖子。”

“愿上帝接受他的灵魂，兄弟，”他的声音又低下去，“警察？”

“私家侦探——保密性很强的工作，我这人眼睛毒，一眼就能看出一个人能不能保守秘密。”

他打量着我，闭上眼睛想了想，没多久又小心翼翼地睁开，定定地盯着那枚旋转的硬币。他总是忍不住想去看。

“谁干的？”他轻声问道，“谁把山姆干掉了？”

“一个刚从监狱出来的厉害角色，他看到弗洛里安成了黑人的地盘，心里不爽，那儿以前好像是白人的地盘来着，你还记得吗？”

他没出声。旋转中的硬币越来越不稳，终于“当啷当啷”地倒下去，静静地躺在桌面上。

“你说了算，”我说，“我给你读一章《圣经》或请你喝一杯，选一个吧。”

“兄弟，我比较喜欢跟家人一起读《圣经》。”他的眼神变得明亮又坚定。

“你应该已经吃过午饭了吧。”我说。

“午饭，我这种体格，这种脾气的人不需要吃午饭。”说完，他随即压低声音，“过来桌子这边。”

我绕进去，从口袋里掏出那一品脱波本威士忌放在架子上，然后回到原处。他弯下腰仔细看了看，脸上露出满意的表情。

"兄弟，你这玩意儿不值钱，"他说，"不过我愿意跟你喝两杯。"

他打开酒瓶，往桌上放了两个小玻璃杯，默不作声地把两个杯子都倒得满满当当，然后端起其中一杯，先是小心地闻了闻，随之翘着兰花指"咕咚"一口一饮而尽。

他品了品，想了想，点点头说："好酒，兄弟！说吧，我能帮你些什么？这里连路上裂条缝儿我都是第一个知道的。嗯，这酒真不错。"说着，他又把自己那杯满上了。

我把弗洛里安发生的事情原原本本告诉了他，他严肃地看着我，摇了摇他那颗光秃秃的大脑袋。

"山姆把那地方管理得挺好，"他说，"近一个月内都没有人在那儿打过架。"

"大约六年还是八年前来着，就是弗洛里安还是白人聚居地时，那儿叫什么名字？"

"兄弟，你瞅瞅电子招牌那高度。"

我点点头，"我就猜到可能是同样的名字，否则马洛伊肯定又有话说了。以前那里的老板是谁？"

"兄弟，你这问题问得我有点意外了，那个可怜的家伙就叫弗洛里安，迈克·弗洛里安——"

"他发生了什么事？"

这个黑人摊开柔软的褐色的双手，满怀伤感地大声说道："死了，兄弟，去见上帝了，那是1934年的事情了，还是1935年来着，我记不太清了。听说他这家伙生活得很堕落，天天烂醉如泥，他死得很惨，不过也算解脱了。”他的声音又降低到谈正事的水平，“天知道发生了什么！”

“他家里还有些什么人？再喝一杯吧。”

他十分坚定地盖上瓶塞，把酒瓶推给我，“太阳下山之前，喝两杯就够了，兄弟，谢谢你了。你的调查方法很得当，让人很受用……他还有个老婆，叫杰西。”

“她发生了什么事？”

“兄弟，做得好，追求知识就是要多问问题，不过我对她的事不了解，你查电话本试试。”

前厅昏暗的角落里有个电话间，我走进去，关上门，打开灯，在一本用细绳拴住的破烂电话本里仔细翻找弗洛里安的名字，结果什么也没找到。我又回到前台。

“没有。”我说。

他面露愧色，弯腰从柜台下拖出一本城市通讯录放在桌上，推到我面前，然后闭上了眼睛。他开始有些不耐烦了。这本通讯录里有一个叫杰西·弗洛里安的寡妇，家住在西五十四号街1644号。早这么做不就好了，真不知道我的脑子之前都在想些什么。

我在一张纸上抄下地址，把城市通信录推回去，黑人把它放回原处，跟我握了手，然后又双手交叠放在桌子上，整个人的姿势跟我进来时一模一样。只见他的眼皮慢慢垂下来，好像又睡着了。

这事于他而言是结束了。我快走到门口时回头看了他一眼，只见他闭着眼睛，均匀地呼吸着，发出轻轻的鼾声，一颗光秃秃的脑壳闪闪发亮。

我走出“无忧旅馆”，穿过街道向我的车走去。事情有点太简单了，简单得不可思议。

5

西五十四号街 1644 号是一座干巴巴的褐色房子，房前有一片干巴巴的褐色草坪，草坪上长着一棵丑巴巴的棕榈树，棕榈树周围的草地光秃秃的，一棵草都没有。房子的门廊里孤零零地放着一把木制摇椅。午后的微风吹拂着一品红未修剪的枝条，打在开裂的灰泥墙上啪嗒作响。侧院里有一条生锈的铁丝，铁丝上挂着几件早已泛黄发硬的衣服，风一吹，衣服跟着微微抖动。

我路过这房子，继续往前行驶了四分之一个街区，在街对面停了车，然后折了回来。

门铃坏了，我只好敲了敲木制的边框。屋里响起慢吞吞的脚步声，一个邋里邋遢的女人擤着鼻涕开了门。她的脸色灰白，面部浮肿，一头枯草似的乱发早已辨不出颜色，臃肿肥胖的身上裹着一条看不出形状的法兰绒浴袍，瞧那颜色和款式，不知穿了多少年，说得难听点，就是块遮羞布而已。她脚上趿拉着一双早已磨坏的棕色男士拖鞋，前面露出肥大的脚趾。

我问道："你是弗洛里安太太吗？杰西·弗洛里安？"

"嗯——啊——，"她的声音费劲地从嗓子眼里挤出来，听着像个久病不起的病人。

"你的丈夫是那个曾在中央大道上经营一家娱乐中心的迈克·弗洛里安吗？"

她用拇指把一绺头发拨到那硕大的耳朵后，惊讶地看着我，沙哑着嗓子问我：

"什、什么？我的个老天爷啊，迈克都死了五年了，你是谁啊？"

纱门仍然关着，门里侧的挂钩也依然挂着。

"我是个侦探，"我说，"我想来问你点事情。"

闻言，她盯着我看了足有一分钟，直看得我毛骨悚然，这才费劲地拿下挂钩开了门，然后转身往屋里走去。

"进来吧，我没有时间收拾屋子，"她不满地抱怨道，"你是警察吧？"

我进了门，又把纱门的挂钩挂上。门口左侧一角放着一台很大的柜式收音机，外形非常美观大方，还很新，这算是屋里唯一一件比较上档次的家具。其他的东西都是破烂儿，脏兮兮的，还闪着油腻的光，还有一把木制摇椅，跟门廊上那个是一对儿。往里是一个方形的拱门，拱门里面是饭厅，饭厅里放着一张油污斑斑的桌子，饭厅另一侧是厨房，厨房的门上全是脏手印。屋里还有两盏破旧的灯，因为原本花哨的灯罩褪色严重，看着像极了两个年老色衰的妓女。

女人一屁股坐在摇椅上，边晃荡着脚上的拖鞋边打量我。我坐在一个长沙发的一端看着那台收音机，她注意到我的视线，立刻装出一副老实可怜的样子，"那是我唯一的伴儿了。"接着又嗤嗤地笑着问："迈克最近没犯什么事吧？警察可不常来我这儿。"

她略有些口齿不清的嗤笑显示她是个酒鬼，我向后一倚，背部压到一个硬邦邦的东西，伸手一摸，摸出来一个空酒瓶，女人又嗤嗤笑起来。

"开个玩笑，"她说，"不过我真希望上帝在那边能给他多安排几个便宜的金发女郎，他活着的时候总是嫌少。"

"我想应该是红发女郎吧。"我说。

"嗯，估计他也能接受。"现在她的眼神看起来没那么涣散了，"我想不起来，能给个提示吗？"

"一个叫维尔玛的女孩。我不知道她姓什么，只知道那应该也不是她的真实姓氏。我在帮她的家人找她。你们家在中央大道的店虽然名字没变，但已经成了黑人的地盘，那儿的人都不认识她，所以我就想到了你。"

"她的家人过了这么久才想起找她。"女人若有所思地说。

"这里面涉及一点钱的问题，不是很多，我猜他们得先找到她才能拿到钱。人总是这样，一见到钱记性就变好了。"

“见到酒也是，”女人说，“今儿的天有点热，是吧？你刚才说你是个警察？”她的眼睛闪着狡猾的光，不动声色地留意着我的反应，穿着拖鞋的大肥脚也停止了晃动。

我拿起空酒瓶晃了晃，扔到一边，然后伸手去拿装在屁股口袋里的波本威士忌，酒还剩很多，我和那个黑人旅馆的大秃头基本没怎么喝。我把酒瓶搁在膝盖上，女人的眼睛立刻被吸引住了，但她也产生了怀疑，就像一只狡猾的猫咪，脸上写满了狐疑，只不过她远没猫咪那么可爱。

“你不是警察，”她轻声说，“警察不会买这玩意儿。你到底在玩什么花样，先生？”

她又开始擤鼻涕，用的那块手帕简直是我这辈子见过最脏的手帕。她的眼睛还在盯着那瓶酒，心中的怀疑和对酒精的欲望进行着激烈的斗争，最终，欲望获胜。果真欲望才是亘古不变的真理。

“这个维尔玛是个表演者，唱歌的。你不认识她？看来你没怎么去过那儿。”

她的眼睛依旧紧紧地盯着那瓶酒，舌苔很厚的舌头不住地舔嘴唇。

“嘿，那是酒！”说完，她叹了口气，“罢了，管你是谁呢！先生，你可得把酒拿稳当了，一滴也不能洒。”

她站起身，摇摇晃晃地走出房间，拿回两个脏兮兮的厚玻璃杯。

“没有别的东西，就只喝你带来的酒吧。”她说。

我给她倒了一大杯，光看着我都快醉了，只见她迫切地端过去，“咕咚”一口全部下了肚，感觉好像刚刚吞的不是一大杯酒，而是一个阿司匹林药片，喝完她又看向酒瓶。我又给她倒了一杯，然后给自己倒了一小杯。她端着酒杯走回摇椅，褐色的眼睛比之前颜色更深了。

“嗬，这东西真不错，”她说着坐下来，“醉死也值了。我们刚才讲到哪里了？”

“讲到一个叫维尔玛的红发女孩曾在你家中央大道的店里工作。”

“哦，对，”她喝光了第二杯酒，我走过去把酒瓶放在她旁边，她边伸手去够，边问：“对，你说你是谁来着？”

我给了她一张名片，她默念一遍把它放在旁边的桌子上，而后又把她的空酒杯压在上面。

“哦，私家侦探，你刚才可没提到这一点，先生。”她假装责备地朝我晃着一根手指，“但是你带来的酒还不错，说明你这人也还不错。来，为犯罪干杯！”说着她又倒了一杯酒，然后又一口喝光，这已经是第三杯了。

我坐下来，指间玩弄着一根烟，耐心等待着。她要么知情，要么不知；如果她知情，她要么会告诉我，要么不会，就是这么简单。

“那个红头发女孩挺讨喜的，”她用沙哑的嗓音慢慢地说，“是的，我记得她，会唱歌也会跳舞，长着一双很漂亮的腿，天天露在外面瞎显摆。她离开了，我怎么会知道她们这些妓女去哪儿了！”

“的确，我猜你也不知道，”我说，“只是自然而然地来问问你罢了，弗洛里安太太，这酒你随意，不够的话我还可以再去给你买。”

“你没喝。”她突然说道。

我端起自己那杯酒，尽可能慢地喝着，造成一种杯中酒很多的假象。

“她的家人在哪儿？”她又突然问道。

“这重要吗？”

“真是，”她冷笑道，“警察都一个德行。好吧，帅哥，谁给我买酒喝谁就是我朋友。”

她拿过酒瓶，又倒了第四杯酒。“我本来不该管你的闲事，可谁让我看你顺眼呢。”她扯出一副假笑脸，看着怪惹人嫌的，“老实待着，别到处瞎走动，我想起一点事情。”

她从摇椅上站起来，打了个喷嚏，身上的浴袍差点滑落下去，她拽着前襟使劲裹了裹，冷冷地看着我：

“不准偷看！”说完她转身向外走去，一不留神肩膀撞上了门框。

我听到笨重拖沓的脚步声逐渐转移到了房子后面。

一品红的枝条还在有气无力地拍打着泥墙，侧院的晒衣绳隐约发出吱吱嘎嘎的怪声，卖冰淇淋的小贩摇着铃走近又走远，角落里那台又大又新又漂亮的收音机播放着有关舞蹈和爱情的音乐，声音低沉、柔和，犹如伤感歌手动人的嗓音。

这时房子后面传来多种碰撞的声音，好像有椅子倒地的声音，抽屉被拉得太开掉到了地上的声音，翻找东西发出的窸窣声和砰砰声，当然还夹杂着女人沙哑的咒骂声。我凝神听着，这时又传来咔哒的开锁声和箱子盖被掀起发出的吱呀声，接着好像有个盘子之类的东西被啪的一声扔到地上。我从沙发上起身，偷偷溜进饭厅，穿过一条短短的过道，看到门开着，便躲在外面偷看。

她摇摇晃晃地站在箱子前，对着里面一通乱翻，还不时愤怒地甩甩碍事的头发，她肯定没想到自己醉得这么厉害。翻了一会儿，她累得弯腰靠在箱子上，嘴里又是咳嗽，又是叹气，后来，她索性跪在地上，双手齐下，继续翻箱倒柜的未竟事业。

又翻腾了一阵儿，她的双手哆嗦着捧起一样东西，那是个厚厚的包裹，捆包的粉红色带子已经褪色了。她解开带子，从包裹里抽出一个信封，弯腰把它塞进箱子右侧看不到的地方，然后又哆嗦着把包裹重新系好。

我悄悄地沿原路溜回去，坐在原来的位置，女人气喘吁吁地回到客厅，手里拿着那个重新捆好的包裹，晃晃悠悠地站在门口。

她冲我得意地一笑，把包裹扔到我的脚边，然后踉踉跄跄地走回摇椅那边，还没坐稳便伸手去拿那瓶威士忌。

我捡起包裹，解开系在上面的褪色的带子。

“你看看吧，”女人咕哝道，“这里有些照片和剪报，上面的人以前都是我家店里的，她们这些妓女也就能在警察笔录里露露脸了。那个浑蛋就给我留了这么点东西，还有他的衣服。”

我快速翻看着这一沓照片，照片上的男男女女都摆着专业的姿势，一个比一个“耀眼”。男人都长着狡猾的尖脸，穿着赛马服，化着小丑妆，一看就是小地方跑场卖艺的出身，他们当中极少有人能出人头地，一般都是在小镇子表演歌舞杂耍，赚点快钱，或者在上不了台面的小剧场表演一些低级下流的节目，有时他们的表演太不堪入目，警察也会来个突击检查，把他们抓去审讯一番。可不久之后，他们又会回归老本行，照常演，照常笑，像汗臭味一样让人觉得肮脏、恶心。女人大多长着令人垂涎的美腿，她们全都毫不吝啬地展示自己曼妙的曲线，尺度之大，令人咋舌，威尔·海斯那关是指定难过了，可再看她们的脸，一个个面色蜡黄，皮肤老态，像极了会计员的工作服。她们之中有人是金发，有人是黑发，有人的眼睛大得出奇，却呆板迟钝，空洞无神，有人的眼睛很小，却目光犀利，野心勃勃，甚至有一两张脸庞上明显写满了恶意。确实有一两个女孩是红头发，不过单看照片，很难看清楚。我漫不经心地把所有照片浏览了一遍，然后重新用带子把它们捆起来。

“这些人我一个也不认识，”我说，“你让我看什么？”

她斜睨了一眼，握着酒瓶的右手微微颤抖，“你不是在找维尔玛吗？”

“维尔玛在这些人里面吗？”

她的脸上闪过一丝狡猾，“你没有她的照片吗？——她的家人没给你？”

她有点无法理解，每个女孩或多或少都有几张照片，哪怕是小时候身穿短裙、头戴蝴蝶结照的，我应该有一张才对。

“我开始有点不喜欢你了。”女人几乎是无声地说。

我拿着酒杯站起来，走过去放在她的旁边。

“趁你还没喝光，再给我倒一杯。”

她伸手去拿酒杯，我转身疾步穿过方形拱门，进入饭厅，穿过走廊，直奔那间杂乱无章的卧室，那里面箱子还开着，一个盘子静静地躺在地上。她在后面破口大骂，我没理睬，径直将手探入箱子右侧，信封果然在这儿，我利落地将它抽了出来。

我回到客厅时，她已经从摇椅上站了起来，不过只走了两三步。她的眼睛里有一层奇怪的玻璃质，此刻正闪着凶狠的光。

“坐下！”我故作愤怒地吼她，“这次你面对的可不是驼鹿马洛伊那种头脑简单的傻大个。”

我说这话多少带点试探性，就像摸黑打枪，不过好像没打到目标。她眨了两下眼睛，使劲皱起鼻子，咧开嘴巴，露出脏兮兮的牙齿，像只兔子似的斜眼瞅着我。

“驼鹿？哪个驼鹿？他怎么了？”她倒吸了一口气。

“他出来了，”我说，“他从监狱出来了，现在正拿着一把四十五口径的枪在外面逛荡。今天上午他在中央大道杀了一个黑人，因为那人不肯告诉他维尔玛的下落，现在他正在四处寻找八年前害他进去的那个叛徒。”

女人的脸变得煞白。她把酒瓶凑到嘴边，咕咚咕咚地对瓶吹起来，一些酒顺着她的下巴流下来。

“这么说警察正在找他！”突然，她毫无预警地哈哈大笑，“警察，唷！”

这个老女人有点意思，我喜欢跟她打交道，喜欢自己为了目的卑鄙地把她灌醉。我是个自我感觉良好的人，就喜欢自己这副样子，为了工作可以不择手段，虽然有时自己想想也觉得有点过分。

我打开信封，抽出一张光面照片。这张照片跟刚才那些很像，但又有点不同，看上去更精致一些。照片中的女孩上半身穿着小丑服，头戴圆锥形的白色帽子，帽尖上缀着个黑色绒球，披散开的头发颜色略深，有可能是红色的。她侧着脸，露出的那只眼睛里似乎闪现着快乐的光芒。她的脸谈不上可爱、纯洁，但却很漂亮；看得出她很受欢迎，起码在他们这个圈子里是这样。但是这张脸还是太普通了，而且美得毫无特色，中午只需一会儿的工夫，你就能在街上看到一打这样的脸。

女孩的下半身除了腿还是腿，再无其他，不过不可否认的是，她有一双非常漂亮的大长腿。照片的右下角有个签名：“你亲爱的维尔玛·瓦伦多”。

我把照片高高地举到弗洛里安的女人面前，她扑过来想夺走，但没能够到。

“为什么把照片藏起来？”我问。

她没吭声，只是呼哧呼哧地喘着粗气。我把照片装回信封，然后把信封塞进口袋。

“为什么把照片藏起来？”我又问，“这张照片跟其他的有什么不同？那个女孩在哪儿？”

“她死了，”女人气急败坏地说，“她是个好孩子，但是已经死了，你这该死的警察，赶紧滚吧。”

说话间，她的两道乱糟糟的黄色眉毛不停地上下跳动，然后就见她手一松，装威士忌的瓶子滑落到地毯上，里面的酒汩汩地流出来。我弯下腰准备去捡，她居然想踢我，我侧身躲过了。

“你还是没能说明为什么把照片藏起来，”我说，“她什么时候死的？怎么死的？”

“我就只是个可怜的老女人，还有一身病，”她低声吼道，“离我远点，你这个浑蛋！”

我看着她，没说话，实在想不到还能说什么。过了一会儿，我走到她身边，把那个几乎已经空了的扁酒瓶放在一旁的桌子上。

她低头盯着地板。角落里的收音机欢快地响着，门外有一辆车经过，一只苍蝇嗡嗡着飞进窗户。过了好久，她的嘴唇动了动，开始自顾自地对着地面讲话，一堆毫无意义的单词从她嘴里冒出来，让人不知所云。说着说着，她仰头大笑，口水顺着嘴角留下来。她伸出右手拿过桌上的酒瓶，把仅剩的一点酒倒进嘴巴里，瓶口碰在她的牙齿上，发出咯咯的响声。喝完她举起酒瓶晃了晃，径直向我扔过来。我再次避开，酒瓶不知飞到了哪个角落，着地后在地毯上滚了几下，最后“砰”的一声撞到护壁板上。

她又斜了我一眼，然后闭上眼睛开始打鼾。

她可能是装的，但我不在意。突然间，我对眼前的情景感到厌烦，非常非常厌烦。

我拿起沙发上的帽子，走到门口，打开纱门，走了出去。角落里的收音机仍然在不知疲倦地响着，女人仍然坐在她的摇椅里轻声打着鼾。出去后，我看了她一眼才关上门，而后又轻轻地打开，躲在外面偷偷地观察她。

她仍然闭着眼睛，但是眼皮底下好像闪过一道光。我下了台阶，踏着满是裂缝的小径走到了大路上。

隔壁人家的窗户没拉窗帘，一个白发、瘦脸、尖鼻子的老女人正紧紧地趴在窗玻璃上，密切地关注着这一切。

爱八卦的老太太，每个街区都有一两个这样的人。我向她挥挥手，她拉上了窗帘。

我开车回到七十七号街道分局，又去了二楼纳尔蒂那间臭气熏天的小办公室。

6

纳尔蒂在我离开后好像根本没挪过地方，还是不耐烦地坐在椅子上，但是他的烟灰缸里多了两根烟蒂，地上的火柴梗也似乎多了些。

我坐在一张空桌子上，纳尔蒂的桌子上正面朝下放着一张照片，他把照片翻过来递给我。这是一张警察局拍摄的嫌犯正侧面存档照，照片下面有个指纹。照片中的人是马洛伊没错，因为拍照时光线过强，他看上去没有眉毛，光秃秃的前额像个法式小面包。

“就是他。”我把照片递回给他。

“俄勒冈州监狱发来了电报，”纳尔蒂说，“他是刑满出狱。现在形势不错，他逃不了，巡警向七号线街终点的售票员了解情况时得知，他曾看见一个个头、长相与马洛伊很像的人在三号街和亚历山大街的交叉口下了车。他肯定会找个家里没人的大房子暂避风头，那儿有好多空置的老房子，因为离市中心太远，不好往外租。他肯定会在那儿，到时我们就来个瓮中捉鳖。你去干什么了？”

“售票员看到的那个人是戴着宽檐帽吗？什么样的外套？上面有没有白色高尔夫球？”

纳尔蒂皱起眉头，双手搓着膝盖，“没有，那人穿了件蓝色外套，也可能是棕色的。”

“你确定他穿的不是一条纱笼？”

“什么？哦，是，真好笑！都要让人笑破肚皮了！”

我说：“那不是驼鹿，他不可能去乘坐有轨电车，他有钱，看他穿的衣服就知道了，他穿不了标准尺码，只能定做。”

“好，你就逗我吧，”纳尔蒂怒气冲冲地说，“你去干什么了？”

“去干本该你干的事情了。弗洛里安餐饮娱乐中心在以前是白人聚居地的时候就叫这个名字。我向一个熟悉情况的黑人旅馆老板打听到，那个灯牌很贵，于是黑人接手时就继续使用了。弗洛里安原来的老板叫迈克·弗洛里安，几年前死掉了，但他的老婆还在，叫杰西·弗洛里安，住在西五十四号街1644号。她的名字在电话本里找不到，不过城市通讯录里有。

“好吧，那我该怎么做——去见她一面？”纳尔蒂问。

“我已经替你见了，还带了一品脱波本威士忌。她是个非常有个人魅力的中年妇女，脸蛋长得像一坨泥巴，我向你打赌，如果她近几年洗过头，我立刻把备用轮胎一点不剩地全部吃掉。”

“少说废话。”纳尔蒂说。

“我向弗洛里安太太问了维尔玛的事情，你还记得吧，就是驼鹿马洛伊到处寻找的那个红发女孩。你没有不耐烦吧，纳尔蒂先生？”

“你怎么这么恼火？”

“你不懂，弗洛里安太太说她不记得维尔玛。她的家里破旧不堪，但却有一台崭新的收音机，价值七八十块钱的样子。”

“这么点东西也值得你一惊一乍的？”

“弗洛里安太太——就是杰西——说她丈夫死的时候，什么也没留给她，只留下一堆旧衣服和一沓时不时在他那儿表演的人的照片。她是个不折不扣的大酒鬼，为了喝酒能跟你拼命，我便用酒讨好她。三四杯下肚后，她走进她那间简陋的卧室，开始翻箱倒柜地找东西，各种物品被她乱糟糟扔了一地，最后，她从一个旧箱子底找出一沓照片。她不知道我一直在偷看，从包裹中抽出一张照片藏了起来，自以为神不知鬼不觉。后来我便寻了个机会溜进去找到了那张照片。”

我从口袋里摸出那张穿着小丑服的女孩的照片，放在他桌子上。他拿起照片盯着看了会儿，嘴角抽了抽。

“嗯，不错，”他说，“长得真不错，我也该找个这样的女孩来玩玩的。嚯！嚯！维尔玛·瓦伦多，是吧？这个美人怎么了？”

“弗洛里安太太说她死了，但那也没必要把照片藏起来！”

“确实讲不通，那她为什么要藏照片？”

“她不告诉我，后来，我告诉她驼鹿出狱的消息后，她好像突然就不待见我了。真是太奇怪了，你说是吧？”

“还有呢？”纳尔蒂问。

“就这些。事情我也跟你说了，照片也给你看了，如果你还查不出点什么，那我真是束手无策了。”

“我能查出什么？说来说去这还是桩黑人谋杀案，只能等抓了驼鹿再说。该死的，他都八年没见这女孩了，除非她去探过监。”

“好吧，”我说，“不过别忘记他在找她，他可是个不达目的誓不罢休的主儿。对了，他当年是因为抢银行进去的，那肯定有赏金，谁拿了这笔钱？”

“不知道，”纳尔蒂说，“我可以去查查，为什么问这个？”

“有人出卖了他，可能他自己知道是谁，估计他也会花大力气去查这件事。”说着，我站起身，“就这样吧，我走了，祝你好运。”

“你就把我扔在这儿？”

我向门口走去，“我得回家洗个澡，漱漱口，再剪剪指甲。”

“你没有生病吧？”

“没有，就是感觉脏，”我说，“非常非常脏。”

“那你急什么？再坐一会儿吧。”他身体后靠，双手拇指勾在背心上，看起来有点警察的架势了，但还是没什么吸引力。

“我不急，”我说，“一点儿也不急，但现在我什么也做不了。

我只对维尔玛的下落感兴趣，如果弗洛里安太太说的是实话，那么显然这个维尔玛已经死了——就目前而言，我想不到她说谎的理由。”

“话是没错。”纳尔习惯性半信半疑地说。

“反正驼鹿马洛伊也逃不出你的手掌心，那就这样吧，我得回家做点生意赚钱谋生。”

“我们也可能抓不到驼鹿，”纳尔蒂说，“这年头的人都溜得很快，大块头们也是。”他的眼睛里也满是怀疑，这是目前为止他眼睛里有过的唯一一种表情。“她塞给你多少钱？”

“什么？”

“那个老女人塞了多少钱让你闭嘴？”

“对什么闭嘴？”

“就是你现在要撒手不管的事情。”他把手拿出来，双手交叉拇指互抵放在胸前，自以为是地微笑着。

“哎，真是无语了。”我懒得理他，径直走出了办公室，留他一人在那儿张着大嘴巴。

出门走了几步后，我又折回去，悄悄地打开门向里偷看。纳尔蒂还坐在原处，双手拇指互抵交叉放在胸前，不过他脸上的笑容不见了，取而代之的是一脸密布的愁云，嘴巴倒还是张得大大的。

他没有动，也没有抬头看，不知道是不是没听到。我再次关门离开了。

7

那年的日历上印的是伦勃朗的自画像，因为套色失误，整幅画显得脏兮兮的。画中的伦勃朗头戴一顶脏兮兮的黑色头巾形帽子，一只手拿着一个脏兮兮的调色盘，露出一个同样脏兮兮的拇指，另一只手捏着一支画笔停在半空中，好像在等别人付了定金才肯画上几笔。他衰老松弛的脸因酗酒显得有些水肿，满面的沧桑写满了对人生的厌恶，但又散发着一种苦涩的快乐。他有一双非常明亮的眼睛，晶莹透彻得像晨间的露珠。

下午4点半，我正盯着勃朗特的这幅画像入神，电话突然响了，我接起来，听到一个冷漠、傲慢、自我感觉良好的声音拖着长腔问道：

"你是私家侦探菲利普·马洛？"

"正是在下。"

“哦——你是。有人向我推荐你，说你是个嘴巴很严、值得信任的人。我想让你今晚 7 点钟到我家来一趟，有点事情需要讨论。我叫林赛 · 马里奥特，住在蒙特马 · 维斯塔区卡布里罗大街 4212 号。你知道这个地方吗？”

“我知道蒙特马 · 维斯塔区，马里奥特先生。”

“噢，好的。卡布里罗大街非常难找，这里的街道分布十分有趣，但是曲里拐弯，非常复杂。我建议你从路边咖啡馆那里走台阶上来，走到第三条街就是卡布里罗大街，街上只有一座房子，就是我家。那么我们今晚 7 点见？”

“马里奥特先生，请问这份工作是什么性质？”

“这事还是不要在电话上讨论为好。”

“那起码给点提示吧，蒙特马 · 维斯塔区离我这儿可不近。”

“如果我们谈不拢，我会付你路费。你对工作性质有特殊要求吗？”

“只要合法就可以。”

电话里的声音突然变得冰冷：“如果不合法，我根本就不会找你。”

看来是个哈佛高才生呢，听这一口文绉绉的腔调。我心里很不爽，脚尖不由得抽了抽，可无奈囊中羞涩，只好挤着嗓子装出一副感激涕零的样子：“非常感谢您能给我打电话，马里奥特先生，我会准时到的。”

电话挂断。我再看向伦勃朗先生，发现他的脸上隐隐有种不屑的神情。我从桌底最下层的抽屉里拿出一瓶酒，喝了几口，再看发现那不屑消失不见了。

一道阳光漫不经心地扫过桌沿，然后悄无声息地落在地毯上。大街上的交通信号灯尽职地变换着颜色，汽车哐哐当当地来往于城市间，隔壁律师办公室一如既往地响着单调的打字声。我在烟斗里装满烟丝，正要点着的空儿，电话又响了。

这次是纳尔蒂打来的。他的声音听起来闷闷的，像囫囵吞了个烤土豆，“好吧，看来我这次失策了，”他听到我答话后说，“我没想到这一点，马洛伊去找那个弗洛里安太太了。”

我紧握电话，上嘴唇突然感到一阵凉意，“你不是说他插翅难飞吗？”

“那是另一个家伙，马洛伊根本不在那儿。西五十四号街一个总趴在窗户前偷窥的老太太打电话报警，说有两个人去找过弗洛里安的老婆，第一个人把车停在街对面，做事很谨慎，在外面观察了很久才敲门，进屋待了大约一个小时。那人约6英尺高，黑头发，中等体格，出来时很安静。”

“还满嘴酒气。”我说。

“哦，对了，那是你来着。第二个人就是驼鹿，那家伙穿得很招摇，个头大得像座小房子，他也是驾车去的，但那老太太没看清车牌号，距离太远。她说他大约是在你离开后一个小时去的，去了之后接着进了屋，待了约有五分钟的样子就出来了。他上车之前拿出一把大枪转动了几下枪膛。我猜老太太就是看到这一幕才报的警，不过自始至终她都没有听到枪响。”

“她肯定失望透顶了。”我说。

“啊哈，你又开玩笑！真好笑！都要让人笑破肚皮了！那老太太漏了一点，巡警到那儿后，敲门没人应，看到门没锁，便自己推门走了进去。没人死在地上，根本没人在家，弗洛里安的老婆肯定是偷偷溜走了。于是巡警们去隔壁把这情况告诉了那个爱偷窥的老太太，一听到弗洛里安的老婆出去她居然没看到，老太太气得捶胸顿足，简直要炸了。巡警向局里汇报情况后，又去继续调查这件案子。大约过了一个小时，也可能是一个半小时，那老太太又打来电话，说弗洛里安的老婆回家了。接线员把电话转给我，我就问她这有什么重要的，结果那老太太当面挂了我的电话。”

一下子说了这么多，纳尔蒂停下喘了口气，等着我发表观点，但我对此无话可说。等了一会儿，他憋不住了，自己主动开口发起牢骚：

“你怎么看？”

“我没什么看法，驼鹿去那儿是情理之中的事情。他肯定很了解弗洛里安的老婆的底细，没在那儿待很久也正常，因为他怕警方也会找上门去。”

“我认为，”纳尔蒂厚着脸皮镇定自若地说，“我应该去那儿看看，查查她出去那段时间都去哪儿了。”

“好主意，”我说，“那你得先找个人把你从椅子上抬起来。”

“哈！又开玩笑，不过现在我去应该也没什么用，还是算了吧。”

“好，”我说，“咱们就顺其自然吧。”

他得意地咯咯直笑："我们现在布下了天罗地网，这次他真的逃不掉了。我们在吉拉德发现了他的踪迹，他正开着租来的车向北行驶，中途在那儿加油，之前不是发布了通缉令嘛，结果他就被服务站的小子认出来了。那小子说，一切特征都符合，只是他现在换了黑色外套。我们调集了州郡两级的警力同时对他展开追捕，如果他继续向北，会在凡吐拉市内被逮住，如果转向山脊路，那他一定会经过卡斯泰克收费站，如果他不停车，警察会提前沟通，封锁道路。当然，如果情况可以控制，我们警察是不会开枪的。怎么样，这个计划不错吧？"

"听起来不错，"我说，"前提是那人真是马洛伊，而且他还得完全按照你们的计划行事。"

纳尔蒂清了清嗓子，小心翼翼地说："也是。那个，话说万一有个万一，你打算做什么？"

"什么也不做，难道我非要做点什么？这是什么理儿！"

"你之前在弗洛里安老婆那边进展得那么顺利，也许她知道得更多呢？"

"你也行的，只要给她带一大瓶酒就可以了。"我说。

"可你做得真的很不错，也许你应该多在她身上花点时间。"

"这不是警察该干的工作吗？"

"是这个理儿没错，可调查那个女孩不是你的主意吗？"

"女孩这个线索已经断了——除非弗洛里安的老婆没说实话。"

"女人嘴里没一句实话，天天胡说八道，"纳尔蒂的语气陡然变冷，"你不是真忙吧！"

“我有工作要做，刚从你那儿回来后接的。这份工作有报酬，抱歉啦！”

“你想撒手不管了，是吗？”

“话不能这么说，我得赚钱谋生啊。”

“好吧，兄弟，既然你这么想，那就这样！”

“我什么也没想，”我几乎要喊起来了，“就是没时间替你们这些警察跑腿！”

“好吧，好吧，你就使劲喊吧。”纳尔蒂说着挂断了电话。

我仍然握着话筒，几乎是歇斯底里地咆哮起来：“这镇上有七百五十个警察，这群浑蛋却让我来给他们跑腿！”

喊完，我气呼呼地放下电话，又倒了一杯酒喝。

过了一会儿，我到楼下大厅买了一份晚报，纳尔蒂起码说对了一件事，蒙哥马利被杀的消息连寻人启事板块都没能登得上。

我又离开了办公室，打算早点吃晚饭。

8

我到达蒙特马维斯塔区时，天色渐暗，但是水面依旧波光粼粼，远处的海浪一层层涌动着，涟漪微荡，柔若丝绸。一群鹈鹕排着整齐的队形，在雪白的浪尖上自由翻飞。一艘孤独的游艇在海面乘风破浪，直奔贝城的游艇码头而来。远处一望无际的茫茫水面，是紫灰色的太平洋。

蒙特马维斯塔区实际是由建在山坡上的几十幢大小不同、形状各异的房屋构成，因位置特殊，乍一看这些房屋像是被玄玄乎乎地挂在山坡上，仿佛一个喷嚏就能被震落，从而跟山坡下的沙滩有个亲密接触。

沙滩上方有一条公路，公路穿过一道宽阔的混凝土拱廊，仔细一看这拱廊的真身是过街天桥。天桥的里端是直通山上的水泥台阶，石阶一侧装有镀着厚厚一层锌的栏杆。我的客户所说的路边咖啡馆就在天桥的另一端，咖啡馆的里面看上去明亮宜人，可外面条纹遮阳蓬下却是冷冷清清，只有一个穿着休闲裤的黑人女子，她吸着烟，闷闷不乐地看着大海，面前桌上放着一瓶啤酒，其余那么多的石面铁腿桌都只有孤零零站着的份儿。还有一只猎狐狗舒适地靠在一把铁椅子上，我开车经过时，那女人正在心不在焉地训斥那只小狗，我稍作思考，决定把车停在咖啡馆的停车场里。

停车后，我便沿天桥折回去，开始了爬台阶大业。如果你喜欢气喘吁吁的感觉，那真应该来这条路上走走，要爬二百八十级台阶才能上到卡布里罗大街上。台阶上覆盖着一层风吹来的沙子，栏杆又冷又湿，摸起来像是蟾蜍的肚皮。

当我爬到上面后，水面的波光早已消失不见，微微的海风中，一只海鸥拖着一条受伤的腿在艰难飞翔着。我在冰冷潮湿的台阶上坐下，脱下鞋子倒出其中的沙子，等着胸腔中剧烈跳动的心脏慢慢恢复正常。等到呼吸渐渐平稳后，我抖了抖被汗水湿透、紧紧贴在背上的衬衫，再次出发向不远处亮着灯光的唯一一栋房子走去。

走近一看，这房子真不错，小巧精致，房前一条被盐腐蚀得锈迹斑斑的螺旋楼梯直通前门，门廊灯是一盏仿的马车灯。底层的一边是车库，车库门卷了上去，门廊灯的灯光斜斜照入，照到一辆边缘镀铬的豪华大轿车上，轿车的驾驶员位置在右侧，引擎盖上有一个胜利女神像，上面系着一条狼尾巴，原本是车标的地方刻着姓名的首字母缩写。打眼一看这车比房子还值钱。

我踏着螺旋楼梯来到前门，没找到门铃，只看到一个老虎头形状的门环，我叩了几下，闷闷的敲门声消散在傍晚的雾气中，屋里静悄悄的，好像没有人来。湿答答的衬衫贴在我的背上冰凉刺骨，非常难受。过了一会儿，门轻轻地开了，一个穿着白色法兰绒西装、围着紫色缎面围巾的高个子金发男人出现在我面前。

男人的白色西服翻领上别着一朵矢车菊，衬得一双淡蓝色眼睛有些黯淡无光，紫色围巾松松地围着，没系领带，棕色的脖子很粗但很柔软，倒像一个壮实女人的脖子。他的五官是有点偏浓眉大眼的类型，相当英俊，身高比我略高 1 英寸，约有 6 英尺 1 英寸的样子；一头金发不知是天生的还是刻意做的造型，整齐地分成三个层次，犹如一级级的台阶，看得我好感全无，不过话说回来，我本来也没有多喜欢这种发型。除此之外，他简直就是穿白色法兰绒西装、戴紫色围巾、领口别矢车菊的模范标兵。

他轻轻地清清喉咙，眼睛越过我的肩膀，看着正逐渐被夜色吞没的大海，傲慢地问道："有什么事？"

"7 点钟，"我说，"准点到达。"

"噢，是的，让我想想，你是——"他停下来，皱起眉头做冥思苦想状，那一副假惺惺的样子让人想相信都难，我由着他装模作样了一会儿，开口说道：

"菲利普·马洛，还是今天下午那个名字。"

他本就蹙成一团的眉头不易察觉地动了动，好像对此有什么不满，然后后退一步，冷鼻子冷眼地说：

“哦，对的，好像是这么回事。进来吧，马洛，我的家仆今天晚上不在。”

他翘着一根手指用指尖把门开大了些，好像开个门能把他弄脏似的。

我走进去，经过他身边时闻到一股香水味，他在后面关上门。里面是门厅，穿过门厅便是大客厅，门厅的高度比里面的客厅略高一些，靠里的地方装有金属栏杆，栏杆一直延伸到客厅里。这样看来，整个客厅三面围有栏杆，剩下的一面开着两扇门和一个大壁炉，壁炉里的火噼啪作响，火势正旺。门厅两侧满满当当地摆放着书架，还有几个带底座的金属雕塑。

我们下了三级台阶，来到客厅的主体部分。客厅的地毯很厚，绒毛蹭到脚踝上怪痒痒的。一台合着顶盖的大三角钢琴静静地立在一旁，琴盖一角铺着一条桃色天鹅绒，天鹅绒上放着一个高高的银质花瓶，花瓶里孤零零地插着一朵黄玫瑰。厅内有很多漂亮的软体家具，还有不少各种各样的坐垫，有的饰着金色的流苏，有的则只是光秃秃的正体一个。如果你用心欣赏的话，会发现这是个不错的房间。一个昏暗的角落里放着一个宽大的矮沙发，上面铺着一床锦缎，有点像试镜时用的道具沙发。这种房间一看就不是谈正事的地方，来这儿的人指定都是一边翘着二郎腿呷着加糖的苦艾酒，一边装腔作势，大吹特吹。

林赛·马里奥特先生靠在钢琴上，低头闻了闻那枝黄玫瑰，然后打开一个法国珐琅烟盒，拿出一支带金色过滤嘴的棕色长烟卷点燃。我在一张粉红色的椅子上坐下，内心祈祷着可千万别给他坐脏了。我点上一支骆驼牌香烟，吸了口，慢慢地吐出来，眼睛看向一个表面闪着光泽的金属雕塑。这个雕塑总的来说就是一条中间凹、两侧凸的光滑饱满的曲线。马里奥特注意到我的视线。

“挺有趣的玩意儿，”他漫不经心地说，“我前几天才搞来的，阿斯达·戴尔的《黎明的灵魂》。“

“我还以为是克洛普斯坦的《两个屁股蛋儿》。”我说。

林赛·马里奥特先生像吞了一只苍蝇，脸色顿时变得十分难看，他费了好大劲才缓过来。

“你的幽默感很独特。”他说。

“一点也不独特，”我说，“只是有点豪放不羁而已。”

“是的，”他十分冷淡地说，“自然如此，毫无疑问……好吧，其实我把你大老远地找来为的是一件很小的事情，今晚我要去见几个人，并付给他们一些钱，想来想去最好能有个人跟我一起去。你身上带着枪吗？”

“有时会带。”我说。他饱满的宽下巴上有个深深的肉窝，感觉可以放进一颗弹珠。

“我不希望你带枪去，这不是那种场合，只是纯粹的商业交易。”

“我很少开枪打人，”我说，“你被人勒索了吗？”

他皱起眉头，“当然不是，我身家清白，没什么可被勒索的。”

“遵纪守法的好公民也可能被勒索，甚至可以说，被勒索的往往都是那些遵纪守法的好公民。”

他抖了抖烟，淡蓝色的眼睛若有所思，嘴唇挑起一抹弧度，一看就知道背后有阴谋。

他吐了一口烟，头往后仰，颈部原本勾得恰到好处的曲线显得更为突出。他慢慢地打量着我说：

“我跟这些人见面的地方很可能会比较偏僻，但是不会太远。具体地点现在还不清楚，到时会有电话通知，我必须随时准备出发。大概就是这么回事。”

“这笔交易有段时间了吧？”

“说起来有三四天了。”

“你这保镖找得够晚的。”

他考虑了一会儿，弹了弹烟灰，说：“的确是。我一直拿不定主意，对方没有明确规定必须单人赴约，但我总觉得一个人去更合适；可是，我又有些担心，毕竟我也不是什么英雄豪杰。”

“你们互相认识吧？”

“我——我不太确定。我会携带一大笔钱，但这钱不是我的，我是帮朋友办事，如果中间有半点差池，那我必定良心难安。”

我掐了烟头，身体后仰靠在粉红色的椅背上，心不在焉地转着拇指问道：“这钱是用来干什么的？一共多少？”

“哦，这个嘛——”他的脸上露出迷人的微笑，但我还是不喜欢，“我不能说。”

“那我就是跟你做个伴儿，再帮你拿拿帽子呗？”

他的手抖了一下，烟灰落在白色的袖口上，他把烟灰弹掉，看着残存的灰印，故作严厉地说道：“我不太喜欢你的态度。”

“不喜欢我态度的人多了，你不是第一个，”我说，“不过这没什么用。还是来看看这份工作吧，总而言之，就是你想找个保镖，但他却不能带枪；你想找个帮手，但是他却不能知道要帮什么。我要拿生命去冒险，却不知原因为何，危险为何，这对我有什么好处？”

“我还没考虑过这一点。”他的脸色微红。

“那你现在打算考虑一下吗？”

他优雅地起身，皮笑肉不笑地说：“痛痛快快地给你一拳怎么样？”

我咧嘴一笑，站起身来，戴上帽子，踩着地毯不急不徐地向门口走去。

他急了，大声说：“一百元！怎么样？买你几个小时，如果你觉得不够，尽管直说。这份工作没有危险，我朋友的珠宝被抢了，我拿钱赎回来。赶紧回来坐下，别搞得像个敏感的小姑娘似的。”

我走回去，重新坐到粉红色的椅子上。

“好吧，”我说，“说说看什么情况。”

我们俩互相瞪着对方，瞪了足足十秒钟，他才又点了一支烟，慢悠悠地开了金口：“你听说过翡翠吗？”

“没有。”

“翡翠是真正最有价值的玉，其他的玉之所以值钱，部分原因在于材质，但主要还是由于其精湛的工艺；而翡翠本身就很有价值，因为所有已知的翡翠矿藏早在几百年前就已经枯竭了。我的朋友有一条项链，上面有六十颗翡翠珠子，每颗珠子重达六克拉，颗颗都雕刻得十分精巧别致，整条项链价值八九万元。中国也有一条类似的，不过更大一些，价值也更高，约莫十二万五千元。前几天晚上，我朋友遭到了抢劫，这条项链就被抢走了，当时我也在场，但却无能为力。那天晚上我开车载朋友去参加晚宴，宴会结束后我们又去了特罗卡德罗，从那里回她家的路上，一辆车蹭到我车子左前侧的挡泥板后停了下来，我以为车主要停车道歉。哪知却是抢劫，事情眨眼间就发生了。那帮人应该有三四个，我其实只跟两个人打了照面，但我确定驾驶座上还有一人，车后座上应该也还有一个。我的朋友当时就戴着那条翡翠项链，那帮人把项链抢了，还抢了她两个戒指和一个手镯。为首的那人拿着小手电不慌不忙地把东西都检查了一遍，然后归还了一枚戒指，说是帮我们了解他们是什么样的人物，还说要先等到他们的电话才能去报警或联系保险公司。所以我们就照他们说的做了，现在这种事不是很常见吗？要么你别声张，乖乖交上赎金；要么跟你的珠宝彻底拜拜。如果东西上了全保，你可能不在乎，但如果被抢的恰好是稀罕物件，那你肯定愿意花点钱赎回来。”

我点点头表示赞同，“这翡翠项链可不比什么天天想见就能见的玩意。”

他的手指轻轻地摸着钢琴光滑的表面，一脸陶醉的表情，好像触摸着光滑的东西让他身心愉悦。

“正是如此。那可是独一无二的好东西，她根本不应该把它戴出去，可她就是这么个莽撞的人，做事不太考虑后果。被抢的其他东西也很好，但都是些平平常常的物件。”

“嗯哼，你打算付多少赎金？”

“8000 元。赎金是少了些，但若说这项链再难寻第二条，那帮人想要脱手也没那么容易，毕竟这条项链在业内甚至是全国都赫赫有名。”

“你的朋友，她叫什么名字？”

“我现在还不方便说。”

“你有什么安排？”

他看着我，眼神黯淡，貌似有些害怕，但我对他了解不深，不好妄下定论，也许他只是宿醉未醒，他拿烟的那只手在不停地颤抖。

“这些天来，一直是由我在电话上与他们谈判，事情基本都沟通好了，只差会面的时间和地点没定，但肯定是今晚，待会儿应该会有电话打来，告知我相关细节。他们说地点不会太远，我必须做好准备，到时候立刻动身。我猜他们是为了防止我报警，故意这样安排。”

“嗯哼，钱上做记号了吗？你是打算拿真钱去吧？”

“当然，二十元一张的纸钞，全都可以正常流通。为什么要做记号？”

“做了记号可以用黑光照出来。不为什么——只不过可能会给警察一点帮助，他们肯定想抓捕这些人。做了记号的钱也许会落到有前科的人手里。

他皱起眉头沉吟片刻，问道：“黑光是什么？”

“就是紫外线，特定的金属油墨在黑暗中被紫外线照射会发光，我可以帮你搞这个。”

“恐怕现在没那么多时间。”他不假思索地回绝了。

“关于这个，我有点想不通。”

“有什么想不通的？”

“你为什么到今天下午才给我打电话？为什么找到了我？你是如何知道我的？”

他哈哈大笑起来，笑得孩子气十足，“好吧，关于这一点，我得承认，我只是在电话本胡乱找了个名字，结果就找到了你。我本来没打算让人陪我去，今天下午突然想到，为什么不呢？”

我又点上一支被压扁的烟，看着他的脖子，问：“你的计划是什么？”

他双手一摊，“很简单，到达约定地点，交上赎金，拿回项链。”

“嗯哼。”

“你好像很喜欢这种表达方式。”

“什么表达方式？”

“嗯哼。”

“我要待在哪儿？车后面吗？”

“是的，我的车很大，藏个人绰绰有余。”

“你听着，”我慢慢地说，“你要我藏在你车里去一个今晚不知何时才能从电话里听来的地方。你要随身携带8000元的现金，并用这笔钱赎回价值比这高十倍甚至十二倍的翡翠项链。假设你交钱后能得到东西，他们也不会允许你当场查看。如果他们良心有知，极有可能收了钱，找个地方数一数，然后把项链邮寄给你。但如果这是个骗局，那也没有办法，反正我对此无能无力。这帮人是抢劫犯，个个都不是善茬，也许会敲你一闷棍，让你晕过去，然后趁机逃脱。”

“哦，事实上，我也有点担心，”他小声说，眼角抽搐了一下，“所以才想找个人一起。”

“他们抢劫时拿手电筒照你了吗？”

他摇摇头。

“没关系，他们之后有很多机会见到你，说不定事前就已经把你的底细摸得一清二楚了。他们做这些事情都有固定的套路，就像牙医给你镶金牙一样。你和这位女士经常一起出去吗？”

“哦，算是吧。”他生硬地说。

“有夫之妇？”

“喂！”他立马沉声说道，“我以为我们已经达成共识，不把这位女士牵扯进来。”

“好吧，”我说，“但是多了解情况可以少犯错误。我不该接受这份工作，马里奥特，实在不该。如果那帮人按规矩办事，你根本不需要我，如果他们打定主意乱来，我也做不了什么。”

“你只要陪我一块去就可以。”他立刻说。

我耸耸肩，双手一摊，“没问题——但是车要由我来开，钱也要放在我身上，你躲在车后面，我们身高差不多，如果有问题，那就实话实说，这样也不会有什么损失。”

“不行。”他咬住嘴唇。

“我不能白拿一百元，起码可以替你挨一棍。”

他皱着眉摇摇头，过了好久脸色才渐渐和缓，露出一个淡淡的笑容。

“很好，”他慢慢地说，“不过我想这无关紧要，反正到时候我们会待在一起。你要不要喝点白兰地？”

“嗯哼，你可以顺便把我的一百块钱付了，摸着钱我心里踏实。”

他像个舞者一般优雅地离开了，腰板笔直，几乎一动也没动。

他回来时，电话响了。电话不在客厅里，而是在一个门厅墙上的壁凹里。

不过此电话非彼电话，他的声音太过热情了。

过了一会儿，他优雅地回来，手里拿着一瓶极品马爹利和五张崭新的二十元纸币。美酒加金钱，这个晚上很是美好——到目前为止。

9

室内一片静寂，远处隐约传来模糊的声音，像波浪拍击海岸，像汽车沿公路驶远，亦像海风吹过树梢。当然，远远地从山下传来的毫无疑问是汪洋大海奔腾不息的声音。我坐着，静静地聆听，静静地思考。

电话在接下来的一个半小时里响了四次。10 点 8 分，我们要等的电话终于打来了。马里奥特现在已经换了一套黑色衣服，他跟电话里的人低声交谈片刻，默默放下电话站起身来，脸拉得老长。他端起之前盛白兰地的酒杯，闷不作声地给自己倒了一杯烈性酒，举起酒杯对着灯光端详片刻，脸上露出一抹古怪而无奈的笑容，随后他快速地晃动了一下酒杯，仰头将杯中物一饮而尽。

“好了，一切准备就绪，马洛，你准备好了吗？”

“早就准备好了，我们去哪儿？”

“一个叫普瑞斯玛峡谷的地方。”

“我没听过这个地方。”

“我去拿地图。”他找来一张地图麻利地展开，弯腰查看时一头金发在灯光的照耀下闪着亮眼的光泽。他用手指指出我们的目的地——从贝城城北的海岸公路通往市里的山区公路旁有众多峡谷，普瑞斯玛峡谷便是其中之一。我大致有了个模糊的概念，但是并不十分清楚，好像是在一条叫滨海路的街道尽头。

“从这儿过去用不了十二分钟，”他催促道，“我们得赶紧出发，他们要求二十分钟之内赶到。”

我戴上自己的帽子，他给我一件浅色的外套，我穿着倒很合身，但就是成了活靶子。我腋下揣着一把枪，不过没有告诉他。

我穿外套时，他显得有些紧张，手里摆弄着那个装了8000元赎金的厚厚的马尼拉信封，嘴里一刻不停地低声絮叨着。

“他们说普瑞斯玛峡谷里面有块地势比较平坦的地方，和公路之间隔着一道白色围栏，开车勉勉强强能通过去。过去之后有一条弯弯曲曲的土路，通往一小块空地，我们要熄了车灯在那儿等。那儿周围没有住户。”

“我们？”

“哦，我是说‘我’——理论上讲。”

他把马尼拉纸信封递给我，我打开看了看，确实是钱，厚厚一沓纸币。我没数，重新把信封用皮筋捆好，装进外套的暗兜里，这么一大包东西，差点没把我的肋骨硌出个洞。

我们走到门口，马里奥特把灯全关了，他小心翼翼地打开门，盯着外面雾蒙蒙的黑夜看了一会儿，然后我们顺着锈迹斑斑的螺旋状楼梯走下去，到了车库。

这里一到晚上便雾气蒙蒙，我只好开了雨刷。

这辆体型庞大的外国车开起来十分顺手，基本不怎么需要操作，但我还是装模作样地把着方向盘。

我们在山坡上呈之字形来来回回地行驶了两分钟，突然就来到了那家路边咖啡馆前。我现在总算明白为什么来的时候马里奥特让我直接走台阶了，如果让我驾车在这些九曲十八弯的街上走，我肯定兜兜转转半天都找不到地方。

公路上来来往往的车辆灯光在双向车道上几乎汇成两条平行的光束。大爆米花机上挂着黄黄绿绿的小彩灯，轰隆轰隆地向北而去。这样开了三分钟，我们在一个很大的加油站附近转向内陆，继续沿着丘陵坡面上弯弯曲曲的小路行驶。周围越来越静，一种孤独感迎面扑来，空气中弥漫着海藻的气味和鼠尾草的气味。山坡上零零落落地分布着几户人家，黄色的灯光漏出窗外，每一处都孤单得像树上最后一颗金桔。不时有车辆开过，一路洒下清冷的白光，最后呼啸远去，再次被黑夜吞没。空气中飘浮的一缕缕薄雾仿佛在追逐天边的星星。

马里奥特从后座探身过来，说道：

“右边这些灯光是观景楼沙滩夜总会的，下一个峡谷是拉斯普格斯峡谷，再下一个就是普瑞斯玛了，等下在第二个坡顶右转。”他的声音压得很低，透着一丝紧张。

我咕哝了一句，回头说道：“低下头，我们可能一路都在被监视着，这辆车太招摇了，万一那帮人不想让你带‘双胞胎’来呢？”

我们下到峡谷尽头的一块空地，随后又开到高地上，一会儿又开了下去，这么上上下下来回几次，马里奥特紧张兮兮的声音又传入我的耳朵：

“下一条街右边有座带方形塔楼的房子，在那儿拐弯。”

“不会是你帮他们选了这个地方吧！”

“当然不是，”他冷笑着说，“我只是碰巧对这些峡谷很熟悉而已。”

我开车右转，绕过街角那座大房子，房子的方形塔楼楼顶铺着圆瓦片，车灯扫到一块路牌，上面写着：滨海路。这是一条宽阔的下坡路，道路两旁架着未完工的电灯架，人行道上杂草丛生，不知哪个倒霉的房地产经纪人梦碎于此。马里奥特的车非常安静，我们能听到人行道上黑漆漆的野草丛里蟋蟀和牛蛙在“唧唧”“哇哇”地尽情欢唱。

路上先是一个街区一座房子，然后是两个街区一座房子，最后直接没有房子了，只有一两扇窗户里还亮着灯光，看来这里的居民都是日落而眠。我们就这么行驶了一会儿，铺好的道路突然断了，取而代之的是一条土路，因为天气干燥，路面硬邦邦的，跟水泥一样。右侧观景楼沙滩俱乐部的灯光远远地浮在半空中，灯光后面，是一道盈盈而动的水光。夜色中充斥着鼠尾草浓烈刺鼻的气味。一道白色围栏威风凛凛地立在土路尽头，马里奥特又探过头来。

“我感觉你开不过去，”他说，“地方不够宽。”

我关掉本就十分安静的引擎，调暗车灯，坐在车里仔细倾听，结果什么动静也没有。我索性熄灯下了车，蟋蟀也噤了声，刹那间万籁俱寂，静得我听到1英里外的崖下车轮滚过路面的声音。不多会儿，蟋蟀一只接一只地再度欢唱，唧唧的声音很快填满了寂静的夜。

“你坐着别动，我到下边看看。”我小声对车后座的方向说。

我摸了摸藏在外套里的枪柄向前走去。灌木丛和白色围栏之间的空隙比我们在车里看到的宽阔，灌木被人砍去一些，泥土地上有车辆压过的痕迹，也许是些小年轻趁夜色美好来这边谈情说爱吧。我穿过围栏，发现路面陡降，曲折向前，往下看去尽是漆黑夜色，远处模糊的海浪声时有时无，公路上的车灯闪闪烁烁。我继续往下走，却发现路没了，呈现在我眼前的是一块空地，周围长着一圈密密实实的灌木，好像无路可进，我故技重施，钻了进去，发现里面空空如也，我安静地站着，竖起耳朵倾听周围的动静。

时间一分一秒地过去，我仍然密切地关注着四周的动静，可回应我的还是跟先前一样的静寂，好像整片空地只有我独自一人。

我看向远处灯火通明的沙滩俱乐部，如果有人在站在俱乐部天窗前，再拿一副质量不错的夜视镜，可能会把这里的情况尽数收入眼底。他能看到一辆车开来又开走，能看清谁从车里出来，还能看清出来的是一个人还是一帮人。在一个黑暗的房间里用夜视镜看到的细节超乎人的想象。

我转身往回走去，灌木丛里一只蟋蟀突然高声尖叫，吓了我一大跳。我沿着弯弯曲曲的小路上了坡，穿过白色围栏，还是没有发现异样。黑色的车身模模糊糊地隐在一片灰暗中，车灯亮着。我走过去，一只脚踩到驾驶座旁的脚踏板上。

"他们可能在试探你，"我压低声音对车后座的马里奥特说，"看看你听不听话。"

后面好像有点动静，但他没有回答，我走向旁边的灌木丛，想去查看一番。

这时，我的后脑勺干干脆脆、结结实实地挨了一闷棍，后来回想起来，我好像有听到过呼的一声，不过人在这种时候总是后知后觉。

10

“四分钟，”一个声音说，“也可能是五六分钟。他们肯定下手很快，他连喊都没来得及喊。”

我费劲地睁开眼睛，晕晕乎乎地看着一颗寒星，愣怔了半天，发现自己是平躺在地上，感觉有点恶心。

那个声音继续说道：“也可能更久一点，说不定有八分钟！他们肯定是躲在灌木丛里，车正好停在这儿，那家伙胆儿太小了，他们只是用手电筒照了照他的脸，他就吓晕了，真是个娘们儿！”

周围陷入短暂的沉默，我支起一条腿，试图起身，脑后的疼痛闪电般传至我的脚踝。

“然后其中一人上了车，”那个声音又响起来，“等你回来，其他人又躲了起来。他们肯定猜到他不敢一个人赴约，或者他打电话时声音异样，引起了他们的怀疑。”

我头昏脑涨地挣扎着跪起来，双手撑在地上，继续听着。

“对，应该就是这样。”那个声音说。

那是我的声音！我在自言自语，潜意识里想把事情理明白。

“闭嘴，你这个傻瓜。”我骂了一句，便住嘴了。

远处传来汽车引擎的嗡嗡声，近处此起彼伏地响着蟋蟀的唧唧声，还有树蛙拖着长腔的十分怪异的咕咕声，哎，我想我再也不会喜欢听这些声音了。

我勉强抬起一只手，上面粘着黏糊糊的鼠尾草汁液，我试着甩了甩，又在衣襟上蹭了蹭，忍不住自嘲一番，为了一百块钱，真是找了份好工作。我摸摸外套的暗兜，马尼拉纸信封不见了，当然了，这是情理之中的事；我又摸了摸自己的衣服口袋，发现钱包还在，只是不知道那一百元还在不在，也许也被拿走了。有个东西沉甸甸地压在我的左侧肋骨上，是我的枪。

不错，他们没有拿走我的枪，为什么说不错，就好比你捅死人后帮他阖上眼睛。

我摸摸脑后，发现帽子还戴在头上，忍着不适摘下来，摸了摸后脑勺。这颗跟我相依为命多年、还算灵光好用的老脑袋，现在变得有点软软的，囊囊的，十分脆弱。这一棍子打上去，帽子多多少少起到一定的保护作用，所以目前看来这颗脑袋暂时还能用，起码再用一年没问题。

我换右手撑地，抬起左手，努力转动手腕露出手表，眯着眼睛看了半天，发现亮晃晃的表盘显示时间为 10 点 56 分。

电话是10点零8分打来的，马里奥特讲了大约两分钟，我们出门约莫花了四分钟，当你真正做事情时，时间过得总是异常缓慢，我是说，你可以在短短几分钟内完成一系列的动作。这是我想表达的意思吗？管他呢！好吧，比我优秀的人也不一定比我有意思。呃，我的意思是，那就当作我们出发时是10点15分，到达这里大约需要十二分钟，也就是10点27分。我下车，进到空地四处走动、查看情况，然后回来，脑袋遭袭，这个过程最多花了八分钟，那就是10点35分。然后脸朝下摔倒用了一分钟，之所以说是脸朝下，是因为我发现下巴被擦伤了，火辣辣地疼，我怎么知道下巴擦伤了？感觉。不，我没看到，根本不需要看，这是我的下巴，我知道它有没有受伤。也许你非要我讲出个道道来，够了够了，闭嘴，让我想想，因为？……

手表现在显示是晚上10点56分，这意味着我昏迷了二十分钟。

二十分钟的睡眠，充其量就是打了个盹儿，这段时间里我搞砸了一份工作，丢了8000元钱，不过这也不奇怪，二十分钟的时间，你可以击沉一艘战舰，打落三四架飞机，执行两次死刑，你可以死去，结婚，被解雇，找一份工作，拔一颗牙齿，割去扁桃体，甚至可以在清早起床，或者在夜总会要杯水喝。

二十分钟的睡眠，那可是相当长的一段时间，尤其是在一个寒冷的夜晚露天而眠。我冻得浑身瑟瑟发抖。

我还跪在地上，鼠尾草的味道渐渐让我有些心烦气躁，这些黏糊糊的汁液就是野蜜蜂争相采摘的花蜜，花蜜是甜的，甜得过了头。我感到胃里一阵翻江倒海，咬紧牙关，努力压制着才不让自己吐出来。我的额头上布满豆大的汗珠，冷汗一个劲儿地出，身上抖个不停。我先尝试着站起一条腿，后又站起另一条，然后摇摇晃晃地直起腰，感觉自己像一只被截肢的狗。

我费尽力气转过身，来时我们开的车已经不见了，空荡荡的土路嵌在浅色的山上，一直延伸至滨海路的尽头。左边刷着白漆的围栏在黑漆漆的夜色中尤为显眼，越过矮矮的灌木丛向远处望去，贝城在远处的天空中闪着淡淡的亮光。右边稍远一点则是灯光璀璨的观景楼沙滩俱乐部。

我走到原本停车的地方，从口袋上摘下一支带小手电筒的钢笔，用那小小的光束照着地面。地上的泥土是红壤，天气一干燥会变得十分坚硬，但今晚没有干得嘎嘣脆，空气中飘着淡淡的雾气，地面受潮，停车的位置就显现出来了。我模模糊糊看到几个轮胎印，便用小手电筒照着，弯腰向前查看，脑袋疼得我头晕眼花。我跟着轮胎印走，一直向前走了约 12 英尺，然后轮胎印向左偏了偏，但没有转向，而是穿过了左侧白色围栏尽头的缺口，之后便消失不见了。

我走到围栏边，用小手电筒照了照灌木丛，那儿有一些刚被折断的枝丫，穿过栅栏缺口，来到一条弯路上，这里的土地更软，留下更多的轮胎印，我沿着弯弯曲曲的小路走下去，来到灌木环绕的空地边。

马里奥特的车就在那儿，车身在黑夜里仍然微微闪光，车尾灯的红色反光玻璃也在小手电筒的照射下闪着光亮。车静静地停着，没有亮灯，所有的车门都关着。我咬着牙一步一步地慢慢走过去，打开车后门照了照，没人，前面也没人。车已经熄火了，车钥匙上挂着一条细链，还插在锁里。座椅没被撕坏，玻璃完好无损，没有血，没有尸体，一切都干干净净，整整齐齐。我关上车门，慢慢地绕车走了一圈，想找到蛛丝马迹，可却还是一无所获。

这时，突然响起一个声音，我顿时吓得站在原地一动不敢动。

上方的灌木丛边传来引擎的轰鸣声，我稍稍挪动一点地方，关上手电筒，手枪自发自觉地滑入手中。只见车前灯的光束先是向上照了照，而后扫下来。这车的声音在雾气蒙蒙的夜晚里听着很舒服，应该是辆小车。

光束还在往下照，而且更亮了。一辆小车沿着曲曲折折的土路开下来，下到三分之二路程时停住，紧接着“咔嚓”一声亮起一盏手电筒。手电筒照向一边，好久才熄灭。小车继续往下行驶，我从口袋里掏出枪，蹲在马里奥特的车头后面。

一辆样式普通、颜色平常的小轿车开进空地，掉了头，车灯的光束把马里奥特的车从头到尾扫了一遍，我匆忙低下头，只见那光束似一把宝剑我头顶上扫过。小轿车停下来，熄了火，灭了灯，周围陷入静寂。不多时，车门开了，一只脚轻巧地踩到地面上。又是一阵静寂，就连蟋蟀也停止了欢唱。突然，一道光束平平穿过低空，在离地面只有几英寸的地方扫来扫去。

我的脚力不够快，根本无法躲过被照到的命运，终于，光束照到了我的脚。静寂再次降临。然而，光束又往上照去，最后停在车前盖上来回晃动。

一阵笑声响起，是个女孩的声音。她虽然在笑，声音却绷得紧紧的，像曼陀林的琴弦，在这样一个地方显得尤为怪异。白色的光束再次照进车底，停在我的脚上。

那个声音说："喂！你！出来！放下手中的东西，双手举到头顶上！你被发现了！"噢，还好，不是特别刺耳。

我没动。

光束晃动了一下，好像是拿灯的手在晃。接着，它又慢慢地照到车前盖上，那个声音再次冲我喊道：

"你听着，陌生人，我现在手里拿着一把装有十发子弹的自动手枪，我打枪很准，你的脚现在就暴露在外面，你有什么筹码？"

"把枪举起来，否则我打烂你的手！"我吼道，声音沙哑刺耳，难听极了。

"噢——先生是条硬汉子。"那个声音颤抖了一下，让我感觉不错，不过很快又强硬起来："还不出来？我数三声，你自己掂量掂量获胜的概率，你的车是十二个大汽缸吧，也许是十六个。可你逃得再快，脚一定会受伤，踝骨受伤好多年好多年才能痊愈，也有可能永远痊愈不了——"

我慢慢站起来，看着那道光束。

"我一紧张就话多。"我说。

“不——不要动！你是谁？”

我从车前绕出来，向那个纤细的黑影走去，最后在距离她6英尺的地方停下来。她手中的灯光直直地照着我。

“你站那儿别动！”我停下后，她愤怒地叫道，“你是谁？”

“让我看看你的枪。”

她向前举起枪，瞄准我的腹部，借着灯光，我看到那是一把小手枪，有点像柯尔特小型自动手枪。

“哦，那个，”我说，“你那个玩具手枪，装不了十发子弹，顶多装六发，这么小的枪，别人是用来打蝴蝶的，你居然拿这个来骗人，真是丢人！”

“你疯了吗？”

“我？我被一个抢劫犯打了一闷棍，可能有点神志不清。”

“那是你的车吗？你是谁？”

“你刚才拿着手电筒在那边看什么？”

“我懂了。你只负责问问题，不管回答。哼，大男子主义！我在看一个人。”

“他的头发是金色的卷发吗？”

“现在不是，”她小声说，“以前可能是。”

这让我十分震惊，我千算万算就是没算到这一点。“我没看到他，”我的话听上去毫无说服力，“我在找轮胎印，结果一路跟到了这里。他伤的重吗？”我朝她走了一步。那把小手枪立刻指向我，灯光还是直直地照着我。

“别激动，”她安静地说，“千万别激动，你的朋友已经死了。”

我愣了一下，然后说道：“好吧，我们去看看他。”

“我们就站在这儿，哪儿也不去，你告诉我你是谁，发生了什么事。”她的声音很干脆，也没有害怕，不像是在开玩笑。

“马洛。菲利普·马洛。我是个侦探，私家侦探。”

“你是个私家侦探？我为什么要相信你？你怎么证明？”

“我需要拿出我的钱包。”

“不行！手放老实点，不许动，现在先不证明了。告诉我发生了什么事？”

“那个人可能现在还没死。”

“他死得透透的，脑浆糊了一脸。说吧，先生，怎么回事，长话短说。”

“我说——他可能还没死。我们得去找他。”我向前迈出一只脚。

“你再动我就把你打成筛子！”她厉声呵斥。

我迈出另一只脚，灯光晃了一下，我想她可能退了一步。

“你的胆子可真够大，先生，”她镇定地说，“好吧，你先走，我跟着你。你看起来像个病人，如果不是因为这个——”

“你早就开枪打我了。我被人打了一棍，挨了打自然是病殃殃的。”

“哈哈，你真‘幽默’——像停尸房的值班人员。”她几乎是哀嚎着说出了这句话。

我转身走开，灯光径直照到我面前的地上。她的小轿车就在一旁，普普通通，干净整洁，在朦胧星光的照耀下闪闪发光，我从车旁走过，沿着弯弯曲曲的土路继续向前。身后的脚步紧紧跟着我，手电筒照亮我前方的路。万籁俱寂，茫茫夜色下只有我们两个人的脚步声和一个女孩的呼吸声。我没听到自己的呼吸声。

FAREWELL MYLOVELY

11

斜坡上到一半，我在道路右边看到了他的脚。女孩关上灯，我看到了他的全身。之前下来时本来能发现他的，但我光顾着弯腰察看地上的轮胎印，而小手电筒照出的光不过铜钱大小，就这么错过了。

“把手电筒给我。”我说着便往身后伸手。

她把东西放在我手中，没说话。我一条腿跪在地上，透过裤子感到凉凉的湿意。

他躺在一丛灌木下，浑身脏乱不堪，一看就知道已经死透了。他的脸变得让我几乎认不出来，头发上的血凝固了，变成黑色，漂亮的层次也因凝结的黑色和黏糊糊的灰色汁液而缠结在一起，活像一团烂泥浆。

女孩呼吸很重，但还是没有说话。我用灯光照着他的脸，发现他被打得遍体鳞伤，一只胳膊僵硬地伸着，手指弯曲，双腿交叉，外套在身下皱成一团，应该是跌倒后还打过滚。他的嘴角有一滴类似污油的黑色液体。

“如果你不觉得恶心，”我说着把灯递回身后，“帮我照着他。”

她把灯接过去举高，仍然没有说话，镇定得如同一个老练的杀人犯。我又掏出带着小手电筒的钢笔，动手检查他的口袋，检查的过程中尽量没有移动他。

“你不应该这样做，”她有些紧张地开口说道，“你不应该乱动他，应该等警察来。”

“对，”我说，“然后巡警来了也不应该动他，要等刑警来；刑警来了也不应该动他，要等法医来，再然后还要等技术人员拍照取证，指纹专家采集指纹。你知道这一套下来要花费多长时间吗？两三个小时。”

“好吧，”她说，“你的话总是很有道理。对方一定恨死了他才会把他的脑袋打成这样。”

“我认为这跟私人恩怨无关，”我咆哮着说道，“有的人就是喜欢把别人的脑袋打成这样。”

“我不了解情况，所以连猜猜都不行了。”她讽刺地说。

我搜了搜他的衣服，发现他的裤子口袋一只装着一些硬币和钞票，另一只装着个做工精致的皮质钥匙包，还有一把小刀，左侧后袋里塞着一个小皮夹，皮夹里装有数量不少的现金、保险卡、驾驶证和几张收据。他的外套口袋里塞着一支金笔，两条像雪一样洁白细密的薄棉布手帕，还有他之前使用过的法国珐琅烟盒，里面的金色过滤嘴香烟产自南美洲的蒙德维的亚。另一边的口袋也装有一个烟盒，但我之前没见过他用，烟盒以绣花绸缎做成，正反两面各绣着一条龙，仿玳瑁框边薄得几不可见。我打开烟盒，发现三根超大号俄国香烟，用橡皮筋捆在一起。我捏捏其中一根，感觉又老又干，烟丝很松，烟嘴是空的。

“他吸的是另一盒，”我回头说，“这一盒肯定是为他的女性朋友准备的，他这种人一看就有很多女性朋友。”

女孩俯下身，呼出的气息喷在我的脖子上，“你不是认识他吗？”

“我今晚第一次见他，他雇我当他的保镖。”

“你这保镖可不怎么称职。”

我没吭声。

“对不起，”她嗫嚅道，声音小得几乎听不见，“我不了解情况，你觉得这是不是大麻烟卷？我能看一下吗？”

我把绣花烟盒递给她。

“我以前认识一个吸大麻烟卷的人，”她说，“三杯酒，三根大麻烟，他就飘飘欲仙了。”

“把灯拿稳了。”

身后窸窣作响，没多久她又开口说道：

“对不起。”她把烟盒递给我，我放回原处，看来这些东西就是他的全部家当了，这只能证明他没有被洗劫一空。

我站起来，掏出自己的钱包，那五张二十元的钞票还在。

“劫匪眼光很高，”我说，“只把大钱拿走了。”

灯光不知不觉中渐渐晃到地上，我放好钱包，别好小手电筒，突然伸手去夺女孩手中的小手枪，她拿枪的手里还握着手电筒，我一夺，手电筒掉到地上，但枪到了我的手中。她迅速后退一步，我捡起手电筒，在她脸上照了一会儿，然后关掉。

“你不用这样，”她边说边把双手插入口袋，她的外套很长，布料粗糙，肩膀设计得很夸张。“我不认为是你杀了他。”

她声音冷静，镇静自若，是个胆识过人的姑娘，这让我对她平添了几分好感。我们在黑暗中面对面站着，一时间谁也没有说话。我能看到灌木丛和天上的亮光。

我打开手电筒照着她的脸，她的眼睛眨了眨。她的脸蛋小巧精致，轮廓优美鲜明，一双大眼睛充满活力，相当漂亮。

“你的头发是红色的，”我说，“你像是爱尔兰人。”

“而且我姓赖尔登，那又怎样？把那手电筒关上。我的头发不是红色，是赤褐色。”

我关上手电筒，“那你的名字是什么？”

“安妮，不过不要叫我安妮。”

“你为什么会在这儿？”

“我是个孤儿，自己一个人住，有时在家待不住，就会出来转转。我对这片儿很熟悉，可以说是个活地图。我正巧转到附近，发现有灯光照到下面的空地，这儿有点冷，不适合谈情说爱，而且就算如此，那也用不着开灯，你说对吧？”

“反正我从来不开。你胆子可真大，赖尔登小姐。”

“这话是我对你说的吧，我不害怕，我有枪，下来看看又不犯法。”

“嗯哼，但是法律规定人要保护自己。给你，我就不多说了，你应该有持枪许可证吧。”我把枪还给她，枪柄向着她。

她接过去，塞进口袋。“可有时候人的好奇心真的很重，不是吗？我平时写点东西，专题文章。”

“有报酬吗？”

“少得可怜。你刚才——在他口袋里找什么？”

“没找什么，我这人就爱刺探别人的秘密。我们带了8000元钱过来，要帮一位女士赎回珠宝，结果遇到了抢劫。我不明白对方为什么要杀死他，他不像是会抵死反抗的人，而且我也没听到打斗声。他遇袭的时候我在下面的空地，他在上面的车里。我们本来应该把车开下去，围栏那边的空隙太窄，可能会把车刮坏，所以我走路下去的。他们肯定是趁我在下面时偷袭了他，然后一个人躲在车里等我回来。当然，我回来时以为他还在车里。”

“这样看来，你还没有蠢到无可救药的地步。”她说。

“这份工作一开始就不太对劲儿，我能感觉到，但是我需要钱。现在我得到警察那儿去一趟，又得受一包气。你能把我送到蒙特马维斯塔区吗？我的车还在那儿，这哥们儿就住在那里。”

“当然可以，但是这里不应该留一个人吗？你可以开我的车——或者我去叫警察来。”

我看了看表，微微发光的指针已经快指向了12点。

“不用。”

“为什么不用？”

“我不知道为什么，只是感觉应该这样，这事得我自己处理。”

她没再说什么，我们又返回山下，上了她那辆小车。她发动了车，没开车灯就直接开上了山坡，随后轻而易举地穿过围栏，开出一个街区后才把车灯打开。

我的头很疼，没有说话，她也很安静。开到水泥路旁的第一座房子时，她突然说道：

“你需要喝一杯，要不先去我家？你可以在我家打电话报警，反正他们得从西洛杉矶赶来，这边只有一个消防站。”

“继续往海岸那边开，我会自己处理。”

“为什么啊？我不怕他们，说不定能帮上你。”

“我不需要人帮，我得好好地想一想，我需要一个人待一会儿。”

“我——好吧。”

她在嗓子眼里嘀咕了一声，将车开上大道。我们先向海岸公路上的服务站开，然后从那儿往北拐，开了一会儿就到了蒙特马维斯塔区，找到了那家路边咖啡馆。咖啡馆里灯火通明，亮得像一艘豪华游轮。女孩在路边停了车，我下了车，用手扶住车门。

我从钱包里摸出一张名片递给她，“哪天你需要找苦力，”我说，“就来找我。脑力劳动就算了。”

她接过名片在方向盘上轻轻敲着，慢慢地说：“你可以在贝城城市通讯录上找到我的地址，二十五号街819号。估计现在你还晕乎着，改天清醒了可以来坐坐，顺便给我带点小礼物，奖励我没有多管闲事。”

说完，她熟练地掉头开走了，车灯渐渐消失在夜色里。

我穿过天桥，进入咖啡馆的停车场，找到我的车。上了车，我又开始发抖，前面正好有个酒吧可供休息，不过现在赶紧去西洛杉矶警察局才是上策。于是，二十分钟后，我浑身发冷、脸色发青地走进了警察局。

FAREWELL MYLOVELY

12

一个半小时后，尸体被带走，现场勘查完毕，包括我在内的四个人坐在西洛杉矶警察局的值班室里，我把事情的经过翻来覆去讲了三四遍。整座建筑物都很安静，只有一个醉鬼，明天早上要被押送到市区接受审判，一直像原始丛林中的野人似的尖着嗓子乱喊乱叫。

玻璃反射镜里射出一道白色的强光，照在一张桌子上，桌上堆满从马里奥特口袋里取出的东西，这些东西现在失去了主人，全都显得死气沉沉。坐在我对面的男人叫兰德尔，是洛杉矶总局凶案组的。他年纪约莫五十岁，身形瘦削，眼神冷淡，一头华发梳得油光顺滑，话不多，给人一种疏离感。他系着一条带黑点的暗红色领带，看得人直犯晕。他身后灯光照不到的地方，两个像保镖一样的壮汉懒洋洋地坐着，一人盯着我一只耳朵。

我摸出一根烟，在指间转了几圈，点燃后却不喜欢它的味道，于是便看着它在指间慢慢燃烧。恍惚间我感觉自己成了八十岁的老人，而时间还在无情地流逝。

兰德尔冷冷地说："你说得越多，听着越可笑。毫无疑问，这个马里奥特已经就赎金问题跟劫匪谈判了好几天，结果在离最后会面仅有几个小时的时候，他却打电话找来一个完全陌生的人充当他的保镖。"

"确切来说不能算作保镖，"我说，"我没有告诉他我有枪，充其量只能说给他做了个伴。"

"他是怎么找到你的？"

"起初他说是我俩一个共同的朋友介绍的，后来又改口说是在电话本上随手挑的。"

兰德尔轻轻拨开桌上的东西，从中挑出一张白色名片，一脸嫌弃地将它沿着桌面推过来，像是碰到了什么不得了的脏东西。

"他有你的名片，商务名片。"

我瞥了一眼，这张名片跟其他名片一起放在他的皮夹里，在普瑞斯玛峡谷时我嫌麻烦没仔细检查，所以没发现。这确实是我的名片，脏兮兮的，一角有个圆形的污点，不像马里奥特这种人会保存的东西。

"当然了，"我说，"我一有机会就往外发名片，这不是很自然的事吗？"

“马里奥特让你带着钱，”兰德尔说，“8000 元钱，他还真容易相信别人。”

我吸了一口烟，仰起头慢慢吐出去，强烈的灯光刺得我眼睛疼，后脑勺也跟着凑热闹，一阵一阵地疼。

“不好意思，”我说，“那 8000 元钱现在不在我身上。”

“当然不在，否则你怎么会来这儿呢！还是你是故意这么做的？”他冷冷地说，一脸讥讽的表情怎么看都像装出来的。

“为了 8000 元钱我可以干很多事，”我说，“但是如果我想用棍子敲死一个人，那我最多会打他两下——在后脑勺上。”

他微微点点头，他身后的一个家伙向废纸篓里啐了一口。

“这是案件的一点可疑之处，作案手法不专业，当然，这也可能是他们刻意制造的假象。那笔钱不是马里奥特的吧？”

“我不知道，感觉不是，但仅仅是感觉而已，他无论如何也不肯告诉我那个女士是谁。”

“就目前而言，我们对马里奥特的情况还一无所知，”兰德尔不紧不慢地说，“我想至少有一种可能，他打算私吞那 8000 元钱。”

“啊？”我感到非常吃惊，可能脸上的表情也很吃惊，但是兰德尔冷冰冰的脸上没有任何变化。

“你数过那笔钱吗？”

“当然没有，他只是给了我一个包裹，里面有钱，而且看起来不少，他说那是 8000 元。我去之前，钱本来就在他手里，他为什么会想再偷回去？”

兰德尔看着天花板一角，嘴巴一撇，耸了耸肩。

“我们再来回顾一下案情，”他说，“有人抢劫了马里奥特和一位女士，抢走了这条珍贵的翡翠项链和一些别的东西，然后他们主动提出归还项链，项链价值很高，但他们只索要了一小笔赎金，马里奥特负责交付赎金，他本来打算自己单独赴约，我们不知道对方是否重点指出不能带别人，还是没提及这个问题，通常在这种情况下，劫匪会很挑剔，会提出这样那样的要求，显然，马里奥特认为带你去没问题。你们俩都认为对方是有组织的一帮人，会按规矩出牌，马里奥特害怕了，这很正常，他想找个人陪他去，于是就找到了你，但你对他而言是个完全的陌生人，只是有人把你的名片给他，让他来找你。最后关头，马里奥特决定让你带着钱负责交涉，而他自己躲在车里，你说这是你的主意，但也许他就等着你自己主动提出来，如果你没提，他自己最终也会找个机会说出来。”

“他一开始不赞同这个做法。”我说。

兰德尔再次耸耸肩，“他装出一副不赞同、不得已才勉为其难接受的样子。最后他接到一个电话，你们俩就驱车前往他说的那个地方，这一切都是他的说法，没有一点是你亲身经历的。你们到达指定地点后，那里看着好像没有人，你们本应该开车下到那块空地，但是围栏空隙太小，他的车太大，过不去。的确是过不去，现场勘查发现，那车左侧被刮得很厉害。所以你下了车，独自走下山坡，到达那块空地，你在空地里什么也没看到，什么也没听到，等了几分钟便返回车上，结果有个人藏在车里偷袭了你。假设马里奥特想私吞那笔钱，让你做替罪羊，他的做法不就都说得通了吗？”

“这个假设不错，”我说，“马里奥特把我打晕，拿走了钱，半路上突然良心发现，感到万分愧疚，于是就把钱埋到灌木丛下，以死谢罪，打得自己脑浆都崩了出来。”

兰德尔面无表情地看着我，“当然，他还有一个同谋，计划是由那个同谋把你俩都打昏，然后他负责带钱逃跑，只不过那个同谋背叛了他，把他杀死了。他没有杀你是因为你根本不知道这个同谋的存在。”

我万分敬仰地看着他，把烟头摁在一个木制烟灰缸里碾熄，烟灰缸里原本内嵌的一层玻璃早已不知所踪。

“根据我们目前所掌握的线索，这个假设与事实相吻合，”兰德尔平静地说，“跟其他假设一样，没有那么荒谬。”

“只有一点说不通——我是被藏在车里面的人袭击的，这不禁让我怀疑是马里奥特袭击了我——其他条件不变。不过他死后我就没再怀疑他了。”

“你被打这一点反而最合理，”兰德尔说，“你没有告诉马里奥特你有枪，但他可能看到了你腋下的衣服鼓起一块，至少，他对你没带枪的说法是怀疑的。在这种情况下，他肯定想趁你毫无防备时对付你，而你根本不会猜到车后座的人会袭击你。”

“好吧，”我说，“你赢了，这个假设有点道理。那就这样假设：那 8000 元钱不是马里奥特的，但是他想据为己有，他有一个同伙。所以，他的计划就是，我们俩都顶着一头包醒来，然后惊讶地发现钱不翼而飞，只好两相对望，对彼此感到抱歉，然后我拍拍屁股回家，再把这事全部忘掉。事情原本应该这样结束？我是说，难道这是他预计的结局？这样一来，他肯定第一个被怀疑，可他不应该把结局设计得对自己有利些吗？”

兰德尔冷笑道：“我自己也不喜欢这个假设，只是试着推理而已，但是这个假设与目前所知的事实相符，而且在我看来，这应该可以说是全部事实。”

“什么全部事实，就凭我们掌握那点情况，根本不足以进行假设，”我说，“为什么不假设他讲的都是实话？他可能真的认识其中一个劫匪。”

“你听到打斗声、叫喊声了吗？”

“没有，但是有可能他的脖子很快就被掐住了，他来不及叫；或者对方突然出现，把他吓得叫不出声。假设他们一直躲在灌木丛里监视，看到了我离开。你知道，我走出去相当远的一段距离，起码得有 100 英尺吧。他们从藏身的地方出来，想去检查车辆，却发现了藏在里面的马里奥特。有人用枪指着他的脸把他逼下车，还不让他出声，然后就把他打倒在地。但是马里奥特说的某句话，或者脸上露出的某个表情，让对方以为他认出了某个人。”

“在黑夜里认出某个人？”

“是的，”我说，“一定是这样，有些人的声音很有特点，即便摸着黑也能辨别出来。”

兰德尔摇摇头，“如果这是一个有组织的珠宝盗窃团伙，他们除非被激怒，否则不会轻易杀人。”说着，他突然眼睛一亮，停下不说了。只见他慢慢地闭上嘴巴，闭得紧紧的。他想到了。“抢劫！”他说。

我点点头：“这个想法靠谱。”

“还有一点，”他说，“你是怎么来这边的？”

“开车过来的。”

“你的车当时停在哪儿？”

“在蒙特马维斯塔区一个路边咖啡馆的停车场里。”

他看着我，陷入沉思。他身后那两个家伙也看着我，一脸怀疑。牢房里的那个醉鬼想用假嗓子唱歌，不想却总是破音，他憋屈极了，忍不住放声大哭。

“我徒步走到公路边，”我说，“拦了一辆车，司机是个女孩，她让我上了车，把我载到这里。”

“一个女孩，”兰德尔说，“深更半夜，在一条偏僻的路上，停车载你。”

“是啊，有些女孩就是会这样做，可惜我没能认识她，但她看上去是个好人。”我盯着他们，知道他们不相信，同时心里又纳闷，我为什么要撒谎啊？

“她的车很小，”我说，“是辆雪佛兰牌的小轿车。我没记车牌号。”

“嚯！他没记车牌号。”后面的一个家伙说道，他又往废纸篓里啐了一口。

兰德尔探身过来，仔细地盯着我，仿佛想从我脸上看出点什么。“马洛，如果你对我们有所隐瞒，打算自己单干赚点知名度，我劝你趁早放弃这种想法。你的那一套说法，没有一点能让我信服。我给你一晚上的时间，你回去好好考虑。明天早上我可能会问你要一份证词。另外，我再给你点小小的建议，这是一桩谋杀案，是警察该管的事情，即使你能帮得上忙，我们也不需要，你只要说出全部事实就可以。懂了吗？”

“当然，我现在可以回家了吗？我感觉不太舒服。”

“你可以走了。”他的眼神冷得能冻死人。

我站起来向门口走去，房间里陷入死一般的沉寂。我走到第四步时，兰德尔清清嗓子，漫不经心地问：

“哦，还有一点，你有没有看到马里奥特抽的哪种烟？”

我转身回答说，“看到了，一种产自南美洲的棕色烟卷，装在一个法国珐琅烟盒里。”

他探身从桌上那堆东西中推出一个绣花绸段烟盒，推到自己跟前。

“见过这个吗？”

“当然，我刚才还在看它。”

“我是说，今天傍晚早些时候。”

“见过，”我说，“忘记在哪儿看的了，怎么了？”

“你没有搜查他的尸体？”

“好吧，”我说，“我翻了他的口袋，这个烟盒就装在其中一个口袋里，不好意思，职业病。我没有破坏现场，好歹他是我的客户。”

兰德尔双手拿起那个烟盒，打开向里面看去，里面空空如也，那根香烟不见了。

我紧紧咬着牙，努力装出一副非常疲惫的样子，这个倒不难。

“你看到他吸这里面的烟了吗？”

“没有。”

兰德尔面无表情地点点头。“如你所见，这烟盒是空的，但仍然被他装进口袋，烟盒里有点碎屑，我会让人鉴定一下，我不能确定，但感觉应该是大麻。”

我说：“如果他有这玩意儿，今晚很有可能抽过几根，他当时的精神状态很需要振奋一下。”

兰德尔小心翼翼地合上烟盒，然后把它推到一边。

“就这样吧，”他说，“记住不要多管闲事。”

我走了出去。

外面的雾气已经散了，黑色的夜空满是闪闪发亮的星星，好像一块巨大的黑色天鹅绒上缀着金属亮片，美不胜收。我把车开得飞快。我现在急需喝一杯，但酒吧却都关门了。

13

我早上9点起床，喝了三杯黑咖啡，用冰水冲了后脑勺，读了两份不知何时被丢在门口的晨报。报纸第二版有报道驼鹿马洛伊的事情，总共写了一段多一点，但对纳尔蒂却只字未提。林赛·马里奥特的案件也未提及，除非是登在了社会版。

我穿好衣服，吃了两个水煮蛋，又喝了一杯咖啡，然后看着镜子中的自己，眼底还是有点淡淡的黑眼圈。我开了门，前脚刚要迈出去，电话响了。

是纳尔蒂打来的，他听起来脾气有点冲。

“马洛？”

“是。你们抓到他了？”

“哦，当然，我们抓到他了。”他开始咆哮起来，“在凡吐拉市抓到的，正如我所料！呵呵，我们玩得那叫一个刺激！那家伙身高 6 英尺 6 英寸，壮得像座水坝，他正在去往旧金山交易会的路上。他租了一辆车，车前座放着五夸脱烈酒，手里还拿着另一瓶，一边开车一边喝，车速飙到了七十以上。当时对付他的只有郡里的两个配着枪和警棍的警察。”

他停顿了片刻，我绞尽脑汁想了几句俏皮话，可发现一点儿也不好笑。这时纳尔蒂又开口说道：

“所以他就跟那俩警察玩体力游戏，后来把他们累到睡着。他一看机会来了，直接把警车的一扇车门给卸了下来，然后又把对讲机扔到臭水沟里，自己新开了一瓶烈酒，喝得那叫一个尽兴，到最后自个儿呼呼大睡起来。过了一会儿，警察醒了，见那家伙在睡觉，便用警棍敲他的脑袋，敲了近十分钟才把他敲醒，等他反应过来，情绪渐渐变烦躁时，手上已经戴了手铐。整个过程就这么简单。他现在被关起来了，醉酒驾驶，车内饮酒，袭击执勤警官，双重罪过，蓄意破坏公共财产，被羁押时试图逃跑，寻衅滋事，扰乱治安，在州道上随便停车。有趣吧？”

“到底是怎么回事？”我问，“你说了这么多不可能只是为了显摆。”

“抓错人了！”纳尔蒂暴怒，“这家伙叫斯托亚诺夫斯基，家住赫米特，是在圣杰克隧道工作的工人，当时刚刚收工。他有一个老婆和四个孩子。好家伙，他老婆可是个暴脾气。你那边有进展吗？”

“没有，我头很疼。”

“你有时间的话，可以——”

“我恐怕没时间，”我说，“多谢邀请。什么时候审那个黑鬼？”

“不用你费心！”纳尔蒂冷哼一声，挂断电话。

我开车去了好莱坞大道，在大楼旁的停车场停好车，径直上楼开门，这是一间小小的接待室，平日通常不锁门，万一有客户来而我又不在，他们可以进里面等。

安妮·赖尔登小姐正在看杂志，见我来了，冲我微微一笑。

她穿着一件烟草色外套，里面套着一件白色高领毛衣，头发在白天看是纯正的赤褐色。她斜戴着一顶帽子，帽顶只有威士忌酒杯那么大，帽檐却宽得离奇，几乎可以把一整个星期的脏衣服都堆在上面。帽子斜得很厉害，目测倾斜度得有四十五度，一侧的帽檐边儿几乎可以擦到她的肩膀。可即使这样，她看起来也很时髦，再一想，也许就是因为时髦她才斜着戴的。

她看着有二十八岁左右，额头有些窄，但是很高，鼻子小巧，鼻头尖尖的，一副好奇的模样。她的上嘴唇线条略长，显得嘴巴有点宽。一双灰蓝色的眼睛炯炯有神，非常明亮。她笑起来很好看，精神状态也不错，看来昨天晚上睡得很好。她的脸蛋很讨人喜欢，很漂亮，但是漂亮得恰如其分，不需要一出门就得全副武装、时时提防着别人的不良居心。

“我不知道你的办公时间，”她说，“就在这儿等了一会儿，看来你的秘书今天没来。”

“我没有秘书。”

我穿过接待室，打开里屋的门，再打开外面的门。“请进，这是我的私人办公室。”

她从我跟前走过，留下一股淡淡的檀香味。进门后，她便开始打量屋里的摆设：五个绿色的档案柜，破旧的铁红色地毯，落满尘埃半掩的家具，和脏兮兮的网眼窗帘。

“你应该找个负责接电话的人，”她说，“再让他时不时把窗帘送到洗衣店洗一下。”

“放假时我会自己送去洗，请坐吧。没人接电话可能会让我错过一些无关紧要的工作，但替人跑腿的事也会因此相对少一些，省钱省力。”

“我明白了。”她一脸认真地说。她把一个大皮包小心翼翼地放在玻璃桌面的一角，拿了我一根香烟，身体靠在椅背上。我擦了根火柴替她点烟，一不小心烧到了手指。

她吐出一团烟雾，微笑地看着我。她的牙齿很漂亮，就是稍微有点大。

“没想到吧，我们这么快就又见面了。你的头怎么样了？”

“很不舒服。是的，我还真没想到！”

“那些警察对你的态度怎么样？”

“就那样。”

“我没耽误你干正事吧？”

“没有。”

“但是你好像不太乐意见到我。”

我装了一斗烟，拿过火柴盒，仔细点上。她赞许地看着我，一般而言用烟斗抽烟的男人都很可靠，不过她很快就会对我失望了。

“我不想把你牵扯进去，”我说，“我也说不上为什么。事情现在跟我没有丝毫关系，警察会处理，有人警告我不要多管闲事。看看我昨晚都遭了些什么罪，回家后喝了一瓶酒才睡着。”

“你不想把我牵扯进去，”她平静地说，“是因为你觉得警察不会相信我昨晚是纯粹出于好奇才去的那块空地。他们会怀疑我犯了罪，然后对我严刑拷打，逼我认罪。”

“你怎么会知道我的想法？”

“警察很公正。”她自顾自地说。

“听说他们打算朝这方面努力。”

“咦——你今早有点愤世嫉俗啊，”她扫视一周，眼神看似随意，实际上非常锐利，“你这儿生意还不错吗？我是指财务方面，哦，我是说你办公室摆成这样，能赚到钱吗？”

我哼了一声没接话。

“或许我应该操心自己的事情，不该管这些不相干的问题。”

“要不你试试？”

“我尽力。告诉我，你昨晚为什么替我打掩护？因为我长着红头发，有副好身材吗？”

我没回答。

“那我们换个问题，”她愉快地说，“你想知道那条翡翠项链是谁的吗？”

我的脸僵住了，感觉有什么地方不对劲，可又说不出来。

突然，我想到了，我根本没跟她说过翡翠项链的事情。

我拿过火柴盒，重新把烟斗点着，“不太想，”我说，“为什么这么问？”

“因为我知道。”

“嗯哼。”

“你多说句话会怎么样，脚抽筋？”

“好了，”我不耐烦地吼道，“你来不就是想告诉我吗？赶紧说吧！”

她的蓝眼睛顿时瞪得大大的，有那么一会儿甚至蒙上了一层薄薄的水雾。她咬着下嘴唇默默地盯着桌子，然后耸耸肩，松开嘴唇，真诚地对我微微一笑。

“我知道我就是个爱打听、惹人嫌的野丫头，但没办法，我就是忍不住，我爸以前是个警察，他叫克里夫·赖尔登，在贝城当了七年警察局长，想来我应该是受他影响。”

“我有点印象，他怎么了？”

“他被解雇了，这让他非常难过，一个叫莱尔德·布鲁内特的家伙带着一帮赌徒为他们自己选了个市长，然后就把我爸调去管档案局，贝城的档案局是个可有可无的小部门，我爸一气之下就辞了职，在家闲了几年就过世了。他去世后不久我妈也跟着去了，剩下我一个人，已经孤孤单单地过了两年。”

“真对不起。”我说。

她掐灭了烟，烟蒂上干干净净，没有口红印。“我大老远跑来烦你，其实是想告诉你，我跟警察打交道更方便些，本来这事我昨晚就应该告诉你。今天早上，我得知这起案件的负责人是谁后，便跑去见了他，起初他对你恨得牙痒痒。”

“没关系，”我说，“就算我把事情全部告诉他，他也不会相信我，只会唠唠叨叨地说这说那。”

她看上去很受伤。我站起来，打开窗户，街上的车辆噪声像恶心的感觉，一浪一浪地涌进来。我感觉心情糟透了。于是我拉开桌子最底层的抽屉，拿出酒给自己倒了一杯。

赖尔登小姐不满地看着我，没有说话。想必现在我在她眼中成了不可靠的男人。我喝完酒，把酒瓶放回去，然后又坐下来。

“你怎么不请我喝一杯？”她冷冷地说。

“不好意思，现在还不到 11 点，我以为你早上不喝酒。”

她的眼睛眯了眯，“这算是一种称赞吗？”

“在我的圈子里是的。”

她陷入了思考。其实那话对她毫无意义，对我也是如此。但是喝了一杯后，我的心情明显好了很多。

她探身向前，戴着手套的手指慢慢划过玻璃桌面，“你不想找个助手吗？不要工资，只要你偶尔说点好话那种？”

“不想。”

她点点头，“我猜也是，我还是干脆地把情报告诉你，然后回家吧。”

我不说话，又一次点着了烟斗，摆出一副好像在思考的模样，其实我脑袋空空，什么都没想。

“首先，我想到那么稀有昂贵的项链肯定是珍藏品，而且非常有名。”她说。

我把还在燃烧的火柴举到眼前，看着火苗渐渐逼近手指，轻轻吹灭，然后将火柴梗扔到烟灰缸里，说道：

“我没跟你提过翡翠项链的事情。”

“是没有，是兰德尔警官告诉我的。”

“真应该把他的嘴巴缝起来。”

“他认识我爸，我向他保证了不告诉别人。”

“你告诉我了。”

“你早已经知道了，傻瓜。”

她突然抬起手，好像要捂住嘴巴，但是抬到一半又慢慢放下，眼睛瞪得大大的。她演技不错，装得倒挺像，但是我多多少少了解她一点，不会轻易被她唬弄。

“你是知道的吧？”她安静下来，小声问道。

“不是钻石的吗？还有一个手镯，一副耳环，一个吊坠，三枚戒指，其中一枚戒指镶着翡翠。”

“一点也不好笑，”她说，“反应也慢。”

“翡翠玉。非常罕见。珠子每颗重六克拉，共六十颗。价值八万元左右。”

“你有一双这么漂亮的棕色眼睛，”她说，“却认为自己是个硬汉。”

“那么，项链是谁的？你是怎么知道的？”

“很简单，我认为城里最大的珠宝商可能听说过这条项链，就去布洛克珠宝店询问那里的经理。我告诉他我是一个作家，想写一篇关于稀有玉石的文章——你懂的。”

“所以他就相信了红头发、好身材的你的话。”她的脸顿时红到了脖子根。

“反正他告诉我了。项链的主人是一位阔太太，名叫卢因·洛克里奇·格雷利，住在贝城峡谷的一处庄园里。她的丈夫是个投资银行家还是什么的，非常有钱，身家2000万元。他过去在比佛利山庄有一家电台，叫KFDK电台。格雷利太太以前在那家电台工作，五年前嫁给了他，她是个非常迷人的金发女郎。格雷利先生上了年纪，又有肝病，天天在家吃药，格雷利太太就到处寻欢作乐。”

“这个布洛克珠宝店的经理，”我说，“他倒知道得挺多。”

“哎呦，傻瓜，这些不全都是他告诉我的，他只告诉了我项链的情况。剩下的消息我是从吉迪·格蒂·阿波加斯特那儿听说的。”

我拉开桌子最底层的抽屉，再次拿出那瓶酒。

“你该不会是那种酒鬼侦探吧？”她不安地问。

“为什么不呢？酒鬼侦探总是不费吹灰之力就能破案。你继续说。”

“吉迪·格蒂是《纪事报》社会版的编辑。我认识他好多年了，他体重两百，蓄着希特勒式的小胡子，他找出了格雷利夫妇的资料，你看。”

她把手伸进皮包，摸出一张照片，推到我面前，这是一张五乘三的光面照片。

照片中是个三十岁左右的金发女郎，美得能让出家人还俗。她身穿黑白色休闲装，头戴与之搭配的帽子，有点高傲，但又不讨人厌。她五官精致，身材曼妙，美得恰如其分，增一分嫌多，减一分嫌少。

我倒了杯酒，一口喝下去，烧得嗓子火辣辣地疼。“把它拿开，”我说，“我要跳起来了。”

“为什么，我特意帮你要来的，你肯定要见她，不是吗？”

我又看了一眼照片，然后把它压在记事本下面：“今晚 11 点怎么样？“

“听我说，马洛先生，这可不是开玩笑，我打电话给她，她来见你，你们公事公办。”

“但愿如此。”

她不耐烦地摆摆手，于是我收敛起吊儿郎当的样子，正襟危坐，顺便皱起身经百战的眉毛：“她为什么会见我？”

“当然是为了她的项链。事情是这样的，我打电话找了她一次，费了老大的劲才跟她通上话。我把跟布洛克珠宝店经理说的那一套又给她说了一遍，但没什么效果。她听起来像是宿醉未醒，嘟嘟囔囔地说什么有事跟她的秘书谈，我好说歹说她才没挂断电话，我就趁机问她是不是真的有那条翡翠项链。她过了一会儿才回答说是。我问能不能让我看一下，她问为什么，我就又把作家写文章那套说给她听，但她还是不买账。我能听到她连连打哈欠，还大骂把我的电话接进来的人。然后我说我是为菲利普·马洛工作的，她说‘那又怎样’，就用这种口气。”

“真是不可思议，不过话又说回来，现在的社交名媛说话都像荡妇似的。”

“这我就不知道了，”赖尔登小姐温柔地说，“可能她们中的有些人本来就是荡妇。我又问她有没有私人电话，她就问我有什么事。有趣的是她再没有要挂我的电话。”

“她心里惦记着翡翠项链这回事儿，又不知道你要说什么。而且她有可能已经从兰德尔那儿得知昨晚的事了。”

赖尔登小姐摇摇头：“没有。我后来给兰德尔打过电话，他不知道项链是谁的，还是听我说的，他没想到我能搞来这些消息，对此感到惊讶极了。”

“他会慢慢习惯的，”我说，“可能不习惯也不行。然后呢？”

“我对格雷利太太说：‘你还是想把项链找回来，对吗？’我不知道还能怎么说，就是感觉必须得刺激她一下。果然，效果十分显著！她连忙又给我一个电话号。我随即给她打过去，说想见见她。她好像很吃惊，我就把昨晚的事情告诉她了。她对此有点难以接受，她说她一直在纳闷为什么还没收到马里奥特的消息。我猜她之前肯定以为马里奥特拿钱跑了。所以我们约定今天下午 2 点见面。后来我向她说起了你，说你为人善良，做事谨慎，有机会一定能帮她找回项链，等等，说完她就已经对你表示出了浓厚的兴趣。”

我闭口不言，只是盯着她，她又露出一副很受伤的样子，

"怎么了？我做得不对吗？"

"你没听到我说的话吗？现在这桩案子归警察管，有人向我发出了警告，让我别乱插手。"

"如果格雷利太太想的话，她完全有权利雇你为她工作。"

"想什么？"

她摆弄着皮包，极其不耐烦地说，"哎呦，天哪——那样一个女人——那样的长相——你还不懂吗……"她突然停住，咬了咬嘴唇，"马里奥特是个什么样的人？"

"我对他了解不多，但感觉他有点娘娘腔，对他没什么好感。"

"他是那种对女人有吸引力的人吗？"

"对有些女人是吧，有的女人可能见了他就想吐。"

"反正他对格雷利太太应该很有吸引力，他俩不是约会了嘛。"

"跟她约会的男人多了去了。不管怎么说，现在项链很有可能找不回来了。"

"为什么？"

我站起来，走到办公室靠里的墙边，用力地拍在墙壁上。隔壁噼里啪啦的打字机停了片刻，没多会儿又继续响起来。我走到窗边，看着阳光照在我所在的大楼和大厦之屋酒店之间。咖啡店里飘来香醇浓郁的味道，让人无法抵抗。我回到桌前，将那瓶威士忌再次放回抽屉，然后坐下来，又一次点燃烟斗，这是第八次还是第九次来着，记不清了。我认真地端详着赖尔登小姐一本正经又真挚诚恳的小脸。

魅力十足的金发女郎比比皆是，见多了也就那么回事，但这张脸蛋却十分耐看，让人忍不住越来越喜欢。我微笑着说：

“听好了，安妮，杀掉马里奥特是个愚蠢至极的错误，劫匪背后的团伙不可能做这种事。唯一的可能是当时去的某个家伙嗑了药。马里奥特不知怎么惹怒了对方，就被打倒在地，事情发生得太突然，根本来不及阻止。这个团伙非常有组织，他们手里掌握着内部消息，知道珠宝的情况和佩戴珠宝的女人的动向。他们索要适当的赎金，也会按规矩办事。但是这次的案件像是临时起意的谋杀，完全不符合他们的风格。我认为，杀害马里奥特的人几个小时前就死了，说不定现在已经沉尸大海。至于那条翡翠项链，要么随凶手坠入了海底，要么那帮人知道它的真正价值，把它藏了起来，一时半会儿不会往外拿，这种情况下藏上几年也很有可能，要么那个团伙势力强大，把它卖去了地球另一端，毕竟，如果得知项链的真正价值，他们可能不会再在乎那区区8000元钱，不过要把项链出手不是件容易事。但无论如何，有一点我很确定，杀人不在他们的计划之内。”

我分析的时候，安妮·赖尔登听得十分认真，嘴巴微张，神情专注，好像在听高僧讲禅。

我说完后，她缓缓合上嘴巴，点点头，“你太了不起了，”她轻声赞叹道，“不过你疯了吧。”

她站起来，拿起皮包：“你到底去不去见她？”

“如果她亲自邀请，我一定回去，兰德尔也阻挡不了。”

“好吧，我要去见另一个社会版编辑，看能不能再找点格雷利夫妇的消息。关于她的感情生活，她应该会有感情生活吧？“

赤褐色头发下的脸蛋写满了向往。

“谁没有呢？”我十分不屑。

“我没有，从来没有过！”

我抬起胳膊，用手捂住嘴巴，做出一副惊讶的样子。她狠狠地瞪了我一眼，然后向门口走去。

“你忘记一样东西。”我说。

她停住脚步，转过身，扫了一眼桌子问道：“什么？”

“你知道是什么。”

她走回来，双手扶着桌面，俯身向前，认真地问：“如果他们没有打算杀人，那为什么杀掉杀马里奥特的凶手？”

“因为他是那种早晚会被警方抓住，为了毒品可以什么都说的人。我是说，劫匪不会杀掉自己的客户。”

“你为什么这么确定凶手嗑药了？”

“我不确定，只是说说而已，大多数小混混都嗑药。”

“哦，”她直起身，点点头，笑着说，“看来你说的是实话，”说完她麻利地从皮包里掏出个小纸包放在桌子上。

我拿过纸包，小心翼翼地解开上面的橡皮筋，把纸一下下展开，发现三根纸过滤嘴的超大号俄国香烟。我看着她，沉默不语。

“我知道我不应该拿走这些，”她有点紧张，“但我知道这是大麻。大麻通常都是用白纸包着，但是最近贝城出现了这种新形式。我以前见过几次。那个家伙被杀本来就够可怜了，再被发现随身携带着大麻，这对他太残忍了！”

“你应该把烟盒也拿走，”我平静地说，“烟盒里有碎屑，而且一个空烟盒本身就很可疑。”

“我没法拿啊——你在那儿。我——我差点就返回去拿了，不过我不敢。它给你惹麻烦了吗？”

“没有，”我骗她说，“一个烟盒怎么会给我惹来麻烦？”

“那就好。”她闷闷地说。

“你为什么没把它们扔掉？”

她的皮包被紧紧抓在身侧，可笑的宽边帽子倾斜着，挡住一只眼睛。

“可能因为我是警察的女儿，”她思考片刻后开口说道，“再说，哪有把证据扔掉的道理？”她心虚地笑笑，满脸愧色，脸颊也变红了。我耸耸肩。

“哦——”她顿住了，说了半截的话尴尬地悬在半空中，像被困在密闭空间里的烟雾。她仍然张着嘴巴，保持着说话的姿势。我没接话，她的脸更红了。

“真是非常抱歉，我不应该这么做的。”

我还是没开口。

她匆匆地离开了。

14

我先是用一个手指轻轻拨弄着一根俄国香烟，过了一会儿又把三个香烟整整齐齐并排放到一起，屁股下的椅子随着我的动作吱呀作响。哪有把证据扔掉的道理，所以说这些香烟是证据，这能证明什么呢？证明一个不胜“毒”力的人偶尔会吸根大麻烟？另外，许多流氓、无赖、混混都吸大麻，还有乐队成员和高中学生、生活堕落的女孩等也成天吞云吐雾。美国大麻，生命力旺盛，搁哪儿都能长。现在法律规定不可以种植大麻，这项规定对美国这么大的国家来说意义相当重大。

我坐在椅子上，抽了口烟斗，听着隔壁办公室噼里啪啦的打字声，好莱坞大道交通信号灯转换时发出的咣咣声，和空中春天的声音，各种声音混杂在一起，像纸袋被风吹着在水泥路上滚动发出的沙沙声。

这些香烟很大，不过很多俄国香烟都这样，大麻叶很粗糙。印度大麻。美国大麻。证据。老天，女人戴的都是些什么帽子！我头痛欲裂，要疯了！

我拿出那把没清理过烟斗的折刀，打开后露出小巧锋利的刀刃，然后伸手去拿香烟。警察局的化验人员通常这么做：首先把香烟拦腰切断，把里面的填料拿到显微镜下进行观察，也许东西恰好有点问题，不过这种可能性很小，管他呢，反正他按月领薪水。

我把一根香烟从中间一切两半，过滤嘴部分切起来有点费劲。但我可是条铁铮铮的硬汉子，一憋劲儿便把它切断了，想为难我？尽管放马过来！

过滤嘴卷着闪闪发光的薄纸片，切断拿出后展开了一点，能看到上面印着字。我坐直身体，双手扒着卷起的纸片摁在桌面上，试图把它们展平，拼接完整，可是一不留神它们就恢复形状，到处乱滚。我又抓起一根香烟，眯起眼睛看了看过滤嘴里面，决定换种方式切。我先把整根烟从头到尾捏了一遍，确定了过滤嘴的位置，卷烟纸很薄，能感觉到里面的东西，然后小心翼翼地把过滤嘴切下来，更加小心翼翼地沿着侧面竖着切了一道，分寸掌握得恰到好处。这下，过滤嘴打开了，里面也卷着一张薄纸片，不过这次是完好无损的一整张。

我饱含深情地展开纸片，发现这是一张男人的名片，浅浅的象牙色，近乎纯白，印着的文字都有刻意加深。名片左下角印着一个斯蒂尔伍德高地的电话号码，右下角印有“提前预约”

的字样。中间文字的字体较大，但仍然十分简洁，只有一个名字："朱尔斯·阿姆托尔"，名字下面用稍小一点的字号写着："心理医生"。

我拿起第三根香烟，这次，我费了点心思，一刀没切把名片完完整整地抽了出来。这张跟刚才那张一样。我又以同样的方式把名片塞了回去。

我看看手表，把烟斗搁在烟灰缸上，然后又看看手表，刚才看的时候没注意时间。我把切开的香烟和切下的部分用一张薄纸包起来，又把那根完整的用另一张包好，然后把这两个小小的包裹锁进桌子抽屉里。

我看着名片陷入思考。朱尔斯·阿姆托尔，心理医生，提前预约，斯蒂尔伍德高地电话号码，没有地址。三张同样的名片分别卷在三根大麻烟里，装在一个日本或中国的仿玳瑁边绸缎烟盒里，烟盒在任何一家东方商店里都能买到，价钱在三十五分到七十五分之间，商店的名字无非是什么"胡福生""龙生堂"之类的，店里通常有个点头哈腰的日本店员，如果你说阿拉伯之月的香味有点像旧金山妓院的姑娘身上的味道，他们就会一边唯唯诺诺地应付你，一边对你笑得春光灿烂。

这所有的物件都是从一个早已死翘翘的男人的口袋里发现的，而这个男人还有一个非常昂贵的烟盒，这个烟盒里装的才是他平日抽的烟。

这实在讲不通。他一定是忘记了，也许这根本不是他的，也许他是从哪个旅馆大厅捡的，随手装进口袋里忘了还。朱尔斯·阿姆托尔，心理医生。

电话响了，我心不在焉地接起来。电话里传来一个冰冷生硬的声音，一听就是某个自我感觉良好的警察。这次是兰德尔，他没有大声咆哮，他走的是高冷路线。

“你不认识昨晚那个女孩，她把你捎到大路上，你自己走到警察局！马洛，你撒谎撒得挺溜啊。”

“如果你有女儿，应该也不希望有新闻记者突然从灌木丛里跳出来，举着闪光灯对她照个不停吧！”

“你对我说谎了！”

“荣幸之至！”

他沉默了，好像在做什么决定，“这件事就算了，”过了一会儿他开口说道，“我已经见过她了，她来警察局把事情说了一遍。碰巧我认识她的父亲，他是个很可敬的人。”

“她跟你说了一些事，”我说，“你也跟她说了一些事。”

“我只说了一点，”他冷冰冰地说，“而且是有原因的，给你打电话也是为同样的原因。这桩案子的调查会暗中进行，我们有机会一举捣毁这个珠宝抢劫团伙，决定放手一试。”

“哦，现在应该叫谋杀团伙。不过，你那样叫也行。”

“顺便告诉你一声，那个古怪的烟盒，上面绣着龙那个，里面的碎屑是大麻。你确定没看见他抽里面的烟吗？”

“万分确定，他当着我的面吸得都是另一种。不过我也不是一直都在。”

“我知道了，那就这么着。记住我昨晚跟你说的话，不要试图擅自行动，你只要老老实实，保持沉默就可以。否则——”

他停住了，我打了个哈欠。

“你很不耐烦？”他厉声说道，“也许你觉得我不能对你做什么，那我告诉你，你错了！只要你走错一步，我就把你当重要证人关起来。”

“你是说媒体不会得知这件案子？”

“他们只会知道发生了谋杀案——不会知道背后的情况。”

“你也不知道。”我说。

“我已经对你提出两次警告，”他说，“事不过三。”

“你的话太多了，”我说，“对于一个手握王牌的人来说。”

他气得当场挂断了电话。好吧，不管了，他爱管让他管去吧。

我在办公室来回走着冷静了一会儿，喝了杯酒，看了看表，但还是没看到几点，于是又回到桌后坐下来。

朱尔斯·阿姆托尔，心理医生，只有提前预约才能进行咨询，这样给他足够的时间和金钱做准备，到时候无论是疲惫不堪的丈夫，还是危害严重的蝗灾，通通都不在他的话下。他可以成为恋爱专家，可以帮助夜晚孤枕难眠的女士，可以为孩子出走的家庭提供安慰，可以为“现在卖掉房产，还是再等一年？”“这样做会不会损害我的公众形象？会不会让我显得脆弱”这种问题提供建议。男人也愿意来找他，那些在职场呼风唤雨、叱咤风云，外表坚强、内心却十分脆弱的男人。但是来找他的绝大多数都是女人，气喘吁吁的胖女人，心力交瘁的瘦女人，白日做梦的老女人，和有恋父情结的年轻女人，各种体形，各个年龄，各色各样的女人，她们都有一个共同点——很有钱。朱尔斯·阿姆托尔不需要在镇医院坐诊就能赚到白花花的银子，那些连牛奶钱都赖的富婆对他都是当场付钱，从不拖欠。

这个人招摇撞骗，信口雌黄，还把自己的名片卷在大麻烟里。

事情越来越有意思了，我拿起电话，拨打了那个斯蒂尔伍德高地的电话号码。

15

一个态度生硬、声音沙哑、带着外国口音的女人接起电话：“你好。”

“你好，可以请阿姆托尔先生听电话吗？”

“啊，恐怕不可以，非常抱歉。阿姆托尔从来不接电话，我是他的秘书，有什么需要我帮你转达的吗？”

“请问贵处的地址是什么？我想见他一面。”

“啊，你是来找阿姆托尔咨询的吗？他一定很高兴见到你，但是他很忙，你想什么时候见他？”

“立刻，今天。”

“啊，”那个声音听起来很遗憾，“恐怕不行。下周也许可以，我得看看预约记录。”

“听着，”我说，“不用看了，你有笔吗？”

“我当然有笔，我——”

“你记一下，我叫菲利普·马洛，我的地址是好莱坞大道卡汉加大厦 615 室，就在伊瓦尔附近的好莱坞大道上，我的电话是格伦维尤 7537。”我把复杂的单词逐个给她拼了一遍，然后等着她记下。

“是的，马洛先生，我记下了。”

“我想找阿姆托尔先生谈谈一个叫马里奥特的人的事情。”我把马里奥特的名字也拼了一遍，“事情很紧急，生死攸关，我要尽快见到他，尽——快——见。就是立刻见、马上见的意思。明白吗？”

“你讲话很奇怪。”那个带着外国口音的声音说。

“一点也不奇怪，”我有些烦躁，抓过电话底座来回晃个不停，“我很好，我讲话就那样。这件事情有些古怪，阿姆托尔先生一定会见我，我是个私家侦探，想在去找警察之前先跟他见一面。”

“啊，”那个声音顿时冷得像自助餐厅的饭菜，“你是警察。”

“不，”我说，“我不是警察。我是个私家侦探，这是机密。无论如何，事态紧急，你会给我回电话吧？你有我的电话号码吗？”

“会的。我有你的电话号码。马里奥特先生——他病了吗？”

“这个嘛，反正是不能四处走动了。”我说，“你认识他？”

“不认识，但你说生死攸关，阿姆托尔治愈了许多人——”

“这次他可无能为力了，”我说，“我等你的电话。”

我挂断电话，迫不及待去拿酒。这一通电话打下来，煎熬得我像从绞肉机里走了一遭。十分钟后，电话响了，还是刚才那个声音：

“阿姆托尔说他 6 点见你。”

“好，地址是什么？”

“他会派车去接你。”

“我自己有车，只要给我——”

“他会派车去接你。”那个声音冷冷地说，然后电话咔哒一声挂断了。

我再次看看手表，吃午饭的时间还很早，我一点也不饿，刚才那杯酒喝得我的胃火辣辣的，十分难受。我点了一根烟，味道难闻得像水管工人的手帕。我向对面的伦勃朗先生点点头，拿着帽子走了出去。在去乘电梯的路上，我脑中突然蹦出一个想法，像块从天而降的砖头，蹦得毫无缘由，毫无道理。我停下脚步，靠在大理石墙面上，整了整头上的帽子，突然哈哈大笑起来。

一个从电梯出来，要回去工作的女孩从我身边经过，闻声扭头看了我一眼，就是用那种看得人浑身不自在的眼神，我向她摆摆手，转身返回办公室，拿起电话给一个在产权公司负责地产登记工作的熟人打了过去。

“你能根据地址查出所有权吗？”

“当然，我们有参照索引，地址是什么？”

“西五十四号街 1644 号，我想了解一下这里的产权情况。”

“我待会儿回你电话，门牌号是多少来着？”

大约 3 分钟后他就打来电话了。

“你找笔记一下，”他说，“梅普尔伍德四区卡拉第附属区十一街区八号地，登记的房主是杰西·皮尔斯·弗洛里安，寡妇，但是有一些前提条件。”

“是吗？什么条件？”

“下半年房产税，两份十年期街道改善债券，一份十年期下水道评估债券，这些都不拖欠账款，还有第一笔委托金，2600 元。”

“你指的是那些通知你十分钟后就能把你的房子卖掉的东西吗？”

“倒没有那么快，不过比抵押快得多。房子的产权情况都很正常，没什么问题，只有那笔钱，放在那一片来说有点高，除非那房子是新的。”

“那是座年久失修的老房子，”我说，“在我看来，1500 元就能买下来。”

“那显然是有问题的，因为按揭是四年前才开始的。”

“好吧，那这事归谁负责？投资公司？”

“不是，个人，一个叫林赛·马里奥特的人，单身。这些信息可以吗？”

我忘记跟他说了什么，也不记得怎么谢的他，应该没有胡说八道吧。我坐在那儿，大脑一片空白，就只是盯着墙看。

我的胃里突然不难受了，感觉很饿。于是，我下楼在大厦之屋的咖啡馆吃了午饭，然后从办公室楼下的停车场把车开出来。

我南行东拐，直奔西五十四号街 1644 号，这次我没带酒。

16

那块街区还是前一天的样子，街上空荡荡的，只有一辆冷冻车，两辆福特停在车道上，角落里，风吹着尘土在空中打旋儿。我开车缓缓经过 1644 号，在比上次更远的地方停下来，打量着道路两侧的房屋，然后下车往回走了一段路，来到 1644 号前面，草坪上丑巴巴的棕榈树依旧坚强地站立着，缺水的草坪依旧干巴巴的，毫无生气。房子里看上去没人，但这很有可能是假象，它只是看着冷冷清清，像没人居住的样子。门廊里的木制摇椅还是孤孤单单地待在昨天的地方，地上有一张废纸，我捡起来往腿上拍了拍，这时，我看见隔壁窗户的窗帘动了。

又是那个爱管闲事的老太太，我打了个哈欠，把帽檐拉低。老太太的尖鼻子紧紧贴在玻璃上，几乎都要压扁了，鼻子上方散着白发，一双眼睛从我这个角度看倒没什么特别。我沿着人行道慢慢悠悠地走，那双眼睛就一直紧紧盯着我看。于是我转身向她的房子走去，她房前的台阶是木头的，我几步走上去，按响门铃。

门像装了弹簧似的，啪的一下开了。她个子很高，下巴长得像兔子，眼睛亮得像照在平静水面上的灯光，一看就是个十分精明的老家伙。我摘下帽子：

“你是为弗洛里安太太的事情报警的那位女士吧？”

她冷冷地盯着我，犀利的眼神瞬间把我看得透透的，可能连我右边肩胛骨的痣都没漏掉。

“我没说我是，年轻人，我也没说我不是。你是谁？”她的嗓门很尖，带着鼻音，就算她人湮没在人群里，声音也会“脱颖而出”。

“我是个侦探。”

“老天爷，你怎么不早说？她又干什么了？我什么也没看见啊，我可是一直都在盯着，一点儿也不敢松懈，去商店买东西这些事情，都是亨利替我跑的腿。她那里丁点声音都没有。”

她取下纱门上的挂钩，把我让进门。门厅里弥漫着一股桐油味，屋里摆放着许多过时的深色家具，面上装着嵌板、角上镶着扇形装饰边。我们走进前厅，这里但凡可能被刮花的东西都罩着带花边的棉布套。

“话说，我是不是见过你？”她突然问，声音里透着一丝怀疑，“果然见过，你是那个人——”

“对，但我也是个侦探，谁是亨利？”

“哦，他是个黑人小孩，平时帮我做点跑腿的工作。好了，你想知道什么，年轻人？”她轻轻拍着一条干净的红白相间的围裙，明亮的眼睛有几分警惕，嘴里的假牙咔哒咔哒叩了两下，准备回答我的问题。

“昨天那几位警官去弗洛里安太太家之后来你这儿了吗？”

“哪几位警官？”

“穿制服的那几位。”我耐心地说。

“哦，是的，他们在这儿待了一会儿，他们什么都知道。”

“描述一下大块头的长相——就是你报警说手里有枪的家伙。”

她描述了一遍，说得丝毫不差。是马洛伊没错。

“他开着什么样的车？”

“一辆小汽车，他费老大劲才能挤进去。“

“你能说的就只有这些？这个人可是个杀人犯。”

她吃惊地张大嘴巴，眼睛里却闪着愉悦，“老天爷，我也希望能多告诉你一点，年轻人，可是我对车辆又不了解。谋杀啊？现在这个镇上真是一点儿也不安全了，二十二年前我搬来那会儿，家家夜不闭户。现在呢，听说那些黑帮、警察、政客，天天抱着机关枪打来打去，真是丢脸啊，年轻人！”

“是的。你对弗洛里安太太了解多少？”

她撇撇皱皱巴巴的嘴，“她一点儿也不友好，总是在大晚上开得收音机轰隆响，还唱歌，从来不跟别人说话。”她向前靠了靠，“我觉得她酗酒，但是不确定。”

“来找她的人多吗？”

“根本没人来找她。”

“有人来的话，你会知道的吧？怎么称呼你？”

“叫我莫里森太太就可以。老天爷，当然了，我没别的事可干，成天都在看窗外。”

“那一定很有趣，弗洛里安太太在这儿住很久了吧？”

“我估计得有十年了。她以前有个丈夫，看着不像是好人，后来死掉了。”她停下想了想，“应该是自然死亡。”紧接着又补充了句，“没听过别的说法。”

“给她留下什么钱了吗？”

她眯起眼睛，下巴一收，用力吸了吸鼻子，“你喝酒了。”她冷冷地说。

“我刚拔了一颗牙，牙医给我用了酒精。”

“我不赞成喝酒。”

“酒不是好东西，但是可以药用。”

“药用也不好。”

“你说得对，”我说，“他有留给她钱吗？她的丈夫？”

“我怎么会知道。”她的嘴像颗干瘪皱巴的梅干。她对我产生了怀疑。

“警官走了之后，还有别人去过她那儿吗？”

“没看到。”

“非常感谢，莫里森太太。不打扰你了，你是个好人，帮了我很大的忙。”

我走出前厅，开了门。她跟着我走出来，清了清嗓子，又咔哒咔哒叩了几下牙齿。

“我怎么联系你？”她问道，神色缓和了一些。

“拨打大学区 4-5000 这个号码，找纳尔蒂警官。她靠什么生活？救济金吗？”

“这一片儿不发救济金。”她又冷冷地说。

“我敢说那东西当年在苏福尔斯一定是个人人眼馋的稀罕物，”我盯着一个雕花餐具柜说，餐具柜很大，估计是厨房放不开才放在了门厅里。柜面上镶着很多装饰物，前面画着一篮子水果，柜沿儿呈曲线，柜脚很细，雕着花纹。

“梅森市，”她轻声说，“是的，先生，我们以前的家很漂亮，在梅森市是最好的，我和乔治的家。”

我打开纱门走出去，再次向她表示感谢。她现在在微笑，她的笑容和眼神一样犀利。

“她每月 1 号都会收到一封挂号信。”她突然说道。

我转过身等她继续说。她向前倾了倾，“我看到邮递员到她门口让她签字，每个月的第一天。然后她就穿好衣服出门，直到深更半夜才回来，回来就唱歌，有时声音实在太大，吵得我想报警。”

我为表示安慰，拍了拍她愤愤不平的瘦胳膊。

“你真是个百里挑一的好人，莫里森太太。”我戴上帽子，用手抬了抬表示致意，随后就离开了。

走出不远，我突然想到一点事情，又转身折回去。她还在纱门里站着，身后的房门开着，我走上台阶。

“明天是 1 号，”我说，“4 月 1 号，愚人节。一定要注意下她有没有收到挂号信，好吗，莫里森太太？”

她用那双闪着精光的眼睛看着我，突然哈哈大笑起来，声音尖锐刺耳，典型的老女人笑声。

我离开了，她还在笑，像母鸡打嗝。

17

我在隔壁摁门铃没人应，敲门也没人应，我试着开了开门，发现纱门挂钩没挂，房门也没锁，于是我便自己走了进去。

一切都没有变化，连杜松子酒的味道也如昨天一样。地上仍然没有尸体。弗洛里安太太昨天坐的椅子旁的桌子上放着一个脏兮兮的酒杯。收音机被关掉了。我走到长沙发旁，摸摸垫子下面，昨天那个空酒瓶还在，不过又多了一个。

我喊了几声，没人回答。这时，我好像隐约听到一声长长的、痛苦的喘息，近似呻吟。我穿过拱门，悄无声息地进入那条短短的走廊，卧室的门半开着，呻吟声就是从这里传来的。我探头进去查看情况。

弗洛里安太太躺在床上，盖在身上的棉被一直拉到下巴处，棉被上的一个小毛球几乎进到她嘴里。她的长脸皮肤松弛，脸色蜡黄，状如死灰，一头脏乱不堪的头发散在枕头上。她慢慢睁开眼睛，木然地看着我。空气中混杂着睡眠、酒精和脏衣服的味道，令人作呕。床边有个表面剥落的灰白色梳妆台，梳妆台上放着一个廉价的闹钟，闹钟正在滴答滴答地走着，发出很大的声响，仿佛把墙壁都震动了。梳妆台上方有一面镜子，镜子里照出那女人扭曲的脸。她昨天藏照片的那个箱子还开着。

我说："下午好，弗洛里安太太，你生病了吗？"

她慢慢蠕动着嘴唇，又伸出舌头舔了舔，然后吃力地动了动下巴。终于，她的嘴巴里发出一点声音，喑哑得像被损坏的唱片。她认出我了，但是并没有很高兴。

"你们抓住他了吗？"

"驼鹿？"

"当然。"

"还没有。希望很快就能抓到。"

她紧紧闭上眼睛，然后猛地睁开，像在试图摆脱蒙在眼前的什么东西。

"你应该锁好门，"我说，"他随时可能再回来。"

"你认为我害怕驼鹿，是吗？"

"我昨天提到他的时候，你确实表现得有点怕他。"

她回想了一下，可能想得很辛苦："有酒吗？"

"没有，我今天没带，弗洛里安太太，我手头有点紧。"

"杜松子酒很便宜，劲还大。"

"过一会儿我可能会去买一些。你说你不怕马洛伊？"

“我为什么要怕他？”

“好吧，你不怕，那你怕什么？”

她的眼睛突然亮了，过了一会儿又黯淡下去。“唉，滚开！你们这些警察烦得我屁股疼。”

我没说话，靠在门框上，往嘴里叼了一根烟，极力想让它的尾端翘高，好够到我的鼻子，可是这比想象的要困难得多。

“警察，”她慢慢地说，好像在自言自语，“永远都抓不到那个家伙。他很厉害，又有钱，又有很多朋友。你们是在浪费时间。”

“就是例行公事而已，”我说，“反正他那时是自卫杀人。他可能会在哪儿？”

她低声窃笑，抓起棉被擦了擦嘴巴。

“又在说好听的，”她说，“警察就爱耍些这样的小聪明，你们真以为这样有效啊？”

“我对驼鹿挺有好感的。”我说。

她显得有些感兴趣，“你认识他？”

“昨天他在中央大道杀人的时候，我就跟他在一起。”

她张大嘴巴大笑起来，一副势必要把大牙笑掉的架势，尽管如此，她却没发出什么声音，就只见眼泪顺着脸颊流下来。

“他是个大块头壮汉，”我说，“可心中也有柔软的地方，他非常想找到他的维尔玛。”

她垂下眼睛，轻声说：“我以为是她的家人在找她。”

“他们是在找她，不过她已经死了，这是你说的，事已至此，也不能再做什么，她在哪儿死的？”

“得克萨斯达尔哈特市。受了风寒，肺部被感染，后来就死了。”

“你当时跟她在一起吗？”

“当然没有，我只是听别人说的。”

“哦，那是谁告诉你的，弗洛里安太太？”

“一个跳舞的，忘记叫什么了，也许喝杯烈酒就能想起来了，我现在感觉自己死气沉沉的。”

“像头死骡子，”我心里默默地想，“还有一件事，”我说，“问完这个后我可能会去买些酒。我查了你这座房子的产权，有些地方不太明白。”

她盖着棉被的身体顿时僵住了，呼吸也屏住了，眼皮抬到一半也不动了，好像忘记自己是要睁眼还是闭眼，她整个人都定在那儿，活像个木偶。

“就这一片的地价而言，”我说，“这房子有一笔数量相当大的委托金，在一个叫林赛·马里奥特的人手里。”

她眼睛快速地眨了几下，然后盯着我。

“我以前为他工作过，”她终于开口说道，“我以前是他家的仆人，他挺照顾我的。”

我把没点着的香烟从嘴里拿出来，漫不经心地看了眼，又放回嘴里。

“昨天下午，我从你这儿离开后几个小时，马里奥特先生打电话找到我办公室，提供给我一份工作。”

“什么工作？”她的声音非常沙哑。

我耸耸肩，“我不能告诉你，这是机密，我昨天晚上去见他了。”

“你这个狡猾的王八蛋。”她哑着嗓子骂了一句，棉被下的一只手动了动。

我看着她，默不作声。

“耍些警察的小聪明。”她冷笑着说。

我伸出一只手上下摸了摸门框，感觉黏糊糊的，脏得我想立刻就去冲个澡。

“好了，就是这样，”我不慌不忙地说，“我当时很纳闷，不知是怎么回事，现在看来是我想多了，应该只是个巧合，只不过看起来好像别有意味似的。”

“耍些警察的小聪明，”她又说，一副心神恍惚的样子，“你连个警察都不是，只是个低级的私家侦探而已。”

“我想是吧，”我说，“那就这样吧，再见，弗洛里安太太。哦，对了，顺便告诉你一声，明天早上你应该收不到挂号信了。”

她猛地掀开棉被坐起来，眼睛里闪着愤怒的光，她的右手里有个锃亮的东西，仔细看是一把小的左轮手枪，银行家专用的那种，枪很老，磨损得很厉害，但瞧着还挺像那么回事，应该是宝“枪”未老。

“告诉我是怎么回事，”她咆哮着说，“快说！”

我看着枪，枪指着我。枪在晃，拿枪的那只手在抖，那一双眼睛却仍然闪着怒火，口水顺着她的嘴角流下来。

“我们俩可以合作。”我说。

几乎是同时，枪被放下了，枪的主人也低下了头。我离门口有几英寸远，在枪被放下的时候，我不知不觉地挪到门外，站在门口旁边。

“你仔细考虑一下。”我向卧室里喊道。

没人回答，什么声音也没有。

我快速穿过走廊和饭厅，一口气跑到房子外面。走在外面的小径上，我感觉背后很不适，肌肉绷得紧紧，好像抽筋了。

什么也没有发生，我走到街上，找到我的车，然后便离开了。

3 月的最后一天，天气跟夏日一样，热得我开车时一度想把外套脱下来。在七十七街分局前面，两个巡警正对着车上一个弯曲变形的挡泥板吹胡子瞪眼。我穿过双向门进去，看见栏杆后一位穿制服的警官正在查看案件记录，我问他纳尔蒂是否在楼上。

他说应该在，还问我是不是纳尔蒂的朋友。

我说是的。

他说好的，上去吧。我踩着年久失修的楼梯上了楼，穿过走廊，来到纳尔蒂的办公室前面。敲门后，屋里喊了一嗓子，我便开门进去了。

纳尔蒂在剔牙，他屁股坐在一张椅子上，两只脚搭在另一张上。他把左胳膊直直地伸到胸前，竖起左手大拇指，认真地研究着。那个大拇指在我看来一点问题也没有，可瞧他那沮丧的眼神，好像是那手指得了什么不治之症。

见我进来，他把左手放到大腿上，把双脚放到地面上，目光从手指转移到我身上。他穿着一件深灰色西装，一只手还在忙活着剔牙，面前的桌上放着一截惨遭蹂躏的雪茄。

另一张椅子上有个没固定的毛毡坐垫，我把它翻了个面，坐下，拿出一根烟。

“你。”纳尔蒂盯着手中的牙签，好像在研究它被咬到何种程度了。

“有什么收获吗？”

“驼鹿吗？我不负责他的案子了。”

“那谁负责？”

“没人负责！为什么？那家伙逃掉了！等我们把他的资料输入电传打字机，他们那边看到信息时，他早就跑到墨西哥去了！”

“好吧，反正他只是杀了个黑人，”我说，“罪行应该也不重。”

“你还对这案子感兴趣？你不是有工作吗？”他没精打采地打量着我的脸，一双眼睛黯淡无光。

“我昨晚确实有工作要做，但那只是短期的。你还有那张小丑服照片吗？”

他伸手在记事本下摸索了几下，拿出那张照片。照片里的女孩看起来依旧很美丽，我仔细打量着女孩的脸。

“这张照片其实是我的，”我说，“如果不需要存档的话，我想拿回来。”

“应该是要存档，”纳尔蒂说，“我把它忘了，好吧，你好好留着吧，我就不存了。”

我把照片放进胸前的口袋，站起身。“好了，我没事了。”我说，语气有点太过轻快。

“有点问题啊。”纳尔蒂冷冷地说。

我看着桌上的雪茄，他顺着我的目光看去，然后扔掉牙签，把那支惨遭蹂躏的雪茄放进嘴里。

“不是指这个。”他说。

“我只是大概有种预感，如果确定了，不会忘记你的。”

“现在警察的日子不好过，我需要做出点成绩，兄弟。”

“你工作这么努力，一定会做出成绩的，这是你应得的。”我说。

他在拇指指甲上划了根火柴，一下就划着了，他为此很高兴，开始吸起了雪茄的烟。

“我在大笑。”我走出门的时候，他在身后悲伤地说。

大厅里静悄悄的，整座楼都静悄悄的。楼前那两个巡警还在对着那片破挡泥板吹胡子瞪眼。我开车回到好莱坞大道。

我走进办公室时，电话响了。我走到桌子旁弯腰拿起话筒，“喂？”

“请问是菲利普·马洛先生吗？”

“是的，我是马洛。”

“这里是格雷利太太的住所，卢因·洛克里奇·格雷利太太。

格雷利太太想尽快见你一面。”

“在哪儿见？”

“贝城阿斯特尔大道 862 号，您一个小时内能到吗？”

“你是格雷利先生吗？”

“当然不是，先生，是管家。”

“你听到门铃响时，那就是我到了。”我说。

18

阿斯特尔大道靠近大海，你能在空气中感受到大海的存在，但是前方却不见它的影子，只是蜿蜒伸展着长长的道路。道路两旁靠近内陆的一侧，房子都很漂亮，而靠近峡谷的一侧，房子都不是房子，却是一座座安静的大庄园，庄园的外面围着12英尺高的围墙，和可供观赏的树篱，还有熟铁制造的大门；庄园里面——前提是你能进到里面的话——洒落着与众不同的阳光，安宁、静谧，像是专门为上流社会的人们保存在防噪声容器里似的。

大铁门半开着，门口站着一个男人，他上身穿着俄式上衣，下身穿着蓬松的马裤，腿上扎着闪着光泽的黑色绑腿。他肤色黝黑，面目俊朗，肩膀宽阔，头发梳得溜光锃亮，斜戴的帽子在眼睛上投下一个浅浅的阴影。他嘴角衔着一根雪茄，脑袋微侧，好像想让烟从鼻子里出来。他的一只手戴着光滑的黑手套，另一只没戴，中指上有个略显笨重的大戒指。

我没看到门牌号，但这里应该就是862号。我停下车探出身子向这个男人询问，他过了好久才答话，因为他得先把我和我的车仔细打量一番。他向我走来，边走边把那只没戴手套的手搭在屁股上，看似无意实则有心的一个举动。

他在距离我车几英尺的地方停下来，再次仔细打量我。

“我在找格雷利先生的住所。”我说。

“这里就是，他家里没人。”

“我有预约。”

他点点头，眼里闪着亮光，像水面一样：“你叫什么名字？”

“菲利普·马洛。”

“你在这儿等一下。”他不急不慢地踱着步子走到门口，打开安在大柱子上的铁门。铁门里面有个电话，他简单地讲了几句，关上门，再次向我走过来。

“你有什么身份证件吗？”

我给他看了看转向柱上的驾驶许可证，“这证明不了什么，”他说，“我怎么知道这是不是你的车？”

我拔出车钥匙，打开门下了车，站在离他1英尺左右的地方。他呼出的气息闻起来不错，最起码喝的是海格威士忌。

“你喝酒了吧？”

他微笑不语，一双眼睛细细打量着我。

“这样吧，我可以跟管家通个电话，他能听出我的声音。

怎么样？还是我得把你打趴下，再踩着你的背进去？”

“我只是在做我该做的事情，”他轻声说，“如果我不——”他说到一半停住，继续对着我微笑。

“你是个不错的小伙子，”我拍拍他的肩膀，“从哪儿来的？达特茅斯还是丹尼莫拉？”

“哎呀，”他说，“你怎么不早说你是个警察？”

我们两个不约而同地咧嘴一笑。他摆摆手，我从半开的大铁门走进去。门里的路弯弯曲曲，深绿色的树篱，修剪得整整齐齐，把小路遮得严严实实，无论是从外面的街道还是里面的房子，都不容易发现它的踪影。透过一道绿色的大门，我看到一个日本园丁正在一大片天鹅绒似的草地上忙活，他拔出一棵野草，脸上露出十分不屑的表情，典型的日本园丁。走着走着，前面又出现了一片高高的树篱，密密实实地遮在眼前，一时间我只能看到 100 英尺以内的地方，然后，我发现树篱围成了一个半圆，半圆里停着十几辆车。

其中有一辆小轿车，两辆非常漂亮的最新款双色别克车，看得让人垂涎欲滴，一辆黑色的豪华大轿车，车上有深色的金属天窗和大如自行车车轮的毂盖，还有一辆车篷合上的、车身很长的运动型敞篷车。一条不长但是很宽的水泥车道从这里通到房子的侧门。

左侧，停车场后面是一座下沉花园，花园四角各有一座喷泉，入口立着一道铁门，铁门中间飞着一个丘比特。花园的灯柱上都坐着半身雕像，一个石凳两头分别端坐着一个狮身鹰头兽的石像。园中还有个椭圆形的水池，水池里摆放着石刻的睡莲，其中一片睡莲叶子上还有一只个头很大的石头牛蛙。再远处有一条玫瑰柱廊，柱廊一直通向一个类似祭坛的东西。两侧围有树篱，但留出了部分空隙，阳光透过空隙细细碎碎地洒在祭坛前面的台阶上，照出阿拉伯蔓藤花纹一样繁复的图案。左侧最远处还有一个野生花园，花园不是很大，里面有一面墙，刻意建筑得像废墟一样，墙角附近有个日晷。那里有很多花，很多很多花，像极了一片花的海洋。

看过了这些，再单看庄园里的房子，倒让人觉得不过尔尔。房子大小比不过白金汉宫，颜色对加利福尼亚这个地方而言略显暗淡，可能窗户也没有克莱斯勒大厦多。

我放轻脚步走到侧门摁下门铃，低沉圆润的铃声不知在哪儿叮当响起，像极了教堂的钟声。

开门的是个穿着条纹马甲、纽扣镀金的男人，他向我鞠了个躬，接过我的帽子，一天的工作就算完成了。他身后有些阴暗的地方站着另一个男人，男人身穿黑色外套，内套翻领衬衣，领下系一条灰色条纹领带，腿上是条笔挺的条纹裤子。他把头发花白的脑袋微微往前一探，说："马洛先生吗？请这边走——"

我们穿过一条走廊，走廊里静悄悄的，连掉根针的声音都能听到，地上铺着东方地毯，两边的墙上挂着许多油画。我们转了一个弯，又拐进一条走廊，这里有扇落地窗，窗外的远处碧波荡漾。我惊讶地记起，我们所在的位置濒临太平洋，而这座房子就建在海边的峡谷边缘上。

管家走到一个房间门前，里面传来人说话的声音，他打开门，站在一边，让我进去。这是一个非常漂亮的房间，房间里有一个壁炉，壁炉前边摆放着几个长沙发和躺椅，都是用淡黄色的皮革制成的；地板非常光滑，但是滑得恰到好处，不致于让人摔倒，地上铺着一条薄如丝绸的地毯，看着有些年头了，给人一种看尽世间沧桑变化的感觉；房间一角和一张矮几上各放着一束鲜花，朵朵娇艳欲滴，开得正好。墙壁上贴着暗淡的羊皮纸壁纸。整个房间显得宽敞舒适，既透着一股现代的气息，又晕染着一丝古老的色彩。坐在房间里的三个人看着我走进来，齐齐安静下来。

他们中有一个人是安妮·赖尔登小姐，她还跟我上次见到的一样，只是手中多了一杯啤酒。另一人是个看上去郁郁寡欢的瘦高个男人，他的脸很瘦，一张下巴棱角分明，眼睛也凹陷下去，双颊没有一丝血色，而是呈现出一种病态的蜡黄。他约莫六十岁左右的样子，穿着一身黑色西装，胸前别着一枝红色康乃馨，看着很平易近人。

第三个人就是那金发美女了，我没有过多地注意她的衣服，只见她穿戴得很整齐，衣服是浅浅的蓝绿色，好像要出门。她的衣服是由高级的设计师为她量身定做，穿在身上非常合适，衬得她非常年轻，一双天青色的双眸显得更蓝。她的头发是金黄色的，是古画的那种金黄，梳理得蓬而不乱。她的身材曼妙，玲珑有致，完美得让人无可指摘。她的裙子样式十分普通，只是领口处别着一颗镶钻的扣子。她的手不是很小，但是十指纤细修长，尖尖的指甲染成了紫红色。她对我微微一笑，看上去像是很爱笑的那种人，但她笑的时候，眼神却很平静，像是在慢慢地仔细地斟酌思考。她的嘴唇十分性感。

“你能来真是太好了，”她说，“这是我丈夫。亲爱的，帮马洛先生调杯酒好吗？”

格雷利先生跟我握了握手，他的手很凉，还有一点湿乎乎的，眼神有种淡淡的忧伤。他给我调了一杯加苏打水的苏格兰威士忌。

他把酒递给我，然后静静地坐在角落里，一言不发。我喝下半杯酒，对赖尔登小姐咧嘴一笑。她有点心不在焉地看着我，好像又发现了什么新线索。

“你能帮助我们吗？”金发美女低头看着她的酒杯，慢悠悠地问道，“能的话，我会非常高兴。不过，如果还需要跟那些匪徒和穷凶极恶的坏人打交道，那我这点损失不提也罢。”

“其实我对这件事还不是非常了解。”

“哦，希望你能了解一下。”她又对我微微一笑，顿时让我整个人都受用无比。

我喝掉剩下的半杯酒，感觉人精神多了。格雷利太太按了按装在皮沙发扶手上的响铃，一个男仆走进来。她懒洋洋地抬手指了指托盘，男仆环视一周，调了两杯酒。赖尔登小姐还是拿着原来那杯在装模作样，而格雷利先生显然不喝酒。男仆倒完酒就离开了。

我和格雷利太太举起酒杯，她有些漫不经心地翘起二郎腿。

“我不知道能不能帮上忙，”我说，“这不好说，该从哪里入手？”

“我相信你可以的，”她又给了我一个灿烂的笑容，“林赛·马里奥特告诉你多少事情？”

她向赖尔登小姐看了一眼，可惜赖尔登小姐非常没有眼力劲儿，依旧方方正正地坐着，一动也不动。她转过头，看向坐在另一边的格雷利先生——她的丈夫，“亲爱的，你确定要为这种事情操心吗？”

格雷利先生站起身，他对我说很高兴见到我，但他现在要去躺下休息一会儿，他感觉身体不太舒服，希望我能见谅。看到他这么彬彬有礼，我心里非常感激，忍不住想在他走出房间时搀扶一把。

他离开了，轻轻地关上房门，好像怕吵醒熟睡的人。格雷利太太盯着门，看了好一会儿，脸上才又重新浮现笑容，她看着我。

“这么看来，赖尔登小姐是你完全信任的人。”

“在我的眼里，谁也不能完全相信，格雷利太太。赖尔登小姐只是碰巧知道这件案子而已，而她也仅仅限于知道而已。”

“你说得对。”她拿起酒，先是抿了一两口，然后一饮而尽，将空酒杯放在一边。

“去他的，不管了，”她突然说，“我们来谈一下这件事情。不过说起来，在你们这一行里你长得算是挺好看的。”

“这一行本来就不怎么好看。”我说。

“我不是这个意思，我是说，干你这一行能赚很多钱吗？我这样问是不是有点无礼？”

“赚不了几个钱，总是能看到各种悲伤和不幸，但也有很多乐趣，偶尔也能碰上一件大案子。”

“一个人如何能成为私家侦探呢？我这样打探，你不会介意吧？您能帮我往这边推推桌子吗？酒杯放得太远，我够不到。”

“大多数私家侦探是警察出身，”我说，“我在地方法院检察官手下干过一阵子，后来被炒了。”

她绽出一个美丽的微笑：“我敢肯定不是因为不称职。”

“不是，是因为跟上司顶嘴。你后来又接到过别的电话吗？”

“这个嘛——”她看着安妮·赖尔登，脸上的表情别有深意。

安妮·赖尔登站起来，把手中仍然满满的酒杯放在托盘上。“你们应该不会聊很久，”她说，“不过以防万一，我想感谢你能抽时间跟我谈话，格雷利太太，我保证什么也不写，这一点你可以相信我。”

“老天，你这是要离开吗？”格雷利太太笑眯眯地说。

安妮·赖尔登牙齿咬住下嘴唇，咬了好大一会儿，好像在决定是要把嘴唇咬下来，还是松开，还是咬一会儿。

“不好意思，我必须得走了，你也知道，我不为马洛先生工作，只是他的一个朋友。再见，格雷利太太。”

金发美女看着她，美丽的眼睛闪闪发亮，“希望你有时间再过来，随时都可以。”她按了两下响铃，管家来了，他打开门，用手扶着。

赖尔登小姐快步走出去，门在她身后关上。好大一会儿，格雷利太太没有说话，只是盯着门，脸上带着一抹淡淡的微笑。最后，她打破沉默，说道：“这样更合适一些，你觉得呢？”

我点点头，“你可能会纳闷，如果她只是一个朋友，怎么会知道这么多，”我说，“她是一个好奇心非常重的小女孩，有些事是她自己挖出来的，比如说你是谁，翡翠项链的主人是谁；有些事是赶巧了。昨天晚上她在外面兜风，正好经过马里奥特被杀的空地旁边，看到有亮光，就下去了”。

“啊，”格雷利太太飞快地端起一杯酒，做了个鬼脸，“想想真是太可怕了！可怜的林，他是个挺浑蛋的人，人这一生，大多数朋友都是浑蛋。可是，他那样死去真是让人难以接受！”她浑身颤抖了一下，眼睛睁得大大的，眼神有些忧郁。

“你不用担心赖尔登小姐，她不会说出去的，她的父亲以前是这里的警察局局长。”我说。

“是的，她告诉我了。你没有喝酒。”

“我在用我的方式喝。”

“我们俩应该相处融洽一些。林赛·马里奥特先生有没有告诉你抢劫是怎么发生的？”

“他说是在从特罗卡德罗回这里的路上，具体哪里没说，还说劫匪有三四个人。”

她点点头，满头金发闪着光泽。“是的，你知道吗，那次抢劫有个非常有趣的地方，他们还给我一个戒指，一枚非常不错的戒指。”

“他跟我说了。”

“而且，我平时根本不怎么戴那条翡翠项链，毕竟那是一件珍藏品，是由一种非常罕见的玉石制成的，恐怕全世界都没有几件。但是他们却把它抢走了。你说，他们应该不知道项链很值钱吧？”

“他们肯定知道你戴的东西不便宜。都有谁知道这项链的价值？”

闻言，她陷入思考，那样子好看极了。她仍然翘着二郎腿，仍然一副漫不经心的样子。

“很多人都知道吧……”

“但他们不可能全都知道你那天晚上要戴它，你想想有谁知道这事？”

她耸耸淡蓝色的肩膀，我努力管住自己的眼睛，试图做到非礼勿视。

“我的女仆，但是如果她要拿，平时就有很多机会，而且我很信任她——”

“为什么？”

“我不知道，我就是对某些人很信任，比如说你啊！”

“你信任马里奥特吗？”

她的脸顿时变得有点严肃，眼神也警觉起来。“有些事不相信，有些事信，分情况。”她很会说话，冷静，带点嘲讽，但又不咄咄逼人，措辞十分恰当。

“好吧，除开女仆，司机呢？”

她摇头否定，“那天晚上是林载的我，他开的自己的车。乔治好像根本都不在，那天是星期四吧？”

“对，是星期四。”她伸手来拿我的酒杯，手指碰到了我的手指，感觉软软的。“乔治星期四晚上休假，跟往常一样。”她将醇香顺滑的苏格兰威士忌缓缓倒入我的杯中，又喷了一点苏打水。这酒有种独特的魅力，让人想不计后果地永远喝下去。她给自己倒了一杯同样的。

“林告诉你我的名字了吗？”她轻声问，眼睛依旧很警觉。

“没有，他很谨慎。”

“那他可能在时间上误导你了，我们来梳理看看。首先排除女仆和司机，我是说他们不是同谋。”

“我没有排除他们。”

“好吧，我这不是在帮你嘛，”她笑着说，“然后是管家牛顿，他那天晚上有可能看到我戴着，但是项链垂得很低，我当时又穿着白色狐皮披肩；这样想来他应该没看到。”

“我猜你当时一定美得如梦如幻。”我说。

“你不会是有点醉了吧？”

“我一向都很清醒。”

她仰头大笑，一串串银铃似的笑声格外悦耳。我这一生只认识四个能在哈哈大笑时仍然美丽动人的女子，她便是其中之一。

“牛顿可以排除，”我说，“他这类人不和地痞流氓打交道，当然，这也是我猜的。那个男仆呢？”

她回忆了一下，摇摇头：“他那天晚上没见到我。”

“有人特意要求你戴那条项链了吗？”

她的眼睛立刻变得更加警觉，说道：“你别想骗我。”

她又拿去我的酒杯帮我满上，我没有阻止她，虽然我的杯里还有一些。我欣赏着她线条优美的脖子。

她把我们两人的酒杯都倒满后，我们又开始喝起来。我说，“咱们先把事情理清楚，然后我告诉你一件事。你说说那天晚上的情况。”

她把长袖往上拉了拉，看了看手表，“我应该——”

“让他等等。”

听到我的话，她眼睛倏的一亮，看着非常讨人喜欢，“有时候，人说话做事要注意点分寸，不能太直白了。”她说。

“这不关我的事，跟我说说那天晚上的情况，或是把我赶出去，两者选其一，用你美丽的脑袋想清楚再做决定。”

“你最好往我这边坐一坐。”

“我一早就这么想了，”我说，“准确来说，是从你翘腿的时候开始。”

她把裙子拽下来：“这讨人厌的衣服总是往上跑。”

我在黄色的皮沙发上坐下，紧挨着她。“看来你是个动作麻利的人啊？”她静静地问。

我没有回答她。

“你经常做这种事吗？”她斜睨着我问道。

“从来没有过，我空闲时候的身份是西藏喇嘛。”

“只是你没有空闲时间。”

“让我们回到正题，”我说，“谈谈现在困扰我们——或者说我——的一个问题。你准备付我多少酬金？”

“这正是问题所在，我以为你会先帮我把项链找回来，起码也要先尝试一下再提报酬。”

“不好意思，我做事有自己的方式，收钱。”我仰头喝了一大口，都快把杯子倒了个底朝天，还喝了一点空气。

“然后还要调查一起谋杀案。”

“谋杀案不是归警察管吗？跟你找回项链没关系吧。”

“是没关系，但那家伙付了我一百元钱让我照应他，我却没做到，心里感到愧疚，有点想哭，我应该哭吗？”

“来，喝一杯。”她又给我倒了些苏格兰威士忌。这酒似乎对她没什么影响，她喝起来像在喝白开水似的。

“刚才说到哪儿了？”手中的酒杯似乎有点晃，刚倒上的威士忌眼看也要洒出来，我赶紧使劲握了握。“女仆没在，男仆没在，司机没在，管家没在，估计接下来我们要自己动手洗衣服了。抢劫是怎么发生的？你说说看，马里奥特可能有些细节没提到。”

她身体前倾，一只手托着下巴，看上去既严肃又睿智。

“那天晚上我们去布伦特伍德高地参加宴会，宴会结束后，林提议去特罗卡德罗，喝喝酒，跳跳舞之类的。我们就去了，日落大道在施工，路上尘土飞扬的，所以回来时林绕道走的圣莫妮卡大道，路上我们还经过一个破旧的旅馆，叫印第奥旅馆，我也不知道为什么会注意到它。旅馆对面是一家啤酒酒吧，酒吧门前停着一辆小汽车。”

“只有一辆车？在一家酒吧前面？”

“是的，只有一辆，那是个很脏乱的地方。嗯，然后这辆车就发动起来，跟在我们后面，我也没多想，本来也很正常嘛！就在我们将要从圣莫妮卡拐到阿圭罗大道时，林说，“我们走另一条路”，于是我们就拐进一条弯弯曲曲的居民区街道。就在这时，后面突然冲出一辆车，擦过我们车的挡泥板后停了下来。一个穿着大衣、戴着围巾、帽檐压得很低的男人下车过来道歉。他的围巾是白色的，在脖子上绕了好几圈，显得有些笨重，我就多看了几眼；别的就没怎么注意了，还有就是他个子很高，身形显瘦。他一走到——后来我记起他没往车灯照到的地方走——”

“那是自然，没人愿意往灯前凑。来，喝一杯，这次我来倒。”

她身体前倾，未施粉黛的柳叶眉皱成一团，好像在思索什么事情。我倒了两杯酒，她继续说道：

“他一走到林的旁边，立刻把围巾拉到鼻子上，掏出一把锃亮的枪指着我们。‘打劫’，他说，‘老实点，别出声，什么事都没有。’然后另一个男人走到我这边。”

“比佛利山庄可是加州治安管理最好的地方。”我说。

她耸耸肩，“还不是照样发生这种事。他们让我交出珠宝和包，是戴围巾的人要的，我旁边的那个人自始至终没开过口。我越过林，把东西交给戴围巾的人，他拿到后，把包和一枚戒指还给我。他说暂时不能报警，也不能找保险公司，他们会跟我们做笔不错的交易，说是不牵扯别人时事情会比较容易解决。他看上去不慌不忙，一点也不紧张。他还说必要时候保险公司那边他们也可以处理，但是这样一来肯定会有奸诈狡猾的律师横插一脚，他们不想走到这一步。他说起话来像是个受过一些教育的人。”

“本来那有可能是乔装打扮的埃迪，”我说，“不过他在芝加哥被干掉了。”

她耸耸肩。我们各自喝了口酒，她继续说下去。

“然后他们就离开了，我们也回了家，我告诉林不要声张。第二天我接到一个电话，我们家有两部电话，一部有分机，一部没有，没有的这部装在我的卧室里，号码没往公共电话本上登记，他们打的就是这一部。”

我点点头，“这不奇怪，他们花个十块八块的就能搞来，有些电影演员不堪其扰，不得不一个月换一次电话号码。”

我们又喝了口酒。

“我告诉打电话的人林可以代表我，让他直接跟林联系，并且告诉他只要条件合理，这笔交易还是可能的。他答应了，在那之后他们很长时间没有动作，估计是想观察观察我们再说。最后，你也知道，双方谈定 8000 元赎金和其他一些细节问题。”

“你能认出他们吗？”

“认不出。”

“你说的这些兰德尔都知道吗？”

“当然。我们还要继续这个话题吗？太无聊了！”她向我嫣然一笑。

“他说什么了吗？”

她打着哈欠说，“有吧，我忘记了。”

我陷入了沉思，手里的酒杯不知何时已经空空如也，她又拿过去倒上了酒。

我从她手中接过再次倒满的酒杯，换到左手，用我的右手握住她的左手。她的手很光滑，很柔软，还很温暖，握着很舒服。她捏了我一把，手劲儿很大，她是个身材健美的女人，可不是什么中看不中用的花瓶。

“我感觉他有点想法，”她说，“但他什么都没说。”

“对这种事，任谁都会有点想法。”我说。

她慢慢转过头看着我，然后点点头：“看来还是逃不过你的眼睛。”

“你认识他多久了？”

“噢，好几年了，他以前在我丈夫的电台 KFDK 当播音员。我就是在那儿认识他的，也在那儿认识了我的丈夫。”

“这我知道，不过看马里奥特的生活方式，他好像挺有钱，不是大富大贵，但是日子过得很滋润。”

“他后来继承了一笔钱，然后就从电台辞职了。”

“你确定他是真的继承了一笔钱？还是只是听他说的？”

她耸耸肩，又捏了捏我的手。

“还是说他继承的钱其实并不多，而且很快挥霍掉了。”我也捏了捏她的手，“他向你借钱了吗？”

“原来你是个保守的人啊？”她低头看着被我握住的手。

“我在工作，而且你的苏格兰威士忌真不错，我到现在还处于半清醒的状态，倒不是说我非醉不可——”

“是的，”她把手抽回去揉了揉，“你手劲儿真大，空闲时间没少练吧。林赛·马里奥特靠勒索别人生活，不过他更高级一些，他专门勒索女人。”

“你有把柄在他手上？”

“我应该告诉你吗？”

“好像不太应该。”

她笑了起来：“无论如何，还是告诉你吧。有一次我在他家喝了点酒，结果醉得不省人事，我很少发生这种事情的。他给我照了一些照片，衣服掀到脖子上那种。”

“这个卑鄙小人！”我说，“你还有那些照片吗？”

她佯装生气地在我手腕上打了一下，然后轻声问道：

“你叫什么名字？”

“菲尔。你呢？”

“海伦。吻我。”

她温柔地躺到我腿上，我低头吻上她的脸。她轻轻地亲吻我的脸颊，眼睫毛忽闪忽闪地动着。我渐渐靠近她微启的双唇，感受着那灼人的温度，唇齿间她的舌头像条蛇一样灵活地扭动着。

突然，门开了，格雷利先生悄无声息地走进来。我正抱着她，手还来不及松开，只能抬起头。我看着他，身体僵硬，手脚冰凉，感觉自己像个死人。

我怀里的金发美人纹丝未动，甚至连微张的双唇也慵懒地保持着原样，她的脸上有一种半是迷离，半是讥讽的表情。

格雷利先生轻轻地清了下嗓子，说道："抱歉，非常抱歉。"然后又悄无声息地离开了，他的眼神里透着无尽的悲哀。

我推开她，站起身，掏出手帕擦脸。

她斜倚在沙发上，将躺未躺，一条腿的丝袜上方白嫩的肌肤春光乍泄。

"谁啊？"她问道，声音有些喑哑。

"格雷利先生。"

"别管他。"

我从她身边走开，坐到刚进房间时坐的那张椅子上。

过了一会儿，她自己整理了一下，坐起身，平静地看着我。

"没关系，他能理解，他还想怎么样？"

"我想他知道了。"

"好了，我说没关系，这还不行吗？他是个病秧子，到底——？"

"别在这儿跟我吵，我不喜欢爱吵的女人。"

她从身边的包里拿出一块小手帕擦擦嘴唇，又照了照镜子，一边端详着镜中的自己，一边说道："你说得对，可能因为我有点喝多了。今晚 10 点，观景楼俱乐部见。”她的呼吸很急，说话的时候并没看我。

“这地方好吗？”

“这儿的老板是莱尔德·布鲁内特，我跟他很熟。”

“好吧。”我仍然手脚冰凉，感觉自己像个偷窃穷人的卑鄙小人，非常讨厌。

她拿出一支口红在嘴唇上轻轻点了几下，瞥了我几眼，然后把小镜子扔给我。我接住镜子，照照自己的脸，拿手帕擦了擦，站起身把镜子还给她。

她向后仰着头，光滑优美的脖子在我面前一览无余，她从眼底慵懒地看着我。

“怎么了？”

“没什么，10 点，观景楼俱乐部见。别穿太华丽了，我只有一件晚礼服。那么在酒吧见面？”

她点点头，眼神依旧很慵懒。

我穿过房间走出去，没有回头看。男仆在走廊里候着，他把帽子拿给我，整张脸上面无表情，好像一尊大石像。

19

我沿着弯弯曲曲的车道，在修剪整齐的高高的树篱间钻进钻出，终于走到了大门口。守门的人现在换成一个身强体壮的大汉，他穿着一身便服，一看就知道是个保镖。他点点头开门让我出去了。

“滴滴——”，有人在鸣喇叭，赖尔登小姐的小车正从后面慢慢开过来，我走过去，透过车窗看到她平静却又讽刺的表情。

她握着方向盘，修长的手上戴着手套，见我看过来，她向我微微一笑。

“我没走。虽然这不关我什么事，但我还是想问问，你觉得她怎么样？”

“搔首弄姿，卖弄风情。”

“你非要这样说话吗？”她脸颊一红，有点苦涩地说，“有时候我真讨厌男人，讨厌所有的老男人、小男人、踢足球的男人、唱歌剧的男人、精明的有钱男人、长相俊美的小白脸男人，还有那些跟浑蛋差不多的私家侦探！”

我哭笑不得：“我承认我说话尖酸刻薄，但是现在都流行这么说。谁告诉你他是个小白脸了？”

“谁是小白脸？”

“别装糊涂，马里奥特。”

“哦，我猜的，不好意思，我不是故意对你发脾气的。她随时都可以对你搔首弄姿，你也随时都可以对她动手动脚，这是两厢情愿的事情；但有件事是一定的：你来晚了。”

阳光下，宽阔的街道静静地蜿蜒远去，像在打着瞌睡。一辆车身漆得非常好看的小型运货汽车悄无声息地停在街道对面的一座房前，稍微后退一些后开上通往侧门的车道，车身的一侧漆着几个大字——“贝城婴幼儿服务”。

安妮·赖尔登向我靠过来，灰蓝色的眼睛流露出悲伤和不满，略宽的上嘴唇先是噘得高高的，而后又紧紧地抿起来。她叹了口气，发出一个又尖又细的声音，“也许你不想让我多管闲事，也不能接受我比你先有线索，可是我也多少帮了你一点忙吧。”

“我不需要别人的帮忙，警察也不需要我的帮忙，对于格雷利太太的事情，我也无能为力。她说有辆停在啤酒酒吧前的车跟踪他们，这又能说明什么？圣莫妮卡原本就是个鱼龙混杂的地方，那帮人不是普通的劫匪，他们中有人一眼就认出了那块翡翠。”

“也许是有人走漏了风声呢？”

“也有可能，”我从烟盒里抽出一根烟，“无论如何，这都与我无关。”

“那什么心理医生之类的也与你无关喽？”

“心理医生？”我看着她，装出一副迷惑不解的样子。

“有人想把这案子压下去，”我说，“我得小心点，这个格雷利先生是个有钱的主儿，而在这个地方，有钱就是王法，看看那些警察都做了什么，没有调查取证收集线索，没有刊登报纸发表公告。在这种情况下，一个掌握着看似微不足道、实际至关重要的线索的清白的陌生人突然横插一脚，能得到什么结果？无非是他们保持沉默，还警告我不要插手。我讨厌这种情况。”

“你脸上的唇印大部分都擦掉了，”安妮·赖尔登说，“至于什么心理学，我就是随口一提而已。好吧，再见！很高兴认识你——从某一方面来说。”

她发动车，挂上挡，绝尘而去。

我看着她离开，然后看向街对面，一个“贝城婴幼儿服务”的男性工作人员从房子侧门走出来，他穿着笔挺的雪白制服，浑身上下干净得都有些晃眼，我只是远远地看着就感觉神清气爽。他手里拿着一个纸盒，上车后便开车离开了。

我想他可能刚刚换了一片尿布。

我钻进自己的车，开车前看了看表，快五点了。

苏格兰威士忌的酒劲还在，而且还将一路陪伴我回到好莱坞大道，好酒都这样，劲儿足。结果，我闯了一路红灯。

“她是个可爱的女孩，”我在车里大声对自己说，“尤其是对喜欢可爱女孩的男人来说。”没有人回答，“但我不是那种男人，”我说，还是没有人回答。“10 点钟，观景楼俱乐部。”我又说。这次有人回答了，“呸！”

这声音听起来像是我的。

差一刻 6 点时我回到办公室。整幢大楼都静悄悄的，隔壁的打字机也没有声音，我点上一杆烟斗，坐下等着。

20

那个印第安人身上散发着一股臭味，隔着一间接待室都能闻到。我听到门铃响，打开中间的门去看是谁，结果发现他就站在走廊上的门里，像个流浪汉。他像是由铜铸成的，浑身油光发亮，上身尤其魁梧，胸膛非常厚实。

他穿着一套棕色西装，但是上衣肩膀太窄，裤腰也有点紧。他的帽子至少小了两个号，上面有不少汗渍，像是别人戴的时候弄上的，他戴着帽子的样子俨然就像房屋顶上装了个风向标。他的衣领像马缰一样紧紧勒在脖子上，颜色也是马缰那种乌漆墨黑的颜色。他的西装上衣倒是扣得整整齐齐，但是黑色的领带却耷拉在外面，这领带系的时候不知用上多大的力气，领结系得结结实实，小得像颗豌豆似的。他那脏兮兮的衣领上露出的大粗脖子还绕着一条宽宽的黑色缎带，感觉像是上了年纪的老太太非要装扮装扮那满是皱纹的脖子。

他的脸又大又扁，鼻梁很高，鼻头很大，而且看起来像船头那么坚硬。他的眼睛像是没有眼睑，下颌的肉有气无力地耷拉着，肩膀似铁匠般魁梧，他的双腿又短又笨拙，像大猩猩一样。不过我后来才发现，那双腿只是短而已，一点儿也不笨。

如果他稍微收拾一下，再套一件白袍，那就是活脱脱一个坏心眼的古罗马参议员。

他身上的味道与城市里泥土黏糊糊的污浊味儿不同，是一种原始的泥土味儿。

“你，”他说，“快来，现在就来！”

我向他摆摆手指，回到办公室，他不声不响地跟进来，脚步轻得像在墙上走动的苍蝇。我走到桌后坐下，转得椅子吱嘎响，摆出一副很专业的样子，然后指指另一边的访客椅，示意他坐下。他没坐，一双黑溜溜的小眼睛充满敌意。

“来哪儿？”我问。

“嘿，我叫普兰廷第二，我是好莱坞大道印第安人。”

“请坐，普兰廷先生。”

他哼了一声，鼻孔顿时张得很大，都快赶上老鼠洞了。

“我叫普兰廷第二，不叫普兰廷先生。”

“我能为你做些什么？”

他提高嗓门，声若洪钟，“他说快来，大白爸爸说快来，他说让我用火的战车带你来，他说——”

“好了，快闭嘴吧，别再显摆你那蹩脚的拉丁文了，”我说，

“我又不是什么跳蛇舞的学校女老师。”

“呸！”印第安人啐了一口。

我们就这么隔着一张桌子互相嘲弄对方，不得不承认，他做得比我好。过了好一会儿，他一脸嫌弃地摘下帽子，又翻了个个儿让帽口朝上，一根手指沿边缘绕了一圈，隐藏在里面的防汗带便露出真身，这样看来，“防汗带”这名字起得果真是名副其实啊！他从帽口边缘摘下一个纸夹，把一个棉纸包扔到桌子上，怒气冲冲地指了指那个纸包，我注意到他的指甲被啃得面目全非。他头顶的直发鼓得很高，还有一圈印子，这是帽子太小太紧给压的。

我打开棉纸包，发现里面有一张名片，这张名片对我而言一点儿也不陌生，跟俄国香烟过滤嘴里那三张名片一模一样。

我把玩着手中的烟斗，目不转睛地盯着印第安人，想在气势上压过他，可是他淡定得像面石头墙，完全不为所动。

“好吧，他想要什么？”

“他想你快来，现在就来，坐着火的——”

“呸！”我也学他啐了一口。

他好像很喜欢我这样说话，只见他慢慢闭上嘴巴，强装严肃地眨眨一只眼睛，几乎要忍不住咧嘴笑出来。

“他得先付我一百元定金，”我补充道，努力摆出一副满不在意的样子，好像我说的不是一百元，而是区区五分钱。

“什么？”他又起了疑心，说话也回到基础英语的水准。

“一百元，”我说，“印着头像的票子，一元一元数到一百元。没钱，我不来，懂了吗？”我双手做出数钱的动作。

“哼！还真把自己当个人物了。”印第安人嘲笑道。

他又在那顶脏兮兮的帽子里翻了一会儿，又掏出一个棉纸包扔到桌子上。我拿起纸包打开一看，是一张崭新的百元钞票。

印第安人把帽子带回头上，防汗带也懒得往回塞，就那么露在外面，这下看起来更好笑了。我看着那那张百元大钞，不可思议地张大嘴巴。

“心理医生是对的，”我最终开口说道，“那么聪明的人真让我害怕。”

“没那么多时间跟你耗，”印第安人说，用的是商量性的语气。我打开抽屉，拿出一把人称“超级竞赛”的柯尔特式点三八口径的自动手枪。之前我去见卢因·洛克里奇·格雷利太太时没带这把枪。我脱下外套，挂上皮制枪套，把手枪塞进去，拉紧套上的皮带，最后又穿上外套。

印第安人漠不关心地看着这一切，好像在看一件无关痛痒的小事。

“我有车，”他说，“大车。”

“我现在不喜欢大车，”我说，“我自己有车。”

“你坐我的车来。”印第安人威胁着说。

“我坐我自己的车来。”我说。

我关上抽屉，锁上办公室，关了门铃，然后走了出去，像往常一样没锁接待室的门。

我们穿过走廊，乘电梯下了楼，印第安人身上真臭，连电梯操作员也注意到了。

FAREWELL MYLOVELY

21

他开来的车是一辆深蓝色的七人座大轿车，帕卡德最新款，私人定制，是那种你戴着大串珍珠项链坐的车。车停在一个消防栓旁边，驾驶座上坐着个皮肤黝黑、长着外国面孔的司机，他的脸上沟壑纵横，像块被雕刻过的木头。车里面套着灰色的针织绒线套。印第安人安排我坐在后面，我孤零零一个人坐着，感觉是落在一个有高级品位的殡仪员手中的高级尸体，只能任其摆布。

印第安人上了车，坐在司机旁边。车直接在道路中间调头，街对面一个警察喊了声“喂”，声音小得不像话，一听就知道他没打算真喊，只见他喊完连忙弯下腰假装系鞋带。

我们一路向西，上了日落大道，车子平稳地开着，没有一点声音。印第安人坐在司机身边，一动不动，他身上特有的那股味道不时飘到后面来。司机看起来昏昏欲睡，但是他将车开得飞快，就连那些开敞篷跑车的毛头小子都被远远地甩在后面，好像有人在往后拖他们。他一路绿灯，畅通无阻，半个红灯也没碰上，有些司机就是这么好运。

我们在路上七弯八拐地行驶了一两英里，沿途经过有名的古董店，挂着针织蕾丝边的白镴窗户，大厨和赌博都很有名的帮派经营的灯红酒绿的夜总会，殖民时期很时髦、现在已经过时的帽子，对好莱坞大道皮条客来说有做不完的生意的漂亮的新式建筑，还有显得有些格格不入的汽车餐厅，餐厅里的女服务员个个都穿着白色丝质上衣，戴着乐队指挥帽，臀部以下只能看到带流苏的长筒靴。经过这一切后，我们进入一条宽阔的比佛利山庄马路，路边五光十色的灯光向南延伸，在晴朗无雾的夜晚显得格外清晰，我们又一路经过山上隐在重重黑影中的豪宅，最后从比佛利山庄出来，进入一条弯弯曲曲的山间道路，这时我突然感受到傍晚随海风吹来的阵阵凉意。

下午还很暖和，但现在热气已经散去了。远处亮着灯光的大楼和路边不远处一幢又一幢灯火通明的豪宅从车窗外“嗖嗖”闪过。我们向下行驶，绕过一大片绿色的马球场和后面另一块同样大小的练习场地，然后又向山顶开去，这次走的是一条通往山上的水泥路，路稍微有点陡，路边有成片的橘林，因为这里不产橘子，有些有钱人就愿意自己种。再往前走一会儿，百万富翁灯火通明的豪宅渐渐少了，路也变窄了，这里就是斯蒂尔伍德高地。

山谷中飘来鼠尾草的气味，让我想起一个死人和一个没有月亮的夜晚。路边偶尔有几座灰泥房贴山而建，像一块块浮雕。再往前就没有房子了，只有黑黢黢的山丘和山丘上空早早出来的一两颗星星。路的一边是幽深的山谷，山谷里长着胭脂栎和灌木丛，如果你在这里仔细聆听，偶尔还能听到鹌鹑的叫声；路的另一边是一道土坡，土坡上顽强地攀着几朵野花，像淘气的孩子死赖着不肯上床睡觉。

前方道路一个急转弯，车子巨大的轮胎擦过松动的石块，更加安静地驶上一条两侧长满天竺葵的车道，车道尽头隐隐约约有座亮着灯光的房子，像一座孤零零的灯塔，又像高山上的鹰巢。房子棱角分明，外面刷着灰泥，屋顶盖着玻璃瓦，原始中透着现代，看起来倒是不丑。这里对心理医生来说是个绝佳的营业地点，里面有个尖叫声别人也听不见。

车在房子旁边调头停下，嵌在厚重的墙壁里的黑色大门上亮起一盏灯。印第安人嘴里嘟囔着下车过来开后车门。那个司机用电子打火机点上一根烟，一股刺鼻的烟草味幽幽地飘过来，我下了车。

我们走到门口，门扇自己缓缓地开了，透出一丝诡异和危险。门后是条狭窄的走廊，一直通向房屋里面，灯光从玻璃砖墙里透出来，照得墙体闪闪发光。

印第安人低声吼道：“嘿，你进去，大人物。”

“你先请，普兰廷先生。”

他阴沉着脸瞪我一眼，径直向屋里走去，门在我们身后悄无声息地关上，像打开时一样，透着一丝诡异和危险。走廊尽头有一个小型电梯，我们好不容易挤进去，印第安人关上门，摁下按钮。电梯安静缓慢地上升，密闭的空间里充斥着印第安人身上的臭味，简直让我窒息，这样看来，之前闻到的那点气味跟这里的相比根本不值一提。

电梯停了，门开了，我走出来。外面是一个塔楼房间，房间里还残存着一点亮光，将去未去的白日挣扎着宣告自己的存在。房间四面都有窗户，远处是波光粼粼的大海和逐渐被夜幕笼罩的山丘。房间里有几面没有窗户的幕墙，地上铺着色彩柔和的老式波斯地毯，还有一张古色古香的前台桌子，好像是用从老教堂里偷来的雕刻制造而成。前台坐着个女人，她正在对着我微笑，那笑容干巴巴的，仿佛一动就会碎成粉末。

她的头发柔顺光滑，盘在头上，脸庞有点像亚洲人，又黑又瘦，毫无神采。她的耳朵上缀着两颗硕大的彩色石头，手指上戴着好几枚笨重的戒指，其中一枚镶着月长石，另一枚镶着祖母绿宝石，这镶着绿宝石的银戒指可能是真的，可戴在她手上，怎么看怎么像从廉价商店买来的假手镯。

她开口说道：“啊，马洛先生，你能来真是太好了，阿姆托尔先生一定非常高兴。”

我把印第安人给我那一百元钞票放到桌上，回头一看，发现他已经乘电梯下去了。

“对不起，你们的好意我心领了，但这钱我不能要。”

“阿姆托尔，他、他想要雇用你，不是吗？”她又对我笑了，干巴巴的嘴唇一张一合，像极了两张互相摩擦的棉纸。

“我得先看看是什么工作。”

她点点头，慢慢站起来，带着衣料摩擦发出的“刷刷”声走到我面前。她穿着一件紧身裙，裙子像美人鱼的皮肤一样紧紧裹在身上，凸显出玲珑有致的“好”身材——如果你认为臀部比腰部宽四个号是好身材的话。

“我来给你带路。”她说。

她在墙壁的镶板上摁下一个按钮，一扇门无声无息地滑开，门里透着乳白色的光，我进去之前又看了她一眼，她还在微笑，那笑容看上去比埃及还古老。我进去后，门又在我身后无声无息地关上。

房间里没有人。

房间是八角形的，黑色的天鹅绒布幔从天花板垂到地面上，天花板很高，也是黑色，可能也覆着一层黑色天鹅绒。地上铺着一块暗淡无光的黑色地毯，地毯中央放着一张白色八角桌，桌子不大，只够两个人坐，桌面中央有一个放在黑色底座上的乳白色圆球，这就是屋里乳白色光亮的源头，至于它是怎么发的光，我就瞧不明白了。桌子两侧各有一张白色的八角凳，形状与桌子一模一样，其实就是两个缩小版的八角桌，墙边还放着一张这样的八角凳，除此之外，空荡荡的房里再无其他东西，墙上没有窗户，甚至连灯架都没有，门也没有，就算有我也看不到，我进的那道门现在也看不到在哪儿。

我在房间里站了大约 15 秒钟，隐隐有种被监视的感觉，这里可能有个窥视孔，我看不到，也懒得去找。我聆听着自己的呼吸，房间里很安静，我能听到自己的气息从鼻孔里轻轻地呼进呼出，像窗帘微动发出的沙沙声。

这时，房间里一道原本看不见的门开了，一个男人走进来，门随后又关上。这个男人低着头，径直走到八角桌旁，坐在八角凳上，然后轻轻摆了摆手，他的手非常漂亮，是我这辈子见过的最漂亮的手之一。

“请坐，坐在我对面。不要吸烟，不要焦躁，放轻松，彻底放松自己。我有什么能帮你的？”

我坐下来，拿出一根烟，没有点燃，只是叼在嘴里玩弄着，然后上上下下仔细打量着他。他又瘦又高，身板笔直，长着一头蚕丝般纤细柔软、晶莹透亮的白发，皮肤像玫瑰花瓣一样细嫩。他可能是三十五岁，也可能是六十五岁，岁月没有在他脸上留下痕迹，让人难以猜透他的真实年龄。他的头发向后梳得平平整整，理出一个大明星巴里摩尔般完美的侧颜，他的眉毛像这房间里随处可见的黑色天鹅绒般乌黑发亮，他的眼睛很深邃，深得让人难以琢磨，既有梦游者眼神深不可测的迷蒙，又有古井的幽深，我曾经在书上读过一个有关古井的故事。那口古井存在于一座古堡中，已经有九百多年的历史。你可以扔一块石头进去，然后静静聆听，静静等待，等啊等啊，等啊等啊，等了许久依然等不到回应，就当你要放弃希望，笑着转身离开时，就在那一刻，一个细小、微弱的水花声从深不见底的古井里传入你的耳中，那么微小，那么遥远，远到让你难以相信这世上竟然有如此深的井。

他的眼睛就是这么深邃，但也同样是这双眼睛，没有表情，没有灵魂，好像目睹狮子将人撕裂也不为所动，好像看见在炎炎烈日下将人钉在木桩上，割掉他的眼皮也无动于衷。

他穿着一件由大师级人物亲手设计的双排扣黑色西装，他面无表情地看着我的手指。

“请不要感到焦躁，”他说，“这样会打破平静，让我难以集中精神。”

“焦躁可以让冰块融化，让黄油变软，还可以让猫咪大声尖叫。”我说。

他露出一个若有似无的笑容，让我不禁怀疑他到底有没有笑：“我相信你特意到此不是为了撒泼耍横。”

“貌似你忘了我来的目的。顺便说一声，我已经把那一百元还给你的秘书了。如果你还有印象，我来是为了几根烟，几根塞着大麻的俄罗斯香烟，香烟的过滤嘴里卷着你的名片。”

“你想知道是怎么回事？”

“是的，这样看来，我应该付你一百元才对。”

“那倒没必要，答案很简单，我并非无所不知，而这正是我不知之事。”

我差点就相信了他的话，他一副理所当然的派头，脸色平静，波澜不惊。

“那你为什么要送我一百块钱？还派了个臭气熏天的印第安大汉去接我，甚至还派了一辆豪车？还有，那印第安人怎么那么臭？如果他在你手下工作，你就不能让他洗个澡吗？”

“他是个灵媒，他们这种人很少见——像钻石一样，钻石有时也被脏物所埋没。你是个私家侦探？”

“是的。”

“我认为你是个很愚蠢的人，你的样子很愚蠢，从事的职业也很愚蠢，来这儿的目的也很愚蠢。”

“我懂了，”我说，“我很愚蠢，多亏你的提醒，我现在完全意识到这一点了。”

“既然如此，那我就不再耽搁你了。”

“你没有耽搁我，”我说，“是我在耽搁你，我想知道为什么你的名片会在香烟里。”

他轻轻地耸了耸肩，又是一个若有似无的小动作，让人不禁怀疑是不是自己眼花。“任何人都可能有我的名片，我从不给朋友大麻烟。你的问题还是很愚蠢。”

“让我提醒你一下，烟盒装在一个叫林赛·马里奥特的男人口袋里，听说过这个人吗？”

他想了想，“是的，他有面对镜头害羞的毛病，我为他治疗过一次。当时他想去拍电影，不过这纯粹是浪费时间，电影界根本不需要他。”

“这我大概猜到了，”我说，“估计他上镜时会像伊莎多拉·邓肯似的。还有一个问题，你为什么要给我那一百元？”

“我亲爱的马洛先生，”他冷冷地说，“我不是傻瓜，我是个江湖医生，职业很敏感，我做的事情都是那些胆小自私的医生不敢做的，因此我随时都可能有危险，要时刻提防一些像你这样的人。我只是希望能在面对危险之前先进行一番评估。”

“那我的危险程度很低了？”

“几乎为零。”他彬彬有礼地说，同时左手打了个奇怪的手势，我突然感觉不妙。只见他打完手势，若无其事地慢慢把手放到白色八角桌上，仔细地端详着，然后双臂抱到胸前，抬起那双深邃的眼睛看着我。

“你听到——”

“我现在闻到了，”我说，“刚才没想到是他。”

我转头向左看去，发现那个印第安人正坐在墙边第三张八角凳上。

他现在套上了一件白色的罩衫，一动不动地坐着，双眼紧闭，脑袋向前低着，好像已经睡着了。他那张黝黑的大脸上落满阴影。

我回过头，阿姆托尔脸上又浮现出那种若有似无的笑意。

“那些有钱的太太见到他这幅形象，估计假牙都得吓掉了。”我说，“他到底是做什么的？难不成是坐在你膝盖上给你唱法语歌？”

他不耐烦地摆摆手：“请说重点。”

“昨天晚上，马里奥特雇我跟他一起去给一帮匪徒送钱，见面的地点是对方选的，到那儿之后我被人一棍打昏了，待我醒来时，马里奥特已经被杀了。”

阿姆托尔面色如常，没有尖叫，也没有坐立不安，只是松开抱在胸前的手臂，然后换了个姿势重新抱着，不过这种反应就他而言已经算很剧烈了。他的嘴角透露着冷酷的气息，整个人像公共图书馆前的石狮子似的定在那里。

“香烟就是在他身上发现的。”我接着说。

他冷冷地看着我：“但不是警察发现的，否则找到这儿的就是他们了。”

“回答正确。”

“那一百元，”他突然轻声说，“太少了。”

“那得看你用来买什么。”

“你身上带着那些香烟吗？”

“只带了一根，不过香烟证明不了什么。如你所说，任何人都可能有你的名片，我只是奇怪它们怎么会在烟嘴里，对此你有什么想法？”

“你对马里奥特先生了解多少？”他又轻声问道。

“一点儿也不了解，但是多少对他有点看法，有些事情太明显了。”

阿姆托尔用手轻轻敲着白色八角桌，印第安人仍然在睡觉，他的脑袋耷在胸前，厚眼皮紧紧闭着。

“顺道问一下，你见过住在贝城的那个富婆，格雷利太太吗？”

他漫不经心地点点头：“见过，她说话有点口吃，我还矫正过她的发音。”

“那你的方法不错嘛，”我说，“她现在话说得和我一样好。”

我的恭维没有任何作用，他面无表情地敲着桌面。这个声音让我厌烦不已，听起来像某种暗号。他收回手，盘起双臂，身体微微向后仰。

“这次的差事最让我很高兴的是每个人都相互认识，”我说，“格雷利太太也认识马里奥特。”

“你是怎么知道的？”他的语调十分缓慢。

我没有回答。

“你肯定会告诉警察，那几根香烟的事。”他说。

我不可置否地耸耸肩。

“你应该很好奇，我为什么没有将你扔出去。”阿姆托尔语气轻快地说，“普兰廷二世可以将你那芹菜一般的脖颈拧断。我都不明白我自己为什么这么做。你应该猜到了什么。我从来不付勒索费，因为它换不回来什么，更何况我有许多朋友。但是自然而然的，总会发生一些事情让我看起来像个坏人。当然，心理学家、性学家、神经科专家，以及那些手拿橡胶锤、书架里装满了畸形文学的卑鄙小人，他们所有人都是医生，而我只是一个庸医。你到底想到了什么？”

我想要眼神击退他，但是我失败了，我下意识地舔了舔嘴唇。

他轻耸着肩，“我不会因为你保留自己的想法而责怪你，这些事情我也需要斟酌斟酌。可能你比我想象中聪明得多。我同样会出错。在此期间——”他的身体微微向前倾，双手搭在两边乳白色的球上。

“马里奥特勒索的对象应该仅限于女人，”我说，“不过，他应该还是珠宝抢劫案的线人。值得深究的是，到底是谁告诉他应该结识何种女人的呢？他能够熟知她们每日的行踪，和她们关系密切，跟她们浓情蜜语，然后带着穿金戴银的她们招摇过市，通知同伙动手的地点。”

阿姆托尔谨慎地说道：“你对我和马里奥特的看法让我有点恶心。”

我倾身向前，脸离他不足1英尺。“尽管你巧舌如簧，说得天花乱坠，仍然证明不了你和勒索案无关。这并不是因为名片，阿姆托尔。正如你所说，任何人都有可能拥有你的名片。也不是大麻的缘故，你不会做这样没底线的勾当，这不是你的作风。但是每张名片的背面有一片空白的地方。在这些地方，甚至有字的地方，写了一些隐形的文字。”

我没有注意到他的笑容慢慢变得阴鸷起来。他的手从乳白色的球上挪开。

灯突然熄灭，整个房间坠入漆黑，如同掉落在卡瑞·雷欣帽子里。

22

我把凳子往后一踢，猛地站立，想将手枪从胳膊下面的皮套中扯出来。但是却没能成功，都怪扣子太紧了，而且我的动作也太慢了。总之，每次我想要开枪时，动作总会变得十分缓慢。

一阵暗风刮过，一股臭味扑面而来。趁着四周一片黑暗，印第安人从后面偷袭我，钳住我的手，将我举过头顶。虽然看不见，但是我可以举起枪扫射。不过我现在孤军作战，这样做对我毫无益处。

我不再拔枪，反手去抓他的手腕，可是他的皮肤太滑了，怎么抓都抓不住。印第安人被我弄得气喘吁吁，突然用力把我摔在地上，死死地压着我的脸。他摆脱了我的束缚，扼住我的手腕，膝盖像石头一样顶着我的背，动作利索地把我的手扭到背后。他用力勒着我的脖子，把我往后拉，我不是那栋大楼，只能尽量弯曲着身体。而他，就这么使劲地把我往后拉。

出于本能，我想拼命大叫。喉间蕴满了气息，却发不出来任何声音。印第安人把我摔到一边，用双腿死死缠着我，一只手拿着枪抵着我，另一只手死死钳住我的喉咙。直到现在，我夜半惊醒，仍然能感觉到他在身边，鼻息中全是他的味道。我感觉呼吸困难，好像他那光滑的手仍然掐着我的脖子。每当这时，我都会起身喝一杯酒，打开收音机平复一下心情。

我快要死去的时候，灯突然亮了。由于呼吸不畅，我的双眼充血，满世界的猩红。眼前是一张模模糊糊的脸，一只手轻轻地抚摸着我，但是另外还有两只手死死地擒住我的喉咙。

“让他喘口气。”说话的声音非常温柔。

手指慢慢松开，我挣扎着想要摆脱控制，下巴却被一个发光的东西狠狠地敲了一下。

“松开他的脚。”这个声音依旧那么温柔。

这个印第安人放开我的脚。他把我向后一拉，背靠着墙，强有力的双手钳制着我。

“真是外行。”说话的声音很平静。与此同时，这个像死神般尖锐冷酷的发光物再次击打在我脸上。一股温热的液体流过，我伸出舌头舔舔，满口的血腥味。

伸过来一只手扒开我的钱包，又翻寻我身上所有的口袋。用纸巾包着的香烟被找到，他把它们打开。隐隐约约间，我看到它们被放在我面前的某个地方。

“只有三根吗？”语气非常绅士，然而发光物又一次打在我的下颌。

“只有三根。”我快喘不过气来。

“其余的在哪里？”

“放在我办公室的书桌里。”

发光物又一次打在我的脸上。“你大概在说谎，不过我能找到的。”我的眼前好像出现了一串闪着奇怪红光的钥匙。这个声音再次说道，“再掐紧点。”

我的喉咙再次被钢铁般坚硬的手指钳住。我尽量背对他，避开他的气味，远离他硬实的腹肌。我成功握住他的手指，拼尽全力想要拧断它们。

“真让人吃惊，他竟然在学你。”平缓如水的声音再次出现。

发光物狠狠地打在下颌，再次让我呼吸不畅，估计下巴都快打变形了。

“放开他吧，他已经没有用了。”这个声音说道。

刚劲有力的胳膊松开了，摇摇欲坠的我向前踉跄了一步，才勉强站稳。阿姆托尔朦朦胧胧的出现在我面前，面带微笑，纤纤细手中握着我的枪，抵着我的胸口。“我本可以教训你一下，但是有什么意义呢？在这个肮脏卑鄙的世界，你不过是一个不起眼的小人物。哪怕你挨上一枪，也还是这副面孔，不是吗？”他的语气异常温柔，笑容让人着迷。

我拼尽全力给了他的脸一拳。结果没让我失望，他打了一个趔趄，两股血液从鼻孔里流出。稳稳站住后，他擦掉了血迹，举着枪走过来。

“坐下吧，宝贝，”他说得很缓慢，“我的客人马上就要到了，我很高兴你给我这一下，帮了我一个大忙。”

我靠着白色椅子坐下，把头搁在白色的桌子上。旁边乳白色的球再次散发着柔和的光。我的脸贴在桌上，打量着球的另一边。这光吸引着我，令我意乱神迷。多么漂亮，多么温暖的光啊！就这样沉溺在一片死寂中，我以为我睡着了，血迹斑斑的脸贴在桌面上，一个瘦弱俊俏的恶魔手里拿着我的枪，望着我微笑。

23

“行了，”大个子说道，“别磨磨唧唧了。”

我睁开眼睛，坐起身来。

“到另一个房间去吧，伙计。”

我恍恍惚惚地站起来。我们穿过一扇门，走进一个房间。我四处打量了一下，是个四面全是窗户的接待室。透过窗户，外面一片漆黑。坐在桌后的女人戴着很多尺寸不对的戒指，一个男的站在她身后。

“坐这里吧，朋友。”

他推着我坐下。这把椅子很漂亮，看起来干净整洁，坐起来也十分舒服，但是我却完全没有心情享受。坐在桌子后面的那个黑人妇女翻开一本笔记簿，大声地朗读着。一个胡子灰白的矮老头面无表情地听着她的朗读。

窗前立着的是阿姆托尔的背影，他眺望着触不可及的海平面，目光越过灯塔照耀的地方，看向世界的尽头。他的眼睛那么专注，想必很喜欢大海。过了许久，他微微转过头来看着我。他脸上的血迹已经洗净，鼻子比初见时大了两倍。这可把我高兴坏了，把打破了的嘴唇都笑咧开了，而且浑身都疼。

“你觉得很好笑吗，朋友？”

我循声望去，站在我身前的是刚刚扶我过来的那个人。他的体重大约有 200 英镑，像是被风吹得发胀了一样。污迹斑斑的牙齿，声音却像马戏团的杂耍演员一样圆润动听。他看起来就像吃生肉的野人一样结实强壮，动作敏捷，没有人能够控制得了他。作为一个警察，他的工作便是每天晚上向金属棒上吐几口唾沫，而不是祷告。不过，他的一双眼睛看起来幽默味十足。

他站在我身前，微张开腿，拿着我已经被打开的钱夹，他好像很喜欢破坏东西，用指甲在皮夹上一下又一下地刮着。如果他手中没有任何东西，他更喜欢往别人脸上招呼。

“私家侦探，是吗，朋友？来自大城市吧？想要捞点勒索费，是吧？”

他帽檐朝后戴着帽子，汗水浸湿了前额的头发，使得原本脏乱的头发更加黑亮。他滑稽的眼睛里布满了血丝。

我的脖颈像是被车碾过似的疼。我轻轻地揉着。都怪那个印第安人，他的手掌像钢爪一样。

黑妇人停止了朗读，合上笔记簿。灰白胡子的矮老头对着和我说话的大个子点了点头，走过来站在他身后。

“警察？”我问道，按摩着我的下巴。

“你觉得呢，朋友？”

这可是警察的常用伎俩。那个矮老头有一只眼睛是斜视，看起来像是半个盲人。

“应该不是洛杉矶的警察，”我看着他说道，“在洛杉矶，这只眼睛不会让他有所作为的。”

大个子归还了我的钱包。我翻了翻，里面的东西一样都不差，钱和卡也毫无分差。我感到惊奇。

“说些什么吧，朋友，”大个子说道，“说一些能让我们感兴趣的事情。”

“把枪还给我。”

他身体往前倾了倾，想了想。我知道他在考虑，这让他很为难。“哦，你想要你的枪。”他看向身旁灰白胡子的矮老头，“他想要回枪。”话音刚落，他再一次看向我，“为什么你想要你的枪呢，朋友？”

“我要杀了那个印第安人。”

“哦，你想杀那个印第安人，朋友。”

“是的，就杀一个印第安人，砰的一枪。”

他再一次望向那个矮老头。“这家伙真有胆量，”他说，“他想去杀一个印第安人。”

“听着，海明威，不要重复任何我说过的话。”我说。

“他疯了吧，”大个子说，“他叫我海明威。你说他是不是疯了？”

留着灰白胡子的矮老头叼着烟，沉默不语。站在窗前身材高挑、面容俊朗的男人慢慢地转身，轻声说道："他的状态还不太稳定。"

"他没有任何理由叫我海明威，"大个子说，"我不叫海明威。"

矮老头说："我没有看见枪。"

他们看着阿姆托尔，阿姆托尔说道："我把枪放里面了，布莱先生，一会儿再拿给你。"

大个子俯下身，弯曲着膝盖，说话的气息全部打在我脸上，"为什么你要叫我海明威呢，朋友？"

"在场的女士不方便知晓。"

"你说呢。"他直起身，看向留着胡子的矮老头。矮老头点点头，转身穿过房间。他推开滑动门，领着阿姆托尔走了出去。

四周一片死寂。黑妇人低头看着桌子，眉头紧蹙。大个子盯着我右边的眉毛摇了摇头，满脸的困惑。

门再一次推开，留着胡子的矮老头走了进来。他不知从哪里找到一顶帽子，递给我。又从他的口袋中掏出我的枪还给我。我拿在手里一掂重量，就知道这是把空枪。我把它塞回胳膊下的枪套里，站了起来。

大个子说道："我们走吧，朋友，离开这里。外面的空气应该能让你感觉好点。"

"走吧，海明威。"

“又来了，”大个子无奈地说，“叫我海明威是因为有女士在场。你觉得在他的理解中，这算脏话吗？”

留着胡子的矮老头催道：“快点！”

大个子用胳膊夹着我，走向了狭小的电梯，等着它上来，携着我走了进去。

24

到了底层，我们走出电梯，沿着狭窄的走廊一直往前，从一扇黑色的大门出去。外面的空气沁人心脾，再加上这里地势较高，海水升腾的雾气萦绕在脚下。我深深地吸了一口气。

大个子仍然钳制着我的胳膊。路边停着一辆黑色的私家车。

大个子打开前门说："朋友，这车可能配不上你的身份。不过，这里的空气应该能让你舒服点。你感觉如何？朋友，我们可不想勉强你做什么事。"

"那个印第安人在哪？"

他无奈地摇了摇头，将我扔进副驾驶的位置上。"哦，对了，那个印第安人，"他说，"你可以用弓箭射杀他，这是法律允许的。我们把他关在后面了。"

我转过头，后面空无一人。

“该死！他不见了！”大个子说，“谁把他放了？我们不应该把他关在这辆没锁门的车里！”

“动作快点。”灰白胡子的矮老头催促着，坐在了后座。海明威走到另一边上了车，用他坚硬的腹部抵着方向盘，发动了车。车子掉头驶进了两旁长满野生天竺葵的车道。海风习习。星星离我们越来越远，我们一路无话。到了这条路的尽头，车子拐进了一条水泥山路，速度终于慢了下来。

“当时你为什么没有开车来，朋友？”

“阿姆托尔来接我的。”

“他为什么那么做，朋友？”

“肯定是他想见我。”

“这个家伙没事，”海明威说，“他还很清醒。”他一口痰吐出车外，来了一个漂亮的转弯，让车沿着下坡自然滑行。“他说你打电话给他，试图勒索他。所以他想看看他和他打交道的家伙到底是谁，当然，只要他真的在打交道。这就是他派人去接你的原因。”

“他知道他会叫上一些认识的警察来，这样我就不用自己开车了。”我说，“对吧，海明威。”

“哦，又来了。好吧，他装在桌子下面的录音机被他的秘书拿走了。我们去的时候，她正把录音内容读给布莱先生听。”我转过身，看向布莱先生。他面无表情地抽着烟，穿了一双拖鞋，对我不理不睬。

“她的做法真欠揍，”我说，“他们将录音留着，就是用来为这种事情做证的。”

“你可以告诉我们，你为什么要去见这个家伙吗？”海明威很有礼貌地问道。

“这意味着如果我不说，你将打烂我的另半边脸？”

“哦，我们可不是那样的人。”他比画了一个夸张的手势。

“海明威，你和阿姆托尔很熟，是吧？”

“哪有的事，布莱先生跟他关系好一些。而我，只不过是奉命行事罢了。”

“该死的，到底谁是布莱先生？”

“那个绅士一直坐在你后面。”

“除此之外，他还有什么身份？”

“我的天哪，几乎没有人不认识布莱先生的！”

“好吧。”突然之间我觉得异常疲惫。

一阵沉默过后，山路的弯道越来越多，顺着山环绕盘旋，天色越来越黑，我身上的疼痛也愈演愈烈。

大个子说：“现在我们也算是朋友啦，又没有女人在场，我们也没有精力去追问你为什么会去那里，但是，海明威这个称呼真的让我困惑不已。”

“一个玩笑话而已，”我解释道，“一个很久远很久远的玩笑话。”

“到底谁是海明威？”

“这个家伙会把一句话重复一遍又一遍，直到你觉得他说的言之有理。”

“这肯定要花不少时间，”大个子说道，“作为一个私家侦探，你想象力可真丰富，你的牙齿都还在吧？”

“当然，不过有几颗是补的假牙。”

“哦，朋友，你的运气还算不错。”

坐在后座的男人附和道：“够了，下个路口右转。”

“没问题！”

海明威把车开进了一个狭窄的泥泞路上，靠着里侧小心前进。行驶了大约 1 英里的路程，鼠尾草的味道越来越浓。

“就是这里。”后座的男人说。

海明威停下车，拉下刹车闸。他的身体越过我，开了车门。

“好了，朋友，认识你真不错。不过别再来了，特别是别再为工作上的事。走吧！”

“我从这里走回去？”

后座的男人说道：“快下车！”

“是的，你将要从这里走回去，朋友。你能行的，是吗？”

“当然，我正好有时间把事情理清楚。有可能你们压根不是洛杉矶的警察。不过你们之间肯定有一个人是警察，也许两个都是。我猜，你们应该是贝城的警察，但是你们为什么要离开自己的管辖区域呢？”

“你很难证明这是真的，是吧，朋友？”

“晚安，海明威。”

他没有回应我。他们两人没有一个人回应我。我准备下车离开，脚踩在脚踏板上，倾身向前，一阵阵眩晕感袭来。我压根没有看到后座男人闪电般的动作，只知道我脚下有一个一望无底的黑洞，很黑，夜更黑。

我坠入了黑洞，它似乎无边无际。

25

屋子里乌烟瘴气。

缕缕烟雾悬浮在空中，直直地向下低垂，犹如珠帘玉碧。墙角似乎有两扇窗户打开了，但是这些烟雾却纹丝不动。我从来没有看到过这样的房间，窗户上都嵌满了铁栅栏。

我脑子里混混沌沌的，一片空白，像是沉睡了一年之久。不过，这些烟雾让我十分难受，我平躺在地上琢磨着这些烟雾。没过多久，我深深地吸了一口气，却让我的肺部疼痛不已。

“着火了！”我声嘶力竭地吼道。

喊完我大笑不止，毫无理由却又不由自主地放声大笑。我躺在床上，像疯子一样大笑着。我讨厌自己的笑声，听起来肯定像个疯子。

我的大声呼救收到了回应，房间外面响起急促的脚步声，随后是钥匙插进锁孔的声音，然后门打开了。一个男人走了进来，将门关上，右手摸着臀部。

他穿了一件白色外套，看起来又矮又胖，眼睛黯淡无神，看起来怪怪的，眼睛周围的暗灰色皮肤上长满了水疱。

我靠在硬邦邦的枕头上转过头来，打了个哈欠。

“别介意啊，杰克，我不是故意的。”我解释道。他皱着眉头，右手耷拉在右侧的臀部。他脸色铁青，带着敌意，皮肤如死灰般苍白，眼睛也空洞无神，鼻子看起来像个贝壳。

“也许你应该再尝尝被捆绑的滋味。”他挖苦道。

“我很好，杰克，没有任何问题。我睡了好长时间，而且没有做什么梦。我这是在哪里？”

“在你该待的地方。”

“是个不错的地方，”我说，“人也挺好，空气也很好。我可能又要睡一觉了。”

“最好是睡觉。”他怒道。

他锁上了门，愤然离去，脚步声越来越远。

他没将房间里的烟雾清理掉，一幕珠帘仍旧挂在那里，几乎充满了整个房间。它们不会消失，不会飘浮，甚至不会移动。我能够感觉得到房间里有风轻拂，但这雾气却纹丝不动，我怀疑这是一千只蜘蛛织成的大网，我都想知道他们是怎么抓到这么多蜘蛛的。

我身上穿的是县医院里常见的棉布睡衣，这种套头衫前面没有开襟，布料粗糙，领子摩着我的脖颈，非常疼。我慢慢地回忆起之前发生的事情。我伸手摸了一下脖子，一触生疼。我一定要一枪嘣了那个印第安人！对了，海明威，你想成为一名侦探吗？能挣不少钱，只需要学习九堂课，我们还授予证书的。如果你额外支付 50 美分，我们会赠送你一副手铐。

除了脖颈的疼痛，我丝毫感觉不到手指的存在，它们不像是我的手指了，更像是一串看起来像手指的香蕉。糟了，它们一定是和徽章、手铐以及证书一起邮寄来的。

夜幕降临。窗外的世界被黑暗笼罩着。一个玻璃灯罩被三根铜链悬挂在房间中央，照亮了房间。灯罩边缘的颜色很简单，橘蓝相间。我怔怔地看着灯罩，按捺不住对这些烟雾的厌恶。当我盯着它们看的时候，一些舷窗打开了，冒出来几个头。这些头极小，都很有生气，看起来像是玩偶的头颅，不过却是真真切切的头颅。一个是戴着游艇帽、长着尊尼获加酒鼻子的男人，一个是一头蓬松金发、戴着阔边花式帽子的美女，还有一个领结打得歪歪的瘦男人，看起来像一个海滩度假酒店的服务生。他开口嘲问道："先生，你的牛排是要三分熟还是五分熟？"

我紧紧地闭上眼睛，眨了眨眼，当我再次睁开双眼时，我只看到用三根铜链悬挂在屋顶的玻璃灯罩。

烟雾在微风下丝毫不见消散。我捏紧角落里质感粗糙的床单，擦了擦脸上的汗水。麻木的手指是函授学校在我上完九节速成课、付了一半学费后寄给我的，邮寄地址是爱荷华州锡达城 2468924 号邮箱。哦，我一定是疯了！

过了一会儿，我起身坐在床上，直到双脚踩在地上我才发现我打着赤脚，传来针扎般的疼。我的脚慢慢地感受到了地板。我试着站起来，却太过艰难。我勾着腰，费力地扶着床沿，大口地喘着粗气。床底下仿佛传来一个声音，一遍又一遍地重复着，“你被人下药了……你被人下药了……你被人下药了。”

我像一个醉汉般颤颤悠悠地行走。在两扇镶有铁条的窗户中间搁着一张白色瓷桌，上面有一瓶威士忌酒，已经被喝了一半了，看上去很诱人。我朝着桌子走去。不论如何，世界上还是好人居多。你可以抱怨早报的种种过失，在电影院踢邻座家伙的小腿，对政治家失望透顶甚至于冷眼相对，但是与此同时，总会有一些好人在你的身边。就像把半瓶威士忌酒留在这里的那个家伙，他有着梅 · 韦斯特的屁股那样宽阔的心胸。

我终于走到了桌前，用我两只麻木的手拿起酒瓶，费力地举到嘴边，冷汗直流，就像我举着金门大桥一样。

我不计形象地喝了一大口，然后十分小心地放下酒瓶，舔了舔嘴唇。

威士忌酒的味道怪怪的。当我意识到这个威士忌酒的味道不对时，我看到墙角有一个洗漱台。我飞奔过去，抓着洗漱台，开始狂呕，吐得脑袋昏昏沉沉的。

吐了一会儿，一种更为强烈的恶心感让我头昏目眩，我紧紧地抓住洗漱台的边缘，发出了动物求救般的呜咽声。

终于熬过去了，我蹒跚着跌到床上，仰躺着，气喘吁吁地看着缭绕的烟雾。这些烟雾看起来模模糊糊的，像是假的一般，也许这些烟雾只存在于我的眼里。突然之前，这些烟雾消失殆尽，从天花板上的搪瓷灯罩倾泻出来的灯光瞬间占据了整个房间。

我再次地坐了起来。一把沉重的木椅靠着门边的墙摆放着。在刚刚那个身穿白色外套的男人进来的那扇门旁边还有这另一扇门。这可能是一扇壁橱门，里面甚至还放了我的衣物。地板上铺着绿色和灰色相间而成的格子地毯。四面的墙是白色的，房间很干净。我坐着的床是医院里的单人铁床，不过比通常用的更低矮一些。床的两边系着密密麻麻的皮带扣，应该是来捆绑手脚的。

如果我能从这里逃出去，这个房间还是蛮不错的。

我的知觉恢复了，疼痛感从我的胳膊、脖颈和头部传来。我不记得我的胳膊有受过伤，我卷起棉布睡衣的袖子，模糊不清地打量着。从肘部到肩部针孔密布，每一个针孔上面都贴着25 美分硬币大小的褪色纱布。

麻醉剂！他们为了让我安静下来，居然给我注射了麻醉剂！也有可能注射了莨菪碱，让我能够开口说话。但是他们短时间内给我注射了太多的麻醉剂，好在我的身体像法国人一样强壮，熬了过来。要知道，有的人可以熬过来，有的人可不行，这完全取决于个人的体质。哦，麻醉剂！

怪不得我会看到那些烟雾和围绕在吊灯周围的小人头，产生幻听，思绪混乱；怪不得床上会有那些皮带扣、铁栏杆；怪不得我的四肢麻木得感觉不到任何知觉。那瓶威士忌酒应该是他们在四十八小时麻醉注射的遗物。他们把酒留在这里，是为了让我一直处于浑浑噩噩的状态。

我试着站起来，谁知腹部差点撞到对面的墙。我只能再次躺下，慢慢地调整呼吸，休息了很长时间。我现在浑身疼得直冒冷汗，几滴汗水从我的前额缓缓滑落，顺着鼻翼流向嘴角。我机械地舔了舔唇边的汗水。

我再一次坐起来，把脚放在地上，试图站起来。

"没事的，马洛，"我咬着牙关，"你很坚强，是一个6英尺高的男子汉。洗完澡后净重190磅，有着结实的肌肉，绝不是不堪一击的懦夫。你可以做到的！你被棒子打晕了两次，脖子差点被人掐断，下巴都快被枪管打变形了，胳膊上全是针孔，却仍像一只疯狂的华尔兹鼠一样保持着清醒。但是这一切又能算什么呢？不过是家常便饭的事情，现在让我看看你到底有多么坚强，穿上你的裤子。"

我再次瘫倒在床上。

时间一分一秒的过去了。我不知道现在是什么时候，我的手表不见了。总而言之，他们不会让我知道现在是什么时候的。

我又一次地坐了起来，反反复复的起床让我有些恼怒。我站起来，勉强地向前走。这并不是什么可笑的事情，你的心跳得如同紧张的猫一样快。你最好躺下来休息一下，最好放松一会儿，你的身体很糟糕，朋友。行了，海明威，我知道我很虚弱，我现在打不碎一个花瓶，甚至连一个手指甲都剪不掉。

不！我不能停下！我要不停走动！我是最坚强的！我一定要逃离这里！

我再次倒在床上。

第四次的时候就好多了，我沿着房间来回走了两趟。走到洗漱台边把刚刚的污垢冲洗干净，靠在上面，双手掬起水喝了几口。我把水关了，休息了一会儿又喝了一点。感觉好多了。

我一直走，一直走，一直走。

差不多半个小时过去了，我的膝盖开始颤抖了，但我的头脑却异常清醒。我又喝了一些水，当我喝水的时候，我差一点就冲着洗漱台哭喊起来。

我走到床边。这张床十分漂亮，绘满了玫瑰花纹，应该是这世上最漂亮的一张床了。这是他们从卡罗尔·泷巴德那里弄到手的，这床对她来说太过柔软舒适了。柔软得值得我用余生所有的时间换取在上面享受两分钟：躺在柔软舒适的床上，做个美梦，灵动的双眼闭上，睫毛轻轻合上，轻柔的呼吸声，在黑暗中枕着枕头渐渐陷入睡眠中。

我在屋里继续走。

他们建造了埃及金字塔，却又厌烦了它，随之将它摧毁。他们又用废墟上的石头建成了博尔德水坝，想要将水引流到阳光充裕的南方，不曾想却引发了洪水。

我不停地走动，我不能够厌烦。

我停下来了，准备找个人谈谈。

FAREWELL MYLOVELY

26

壁橱的门紧锁，木椅对我来说太沉了，这应该是他们故意摆放在这里的。我一把扯过被单，把床垫抬起来，推到一旁。下面是一张弹簧网，上下端都由 9 英寸长的黑漆合金固定住。我从一根弹簧上面开始着手，我从未干过这么艰巨的事。十分钟过后，我的两根手指都磨出血了，才拗掉一根弹簧。我挥舞了一下，手感不错，蛮重的，可以用它来打人。

当所有事情都处理妥当后我才看见威士忌酒瓶，用它也不错，但是我刚刚把它忘得一干二净。

我喝了很多水，坐在空空荡荡的弹簧网上休息了一会儿。随后我走到门边，对着门缝嘶声尖叫："着火啦！救火呀！着火啦！"

我心情不错地等待着。我听见他急促地穿过外面的走廊，然后是钥匙插入锁中转动的声音。

门瞬间被推开，我紧贴门后的墙站着。他这次准备充足，拿着一根精巧的铁棍，大约 5 英寸长，缠着棕色的皮革。他看了看了空荡荡的床，然后开始四处寻找。

我大笑着给了他一击，从容不迫地用弹簧棒猛敲在他头上，他向前一个踉跄，跪在了地上，我紧随其后，又给了他两下，他疼得直哼哼。我从他瘫软的手中夺下了铁棍，他疼得只能呻吟，已经没有回手的力气了。

我用膝盖死死地抵着他的脸，以至于我的膝盖阵阵疼痛。他没有机会告诉我他的脸是不是也很痛，他疼得哀嚎的时候便被我用铁棍打晕了。

我将插在门上的钥匙取了下来，从里面把门锁上，开始搜他的身。他身上有很多钥匙，其中一把可以打开壁橱门。我把门打开，里面挂着的是我的衣服。我翻了翻我的口袋，钱夹里的钱全没了。我转身走到穿着白色外套的男人身边，发现他身上的钱远远与他的工作薪酬不相符。我拿回了我的钱，把他拖到床上，用皮带捆住他的四肢，将他嘴里塞满了纸。他的鼻子被打碎了，我待了很长时间以确保他的呼吸正常，才离开这个房间。

我替他感到悲哀。他只是一个勤于工作的普通人，想要保住自己的工作，每周领取薪酬。如果他有妻子和孩子的话，就更糟糕了。而且唯一能帮他的只有一根铁棍，对他来说真的太不公平了。我将掺杂过的威士忌放在他能够得着的地方，如果他的手没有被捆住的话。

我拍了拍他的肩，都快为他哭了。

我所有的衣物，枪套和枪都挂在衣柜里，但是枪已经没有子弹了。我用僵硬的手指笨拙地穿上衣服，不停地打着哈欠。

我把这个男人留在床上休息，并把他锁在了房间里面。

房间外面是一个宽阔寂静的走廊，沿路走过有三扇禁闭的大门。门的背后没有发出任何声音。酒红色的地毯铺在走廊中间，整栋房子仿佛进入了梦境般的安静。走廊的尽头有一个拐角，右边是另一条走廊，连接的是一座风格古朴大气的楼梯，扶手全是白栎木做成的。楼梯雅致地转进了昏暗的地下通道。地下走廊的尽头是两扇彩色玻璃门，镶着棋盘图案的花纹，地上铺着厚厚的地毯。屋内的光从紧闭的门缝中溢了出来，但是里面却悄无声息。

不会再有人想要建一座这样古老的房子了，它可能坐落在一条非常安静的街道上，一旁种满了玫瑰，另一旁种着其他各式各样的花朵，在加利福尼亚州的阳光下越发柔和、清爽和宁静。至于其他的，谁会在意呢，只要别让他们的嘶声尖叫传出去就可以了。

我正顺着楼梯向下走时，听见一个男的在咳嗽，吓得我浑身一抖，随即看见另一侧走廊尽头的门半开半掩。我踮着脚尖，偷偷摸摸地走过去，站在门边静静等着时机。一道光线照在我的脚上，里面又传来男人的咳嗽声，这次咳得比较厉害，是从胸腔深处发出来的，听起来却平和轻松。不过，我可不在乎这个，我现在最渴望的是逃离这个地方。但是我却对谁打开了这扇门非常好奇。他可能是一个身份尊贵的人，值得让人脱帽致敬。我往露出光线的门缝蹭了蹭，听到了翻阅报纸的沙沙声。

我能够看到房间里的一部分，像普通房间一样，里面的家具俱全，全然不像一间牢房。黑色的办公桌上搁着一顶帽子和许多杂志。窗户上挂着蕾丝边的窗帘，地上铺着质地优良的地毯。

床被压得吱呀作响，想必床上的是个大块头，正如他的咳嗽声都十分响。我伸出手轻轻地把门推开一点点，这没有引起他的注意，我慢慢地把头又向前伸了伸。这时我能看到房间的全景，躺在床上的人，堆满了烟蒂的烟灰缸，溢出的烟蒂洒落在床头柜和地毯上。一打破旧的报纸胡乱地扔在床上。其中的一份报纸被一双宽大的手举放在一张大脸前。一些头发从绿色报纸的边缘上冒出来。深色卷发，十分浓密，看起来像是黑色。头发下面露出一道白色的皮肤。报纸稍微动了动，我屏住呼吸，没有惊动床上的人。

他需要一个刮胡刀，因为他需要经常刮胡子。我以前见过他，在中央大道的一个被称作弗洛里安的黑人娱乐场所。那时，他穿着夸张的运动套装，纽扣竟然是白色的高尔夫球，一只手里端着威士忌酸酒，另一只手像是把玩玩具一样把玩着军用的柯尔特式自动手枪，慢悠悠地从一扇破门里走了出来。我看见过他做事，相信那份差事他再也不会做。

他再次咳嗽起来，翻了个身，悠悠地打了一个哈欠，转向散落一地烟蒂的床头柜的方向。他取出一根烟叼在嘴里，手中捏着点燃了的火柴，鼻子冒出烟来。

“唉！”他叹了口气，再次拿起报纸摆放在眼前。

我不再理他，沿着原路返回到走廊的一侧。驼鹿马洛伊先生状态不错。我回到楼梯处，向下走去。

半掩的门后传来喃喃细语，我静静站着等着听接话人的声音。然而，没有人说话。原来他在打电话。我走向那扇紧闭的门，附耳偷听。接电话的声音很小，纯粹是嘀咕。我什么也没听到。最后传来挂断电话的嗒的一声，十分干脆。然后房间内又陷入一片沉寂中。

是时候离开这里了，越远越好。所以我轻轻地推开门，蹑手蹑脚地迈了进去。

FAREWELL MYLOVELY

27

这是一间不大不小的办公室，整齐摆放着许多专业书。一架玻璃门橱窗内摆满了厚厚的书，墙上挂着急救箱，一台白瓷玻璃的消毒柜里煮着一些注射器和注射针头。一本记事簿、古铜色的碎纸机、笔架摆在宽阔平滑的书桌上，除此之外，还有一些其他的东西。男人弯着手肘，托着腮沉思。

在舒展开的黄色手指间，他的头发像是潮湿的棕色沙滩，十分柔顺，仿佛用画笔画在他的头颅上一样。我向前挪了三步，他的眼光越过了桌子看到了我移动的脚。他抬起头看着我。他像羊皮纸一样的脸上是一双凹陷无神的眼睛。他松开了双手，慢慢地向后仰，面无表情地看着我。

然后他很无助地张开双手，很明显不欢迎我。当他把双手放下的时候，其中一只手距离桌子的一角非常近。

我向前走了两步，对着他晃了晃手里的铁棒。他的第二根手指仍旧向着桌角移动。

“门铃今夜不会有任何作用。我让你的保镖睡着了。”我说。

他睡眼惺忪：“你之前像空气一样虚弱。你现在是一个非常虚弱的病人，我不建议你下床走动。”

我说：“还真是好心啊！”我把铁棍敲得啪啪作响，铁棍像是一条受伤的蛇一样盘绕起来。

我微笑着走到桌子面前，虽然这里没有任何东西能让我发笑。他的抽屉里肯定有一把枪。像他们这样的人，总是会放一把枪在抽屉里，然而，当他们想要拿枪时，却总会晚上那么一秒。我把枪从抽屉里拿出来，是一把普通的38口径自动手枪，没有我的枪好。但是我也能用它的子弹。抽屉里没有其他的东西了，我把他枪里的子弹卸了下来。

他微微动了动，眼神阴郁，深不见底。

“也许，地毯下面有另外一个门铃，”我说，“也许，总部的首长办公室的警报铃已经开始响了。别乱动啊，这个小时之内，我可不是那么容易被击倒的，任何一个人走进这扇门就是迈进了棺材。”

“地毯下面没有门铃。”他解释道，他的声音夹杂着一丝外地口音。

我取走他的子弹，换到我的枪里，再把他枪膛里面的子弹取出，接着把枪扔在桌上。我把我的手枪上膛，再次回到桌子的另一边。

门上的是弹簧锁，我背抵着门，直到传来滴答的关门声后拴好了门闩。

我走到桌旁，坐到桌边的椅子上，刚刚的动作消耗了我最后的一点力气。

“威士忌。”我说。

他用手给我指了指。

“威士忌！”我加重语气。

他走到药品柜前，取出一个带着绿色标签的扁平瓶子和一个玻璃杯。

“两个杯子，”我说，“我喝过你的威士忌，差点到了卡塔利那岛。”

他拿着两个小酒杯，打开酒瓶上的盖子，倒了两杯酒。

“先生，你请。”我说。

他微笑着举起其中一只酒杯。

“你的身体怎么样了，先生——你喝剩下的那杯吧。”他一仰而尽后我举杯喝尽。我伸手去拿离我很近的酒瓶，等着酒的热量温暖我的心。我的心开始跳动，它终于再次回到了我的胸腔，而不是悬挂在外。

“我做了一个噩梦，”我说，“这真是个愚蠢的梦。我梦到我被捆在一张小床上，满身都是注射了麻醉剂的针孔，被锁在酒吧里。我非常虚弱，陷入了沉睡中，没有食物可吃。我成了一个十分虚弱的人。我给了他当头一棒，然后把他绑在我之前躺着的床上。他们一直在找我的麻烦，但是其实我没有那么重要。”

他沉默不语，看着我，眼神中闪烁着深思的光芒，好像他在考虑我还能活多久。

“我醒来的时候，房间里面全是烟雾，”我说，“其实，那不过是幻觉，只不过是视觉神经受到了刺激，如果是你遇到了这样的事情，你肯定是打电话求救了。而不是像我一样，吐出来的雾气全变成了粉红色的小蛇。所以我大声呼救，一个穿着白色外套的男人进来了，对着我晃了晃手里的铁棍。我花了很长时间来准备从这个男人手里逃脱。我从他那里拿到了钥匙，找回了我的衣服，甚至从他的钱包里面取回了我的钱。所以我现在在你面前。你还有什么要说的？”

“我没有什么可说的。”他说。

“可是它们想让你说点什么。”我说，“它们已经准备好了，就等着被你说出来。这就是那根铁棒……”我轻轻地挥动铁棒，“它掌握着决定权。我从一个家伙身上拿来的。”

“请把它还给我吧。”他带着人见人爱的笑容。这个笑容像是刽子手的笑，当他举着斧头，想要斩下你头颅时露出的微笑。同时，这个笑容也带着一点谨慎友好，以及父爱般的慈爱。如果你能活得足够久的话，你会爱上这个笑容的。

我把铁棒扔到他的手中，准确地说是扔到左手中。

“现在请把枪还给我，”他说得很友好，“你现在还是一个病人，马洛先生，我建议你回到床上休息休息。”

我冷冷地看着他。

“我是桑德伯格医生，”他说，“我也不说废话了。”

他将铁棍放在面前的桌上，笑容像是冻得僵硬的死鱼，他的中指像是垂死挣扎的蝴蝶。

“请把枪给我，谢谢，”他说得很温和，“我建议……”

“现在是什么时候，监狱长？”

他看起来有一点惊讶。我看了看我的手表，它已经停止走动了。

“现在应该是午夜了，怎么了？”

“今天是多少号？”

“为什么这么问，我亲爱的先生？当然是周末的晚上了。”

我靠在桌边，努力让自己保持镇定，突然意识到握着枪的自己离他太近了，他完全能够把枪夺过去。

“已经过了 48 小时了，难怪我会是现在的样子。谁带我来这里的？”

他盯着我，左手慢慢地移动到了枪的边缘。他应该是流浪救助协会的成员，女孩子跟了他也会过一段苦日子。

“别逼我对你用枪，”我带着警告的语气说道，“别逼我丢掉我的礼节，也别逼我说脏话。告诉我怎么到这里来的？”

他很有胆量，抓向了我的枪，然而我往后一坐，错开了他的手，把枪放在我的膝盖上。他只能无功而返。

他脸涨得通红，抓起了威士忌，倒了一杯，几口就喝完了。他深深地吸了一口气，全身颤抖。他不喜欢酒的味道，瘾君子都不喜欢。

“如果你离开这里，你会再一次被抓到，”他激动地说道，

“是一个警察将你托付给我的……”

“警察不会做这种事。”

他对我说的话感到震惊，泛黄的脸渐渐变得古怪起来。

“赶快倒酒，”我说，“谁带我来这的，为什么带来这里，他怎么做到的？我今晚的脾气很暴躁。我听到了女友的呼唤，想要在泡沫中跳舞。在这一周内我没有射杀过任何人。说出来吧，菲尔·普拉克医生，再用那台古老的机器放点轻快的音乐吧。”

“你麻醉中毒了，”他的语气十分冷淡，“你都快要死了。我给你喂了三次毛地黄，你挣扎着、尖叫着，我别无他法只得把你绑起来。”他的语速很快，像是那些字自己从嘴里跳出来的。“如果你在此时离开了我的医院，你将会越来越严重。”

“你说你是一个医生，一个药理师？”

“当然，我是桑德伯格医生，我告诉过你。”

“我麻醉中毒后是不会尖叫和挣扎的，肯定是陷入昏迷。再给你一次机会，不要顾左右而言它，我只想知道真相，到底是谁送我到你的私宅。”

“但是……”

“对于我没有但是！我会送你一点什么，然后把你淹死在一大桶马姆齐甜酒里。我真希望我能泡在一大桶马姆齐甜酒里。莎士比亚，他也知道这种酒。最后，我们再下一点药在里面。”我拿起他的玻璃杯，倒了我们的一大半酒。“喝完它，卡洛夫。”

“是警察把你带到这里的。”

“什么警察？”

“自然是贝城的警察。”他黄色的手指不安地转动着玻璃杯，“这里是贝城。”

“哦，这个警察叫什么？”

“我确信一个警察是加尔布雷斯。他可不同于其他的巡警。他和另一位警察在周五的晚上发现你神志不清地在街上游荡，所以把你送到我这儿来，因为这里比较近。我以为你是注射药量过多犯了毒瘾。但是我发现我错了。”

“真是一个好故事，我找不到一点破绽。但是为什么把我囚禁在这里？”

他摊开紧张不安的双手：“我已经告诉过你无数次了，你病得非常严重，只能待在这里。你要让我怎么跟你解释？”

“我一定欠了你很多钱。”

他耸耸肩：“当然，两百元。”

我把椅子向后挪挪：“相当便宜，自己来拿吧。”

“如果你离开这里，”他十分激动，“你马上就会被抓到。”

我身体向后仰，越过桌子，气息打在他的脸上：“不仅仅是离开这里，卡洛夫，打开保险箱吧。”

他站起来平静地向前走：“你越来越离谱了。”

“你不会开这扇门？”

“我当然不会打开。”

“我手里握着枪。”

他笑了笑，显得苦涩、勉强。

“这个保险箱很大，”我说，“而且是新买的。这把枪十分好用，你真的不打开它？”

他一脸坚定。

“该死的！”我说，“当你手中拿着枪，别人却完全不照着你所说的行动。这枪起不了任何作用，是吧？”

他只是微笑，笑容里有一种施虐后的满足感。我往后退几步，整个人都快要崩溃了。

我用手撑着桌子，他等待着，嘴唇轻轻地启开。

我站在这里休息了很长时间，死死地盯着他的眼睛。我笑了，这个笑容让他的脸上铁青，像是搭了一块破布。他的前额不停地冒着冷汗。

“我待得太久了，”我说，“你确实比我更卑鄙。”

我退回到门前，开了门，离开。

前门没锁，通向一条有屋顶的走廊。花园里种满了花，围着白色的尖桩篱栅，旁边是一扇大门。这座房子在街道的一个角落，漆黑的夜晚，没有月亮，冷彻心骨。

街道周围的房屋都开着灯，溢出的灯光照亮了街道，我看见拐角处标识牌上写着“蒂斯坎索街道”。我听着警报声，却没有人来。另外一个标识写着“第二十三街区”。我拐向第二十五街区，朝着第八百街区走去，门牌号 819 号是安妮·里奥丹的房子，那也是我的避难所。

我走了很长的时间才意识到我手里还握着枪。我已经听不到警报声了。

我继续向前走。新鲜的空气让我觉得清醒不少，但是威士忌的酒劲渐渐退去，一会翻滚一会消沉。这条街道沿途种满了冷杉树，全是砖房，看起来更像是西雅图的国会大厦，而不是加利福尼亚州的南部的一个小镇。

819 号房还亮着灯。房屋的前方有一个很小的白色的马车门，旁边挤着长长的柏树篱栅。房间前院有一簇玫瑰花丛。我走到墙边，在我按响门铃之前先听了听周围的动静。一直没有门铃哭号般的响声。我按响了门铃，过了一会儿，一个低沉的声音从对讲设备里传出。

“请问是谁？”

“马洛。”

可能她没有说话了，也可能是对讲设备被关掉了。

门突然打开了，安妮·里奥丹小姐穿着一身浅绿色的睡衣看着我，她的眼睛张得大大的，充满了恐惧，灯光下脸庞瞬间变得毫无血色。

“天啦，”她悲叹道，“你看起来像是哈姆雷特的父亲。”

FAREWELL MYLOVELY

28

客厅铺着棕色图案的地毯，摆放着几把白色玫瑰花纹的椅子，一座黑色大理石打造的壁炉，上面带着古铜色的柴架，墙壁被重置成了一座高大的嵌入式书柜，粗糙的奶白色窗帘挂在低矮的百叶活动窗上。

要不是房间里的穿衣镜以及干净整洁的地板，压根看不出来是女孩子住的地方。

我脚搭在脚凳上，斜躺在深椅里。在此之前，我已经喝了两杯黑咖啡，喝了点酒，把两个水煮蛋夹在面包片里，甚至还喝了一点兑了白兰地的黑咖啡。我把厨房里能吃的东西都吃了，仍旧不记得厨房的样子，仿佛那是几个世纪以前的事情了。

我的精神慢慢地好了起来，脑袋也逐渐清醒，肚子也填满了东西，不再是空空的了。

安妮·里奥丹坐在我的对面，灵巧的手托着精致的下巴，身体微微向前倾，她的瞳孔是黑色的，显得有些忧愁，一头酒红色的头发蓬松凌乱，一支铅笔盘住了头发。她满脸担忧。我告诉了她一些事情，但并不是全部。尤其是关于驼鹿马洛伊的事。

“我想你喝醉了，”她说，“我想你在来见我之前，一定喝多了。一定是和一个金发碧眼的女人厮混。我想……我不知道为什么我会这样想。”

“我确信这些东西不是靠你写东西换来的，”我四处打量，“就算你想也换不来。”

“这也不是我爸爸做警察时贪污来的，”她说，“他才不是如今那个肥胖愚蠢的警察局长。”

“这跟我一点儿关系也没有。”我说。

她说：“我们在德尔雷伊有一些土地，那些沙地是他们骗着我爸爸买的，但是后来那块地却勘探出有石油。”

我点了点头，举起漂亮的玻璃杯一仰而尽，口中充溢着甜蜜温暖。

“你这里能留宿一个人吗？”我问，“而且是马上入住，什么东西都要为他备好。”

“如果他是那种每个人都在抓他的人，可以。”她说。

“没有管家，”我说，“这事可能会很艰难。”

她脸红了：“但是，你宁可把你的头拧下来当球拍、手臂上全是针孔、下巴像篮球板一样被打。天晓得这些是不是已经足够了。”

我太累了，不想说任何话。

“至少，”她说，“你还算有点脑子，知道去查那些过滤嘴。在阿斯特尔大道上你说的那些事情，让我以为你不会注意这件事情呢。”

“这些卡片没有任何意义。”

她死死地盯着我。“你坐这儿，你告诉我那个男人找了两个不务正业的警察打了你后，又用酒精麻醉了你两天，只是为了让你不要多管闲事？到此为止事情已经很明显了，如果你继续查这个案子，还会被棒球棒狠打一顿的。”

“这话应该我说，”我说，“这是我的做事风格，粗鲁！什么很明显？”

“那个道貌岸然的心理医生没什么本事，不过是高级的抢劫犯。他物色好对象，迷惑她们出去，然后那些性情暴烈的家伙到那里，夺走了珠宝。”

“你真是这样想的？”

她目不转睛地盯着我，我的杯已见底，疲倦又一次袭上了我的脸，她却丝毫没有留意到。

“我也是这样想的，”她说，“你和我想到一块去了。”

“我认为这远比我们想的复杂。”

她的笑容一时之间掺杂了温暖和嘲讽。“对不起，我忘了你是一个侦探，这件事情肯定不会这么简单，不是吗？我想一件简单的事情下面总是会有很多肮脏不堪的东西。”

“这远比我们想的要复杂。”我重复道。

“好吧，我听着呢。”

“我不知道，我只是这么觉得。我还能再来一杯吗？”

她站起身来，“你知道的，你有时还是得喝点水，当作尝尝味道。”她拿起我的杯子，“最后一杯。”她离开了房间，传来了冰块的叮当声，我闭着眼睛，聆听着零零碎碎的声音。我真不该来这里，如果他们如我预想的那样了解我，他们可能会找到这里，那真是太糟糕了。

她端着杯子回来了，接过酒杯时触到了她的手，冰凉凉的。我捂着她的手，好一会儿才放开。我像是身处一个魔幻般的山谷中，阳光打在脸上，把我从睡梦中唤醒。

她红着脸坐回刚刚的椅子上，不停地变换着坐姿。

她点燃一根烟，看着我喝酒。

“阿姆托尔是个长相俊俏但手段极其残忍的小伙子，”我说，“但我总觉得他不是这起珠宝盗窃案的首领。也有可能我说的是错的。不过如果他是老大的话，我手里有他想要的东西，他不可能让我活着离开那家医院的。但是他却害怕着什么东西，当我说到隐形字的时候，他没有想象中的镇定。”

她两眼直视着我：“上面有隐形字吗？”

我笑道：“可能有吧，不过我没有看到。”

“这是一个不错的方式去隐藏某个人的信息，你觉得呢？藏在过滤嘴里，可能他们永远也发现不了呢。”

“我担心的是马里奥特害怕的到底是什么，如果他出了什么事，那些名片就会被发现。警察会将他全身仔仔细细地搜查。

那才是我想不通的地方，如果阿姆托尔是抢劫犯，是不会留下蛛丝马迹的。”

“你的意思是，有可能是阿姆托尔杀了他，或者找人杀了他？但是马里奥特手中的关于阿姆托尔的把柄可能和这起谋杀案没有直接关联。”

我向后仰，直到背全贴在椅背上，将杯中的酒一饮而尽，确信我的猜测是对的，我点了点头。

“但是珠宝抢劫案确实和谋杀案有关系，我们假设阿姆托尔参与了这起珠宝抢劫案。”

她眼中带着狡黠神气，“我知道你现在很疲惫，”她说，“要不要到床上躺一下？”

“这里？”

她脸上的红晕延伸到耳根了，扬起下巴：“当然啦，我已经不是小孩子了，谁会管我什么时候做了什么？”

我把杯子放到一边，站起身来，“我很少拒绝好运的到来，”我说，“如果你不是太疲倦，能载我到一个汽车宾馆吗？”

“你的身体情况很糟糕，”她很生气，“你被打得遍体鳞伤，天知道注射了多少麻醉剂，你现在需要好好地睡上一觉，明早起床继续做你的侦探。”

“我觉得我可以稍微晚一点再睡。”

“你必须去医院，你个疯子！”

我浑身颤抖，“听着，”我说，“我现在头脑不太清醒，我不认为我应该在这里停留太久。虽然现在我手中没有明确的证据，但是他们都不太喜欢我。无论怎样，口说无凭，法律给不了我帮助，更何况这个城镇的法律制度已经体无完肤了。”

“这个城镇的治安很好，”她的语气有些激动，气息有点喘，“你不能妄下判断……”

“好吧，这里治安很好，就像是芝加哥。你能够在这里生活很长的时间，而且不会看见有人拿着冲锋枪。当然，这是个好城镇。这里的道路可能没有洛杉矶那么弯曲。但是你能在大城市买下一小部分的钱，能在这里买下整个城镇，外加格林兰的箱子和纱巾。这就是区别，这就是我想要到外面去的原因。”

她站起来，对着我扬了扬下巴：“你现在去睡觉吧，我有一个备用卧室，你向右拐，然后……”

“确定你会锁上你的门？”

她脸再一次的红透，咬着嘴唇：“有时候我觉得你是世界上最好的人，可是有时候我又觉得你是全世界最坏的人。”

“哪一种能让你送我去出租车站呢？”

“你就待在这里，”她猛然出声，“你现在很虚弱，你还在生病。”

“我还没有病到把脑袋摘掉的地步。”我语气有些不善。

她飞快地穿过过道，跑向卧室，差一点被两级阶梯绊倒。没过一会儿，她套了一件法兰绒外套出来了，没有戴帽子，酒红色的头发就像她的脸庞一样生气。她开了门，冲了出去，从车道的地方传来了她的脚步声，车库的门打开了，接着又传来开关车门和启动发动机的声音，闪光灯从落地窗照进了客厅。

我站起身，拿起帽子，关灯的时候看到落地窗上有一把耶尔锁，在我关门的时候，我回头看了一下，这个房间真的很漂亮，是一个很适合生活的地方。

我关上了门，一辆滑盖式的小车停在我身旁，我打开后门坐了上去。

她载着我向着我的家驶去，生气地抿着嘴，像是一个狂怒者在开车。到达公寓时她冷冷地说了声晚安后，在马路中间打了个急转就走了，我都还没来得及摸出包里的钥匙。

大门在 11 点就锁上了，我开了锁，穿过总是弥漫着霉臭味的大厅，沿着楼梯走到电梯旁，坐到了我房间的楼层。昏黄的灯光照着我前行的路，服务室的门前摆满了牛奶瓶，门后的红色的防火门若隐若现。旁边还有一扇纱门，一阵轻风从纱门飘出，夹杂着从未打扫过的厨房的味道。我回到了一个熟睡的世界，像是一只沉睡的无害的猫。

我打开了房间的门，走了进去，站在那里闻着熟悉的味道，靠着门站了很久，我才把灯打开。家的味道，灰尘和香烟的味道，一个男人长时间居住过的味道。

我脱掉衣服，倒在床上。我做了好几个噩梦，每次醒来都满头大汗。但是当我早上醒来的时候，我又神清气爽了。

29

我穿着睡衣坐在床边，想起床，却又不想动。我状态不是很好，但是没有我想的那么严重，严重到如果我是上班族，会为此请假的地步。我的头又沉又痛，舌头是干的，里面应该有砂砾，脖子僵硬，下颌失去了知觉。这是我有史以来最糟糕的一个早上。

早上浓雾弥漫，灰沉沉的，夹杂着凉意，却让人很舒服。我撑着床起来，揉着空瘪的肚子，可能是吐得太厉害，胃疼得不行。左脚的知觉已经完全恢复了，而且没有感到疼痛。因此，只能用左脚蹬着床角。

我一直骂骂咧咧，直到一阵急促的敲门声响起，这种粗暴的敲门声让你想要把门打开 2 英寸，然后狠狠地关上门，夹爆他的脑袋。

我把门打开了一点点，不超过 2 英寸。兰德尔中尉刑警站在门外，穿着棕色防水长袍，戴着一顶套叠式的平顶帽，看起来十分整洁、优雅和隆重，当然，还有他招人厌的眼神。

他轻轻地推了推门，我让到一边。他走进来把门关上，四处查看，“我已经找了你两天了。”他说着，眼睛却没有看我，而是一直打量着我的房间。

“我生病了。”

他迈着轻巧有力的步伐四处走动，奶白色的头发透着光亮，帽子夹在胳膊底下，手揣在口袋里。他是一个身强体壮的警察，他从口袋里抽出一只手，小心地将帽子放在一叠杂志上。

“没在家？”他问。

“在医院。”

“哪家医院？”

“宠物医院。”

他的脸抽搐了一下，像是我打了他一耳光一样。他的皮肤暗淡无光。

“像这样的事情还真是及时，是吧？”

我没有理他，点了一支烟，猛地吸了一口，再次坐到床边。

“在那里，没有人能治你的病？”他问，“除了把你扔到一大堆病人中去。”

“我是一个病人，早上还没来得及喝上一杯咖啡，你能够指望我有多厉害。”

“我告诉过你不要插手这个案子。”

“你不是上帝，你都算不上是基督教徒。”我又吸了一口烟，我觉得自己有些地方很冷漠，不过我喜欢这样的感觉。

“你肯定很好奇我给你带来了多少麻烦。”

“也许吧。”

“你知道我为什么直到目前为止都没有继续查下去？”

“当然。”

“为什么？”他稍微弯了弯腰，像一只敏锐的小狗，有着一双无情的眼睛。

“我失踪了。”

他向后仰了仰，抖着脚，脸色稍微好转，“我还以为你能告诉我一些别的事情，”他说，“而且你告诉我后，我会狠狠地给你一拳。”

“2000万元你居然一点都不惊讶，不过，你应该接到命令了。”

他的嘴唇微微张开，呼吸显得沉重。他慢吞吞地从口袋里摸出一包烟，扯开包装。他的手指微微颤抖，放了一根烟在嘴里，走到我放杂志的书桌上拿起火柴。他小心翼翼地点着了烟，而后把火柴摁进烟灰缸里而不是扔在地板上，随后才吸了一口。

“几天前，我还在电话里给你忠告，”他说，“周四吧。”

“周五。”

“对的，周五，不过没有任何效果。我理解你这么做的原因。但是我不知道那个时候你手里还有其他的证据。所以我建议你抓住那个线索，现在看来，这个建议还不错。”

“什么证据？”

他默默地看着我。

“你想要喝点咖啡吗？”我问道，“这能让你更有人情味。”

“不需要。”

“我需要。”我站起来，向着小厨房走去。

“坐下！”兰德尔出声阻止，“我还没问清楚。”

我继续朝着小厨房走去，用茶壶接了些水放在火炉上。我从水龙头里接了一杯冷水喝，喝完后又接了一杯。我端着第三杯水站在门口，看着他。他一动不动，他看着地板沉思，嘴里吐出的烟雾像面纱一样笼罩着他。

“为什么我去赴格雷利太太的约会是个错误的举动？”我问道。

“我没有跟你谈论这个事情。”

“确实，但是你之前说过。”

“她没有派人叫你去。”他抬起眼睑，依旧是冷冰冰的神气，凸起的颧骨像是被染红的一样。“你自己想要见她，还谈论了一些见不得人的事，其实是想接下这一单抢劫案吧。”

“可笑！我记得，我跟她没有说一点公事。我认为她的故事没有一点价值。我的意思是，没有值得我谈论的地方。不知道从哪里开始。当然，我想她大概已经告诉了你事情的来龙去脉。”

“她的确已经告诉我了。那个圣塔莫尼卡城的啤酒吧是劫犯的藏匿所，但是那些没有任何价值，我从里面找不到任何线索。街道对面的旅店也是一样，没有我们想要找的人，全是小混混。”

“她告诉你我是自己去见她的？”

他的眼睛微微向下垂，“没有。”

我笑道，“来点咖啡吗？”

“不用了。”

我转身走进厨房，把咖啡豆放进壶里，等着咖啡流出。在这个时候，兰德尔朝我走来，自顾自地站在门边。

“据我所知，这个珠宝抢劫团伙在好莱坞大道附近已经流窜作案十年之久了，”他说，“这次他们的作案地点比以前的远一些，而且还杀了一个人，我想我知道原因。”

“很好，如果这个珠宝抢劫案你能侦破，那将是自我住在这个城镇第一次侦破的抢劫谋杀案。我现在都能猜到，你至少能得到一打的奖章。”

“听到你这么说，我很高兴，马洛。”

“如果我说错什么，请你纠正一下。”

“说什么呢，”他急忙说道，“你怎么会错，我们现在已经解决了两个疑点，但是这不过是敲门砖，这些小混混背后肯定有一个大人物。”

“是的，需要喝点咖啡吗？”

“如果我喝了咖啡，你是不是能告诉我一些事情，像男人一样的坦诚相待，不再胡说八道？”

“我尽量，但是我不会告诉你全部的事情。”

“不用说完，我也能自己去找。”他不悦地说道。

“你今天穿得很漂亮。”

他的脸再次红了，“这件大袍二十七块五呢。”他说。

“天啊，你真是一个敏感的警察。”我说着走到火炉旁。

“闻起来真香，你怎么弄的？”

我倒出咖啡：“法式渗滤法，没有用滤纸，粗磨的咖啡。”我拿出橱窗里的糖和冰箱里的奶油，面对面地坐在角落里。

“你说你生病住院，是借口吧？”

“不是借口，我在贝城遇到些麻烦，他们抓了我，喂我吃的可不是什么清凉剂，全是自制的麻醉剂。”

他的眼神变得很冷漠：“哈，贝城？你喜欢冒险，不是吗，马洛？”

“我可不喜欢这样的冒险，不过这次确实让我有了前所未有的体会。我被打了两棒，而且第二次出手的是一名警察，不过也可能是自称是警察的伪装者。我还被我自己的枪打了，差点被一个印第安人掐死。在毫无意识的时候，被扔进了麻醉医院，锁在一个房间里，绝大部分时间都是被捆着的。然而所发生的事情，我却找不到任何证据，除了我身上的淤青伤疤，以及手臂上密密麻麻的针孔。”

他的眼睛死死地盯着桌子的一角，语气十分缓慢：“贝城。”

“名字像是一首歌，一首洗澡时唱的下流曲调。”

“你在那里做了些什么？”

“我没有去那里，是那些警察把我带到洛杉矶的斯蒂尔伍德高地去见了一个人。”

“一个男的叫朱利斯·阿姆托尔，”他轻声说道，“为什么你拿走了那些香烟？”

我的眼神落在杯子里，这个动作看起来有点傻：“这看起来有点蠢，不过，马里奥特还有一个烟盒，里面装的全是大麻，它们被做成香烟形状，而且全是空心的过滤嘴的俄罗斯香烟，藏了不少秘密呢。”

他把喝空的杯子推到我的面前，我倒满了。他的眼睛一遍又一遍地审视着我的脸，一寸一寸地观察，像是福尔摩斯用他的观察镜、桑戴克博士用他的袖珍镜头找东西一样。

“你应该早一点告诉我。”他的语气有一点恼怒，抿了一口咖啡，用像是酒店准备的带有流苏的餐巾擦了擦嘴。“但是你没有偷它们，那个女孩子已经告诉我了。”

“哦，好吧，真要命！”我说，“之所以一个男人在一个国家不会有任何作为的总是因为女人。”

“她喜欢你，”兰德尔像是电影里FBI的警察，语气带着伤感，但很有男人味，“她的父亲是太正直了，以至于丢了工作。她完全没必要告诉我这些事情的，但是她喜欢你。”

“她是一个好女孩，不过不是我喜欢的类型。”

“你不喜欢她那样的美女？”他又点了一支烟，用手把脸上的烟雾扇开。

“我喜欢开朗、沉稳、坚强、宽容的女孩。”

“你被他们洗脑了吗？”兰德尔讽刺道。

“是啊，不然我还能去哪里？你到底想要跟我讨论什么？”

他今天第一次笑了，可能他只允许自己笑四次。

“我还没有听到想要的东西呢。”他说。

“我有一个推测，但是根据这个，你肯定能查在我的前面。马里奥特专门勒索妇女，因为格雷利夫人告诉我了。但是他还有其他的身份，他是珠宝抢劫案的线人。他混迹在社交人群里，先物色受害人，培养感情，然后设一个陷阱。他跟这些女人的感情很好，也非常了解她们，然后带她们出来。他们是每周周四抢劫一次。这真下流。如果马里奥特没有开这辆车，如果他没有载着格雷利太太去特罗奇，再或者他不像往常一样穿过啤酒街回家，抢劫案就不会发生。”

“就算是司机来开车，”兰德尔假设道，“这件事情也不会有任何改变。司机不会为了一个月 90 块的工资，在遭遇抢劫犯时为他们挡子弹的。但是他们不可能每次都是在马里奥特和女人单独在一起的时候抢劫，总会有人遇到这种情况。”

“整个案子的重点不能靠假设，”我说，“我们还得考虑到他们提出的赎金很低。”

兰德尔向后靠了靠，摇了摇头，“你做得很好，让我很感兴趣。这些女人什么都说，应该会有关于马里奥特是个狡猾的人的消息传开。”

“很有可能，他们就是为此要杀他灭口。”

兰德尔呆呆地盯着我，他的勺子在空杯子里搅拌着，我伸出手去拿他的杯子，却被他摆摆手拒绝了，“继续说。”他说。

“他们一直在利用他，直到他毫无利用价值了。正如你想的那样，应该是他知晓了一些事情。但是你没有停止调查，一直在这个案子上面花时间。所以这是专门为他设计的最后的抢劫案。看吧，这么值钱的首饰，他们只要了一点赎金，而且还是马里奥特负责接洽。这个时候，马里奥特也很害怕，在最后一刻，他觉得他不能一个人去。他也留下了后路，如果他出了意外，他身上的线索肯定能指向一个人。这个人十分残忍、暴躁，不过也很聪明，而且还有另外一个人处于不同寻常的位置，获取各个富婆的信息。这是个十分幼稚的陷阱，但是却很实用。"

兰德尔摇了摇头："这些人可以将他剥个精光，然后将尸体扔到海里去。"

"不是的，他们故意做得这么不专业，他们还想继续做这一行，他们现在应该已经找好另一个线人了。"我说。

兰德尔还是摇了摇头："香烟的线索指向的不是这个人，他有一个很好的交际圈，我还在调查，你觉得他这个人怎么样？"

我的眼神越来越空洞，我说："对于我来说，他有着致命的危险。而且那个地方也没有足够多的东西去换成钱，不是吗？他在任何地方的交际都只是他心理沟通的暂时场所。他很有吸引力，每个人都愿意和他接触，不过当他的吸引力耗尽了，就没有人愿意攀附他了。换言之，他除了心理学什么都不会，就像是电影明星，你给他五年时间，他就能靠此维生五年，甚至更久。但是让他选择其他的生活，脱离这些女人，以信息转换谋生，他多半就要杀人了。"

"我完全看透他了。"兰德尔面无表情地说，"但是现在我对马里奥特很感兴趣，让我们退一步来思考，你怎么认识他的？”

“他给我打电话，名字是他从电话簿里翻到的，至少，他是这样告诉我的。”

“他有你的名片。”

我很惊讶：“对啊，我忘记了。”

“你从来没有怀疑他是为何只找你的名字？你是记性不好吗，忽视了这么重要的事情？”

我越过我的咖啡杯盯着他，我有点喜欢他了，除了他的背心衬衫外，他还是有点脑子的。

“所以，这就是你来找我的目的？”我说。

他点点头：“其实就是找你聊聊天，你知道的。”他对着我很有礼貌地笑，等待着我的回应。

我又往杯里倒了些咖啡。

兰德尔靠向一旁倚着，眼睛盯着桌面上的奶白色油漆。“都有灰尘了。”他突然说道，伸出手把灰尘抹干净，看着我的眼睛。

“可能我应该换一个角度来看这件事情，”他说，“假如，你对马里奥特的推断是正确的，他的保险箱里真有二万三千元，而且，我们花了很长的时间才找到。保险箱里还有一些契约，以及一份西五十四街区的房产委托信。”

他手持小勺，轻轻地敲着咖啡托的边缘，面带微笑。“就是这个吸引你？”他友善地问道，“位于西五十四号街 1644 号的房子？”

“是的。”我的声音略微有些含糊。

“噢，在马里奥特的保险箱里还有一些珠宝，材质非常纯。但是我认为这不是他偷的。这些可能是那些女人送给他的，这一点他远胜你。他不敢转售出去，因为他顾及到一些事情。”

我点点头：“他总觉得这些是偷来的。”

“是的，一开始，我压根没有留意到那份房产委托书，不过现在我明白它的重要性了。这个就是在调查中遇到的困难之处。我们把其余区域所有的杀人案件以及可疑的案件报告都找了出来。我们想要在一天之内把它们读完，这是规定，就像你毫无证据地要去搜查某个地方，或者就像是你没有任何理由也要去搜索一个人身上有没有枪。但是我们破坏了这个规矩，因为我们不得不这样做。直到今天早上为止，我都没有注意过这些报告。我读了一份上周四在市中心黑人区发生的一起命案，作案者是一个叫驼鹿马洛伊的惯犯，有人亲眼目睹了这场案件的始终。如果你不是这个目击者，那我完全没有必要说这件事。”

他微微一笑，这是他第三次笑，“还想听吗？”

“我在听，你说。”

“真的是太巧了，你知道？我也看这个人写的所有报道，我认识他，纳尔蒂。所以我知道这个案子还没有侦破。纳尔蒂就是那样的家伙——呃，你曾经去过克雷斯特莱恩镇吗？”

“是的。”

“哦，在克雷斯特莱恩镇附近，有一个地方有一堆的厢式车，被做成了一个个小房间。我在那里也有一个自己的房间，但是不是房车。信不信由你，那些厢式车被装在卡车上出售，而且卡车上也没有轮胎。纳尔蒂这个家伙就曾在这些厢式车上面做过制动员。”

“这太糟糕了，”我说，“他毕竟是你的同事。”

“所以我给他打电话时，他说话吞吞吐吐的，还吐了好几次的痰，而且，他还说你知道一个名叫维尔玛的女孩子的事情，听说很久以前她是马洛伊的情人。你见过这个家伙，他经常端着香槟酒游荡在那个发生过命案的地方，在白种人管理这个地方的那段时间里，马洛伊和维尔玛都曾在那里工作过。地址是西五十四号街 1644 号，也就是马里奥特委托信中提及的地址。”

“是吗？”

“所以我觉得那天早上的一切太过于巧合，”兰德尔说，“我来找你，就是因为目前为止我对这件事情已经掌握的差不多了。”

“问题是，”我说，“事情远比你知道的复杂。根据弗洛里安太太的说辞，维尔玛已经死了，我有她的照片。”

我走到客厅，拿起外套的手垂在半空，我摸了摸口袋，包里是空的。但是他们没有拿走照片，我翻遍所有口袋，拿着照片走到厨房，把扮成小丑的女孩照片扔到了兰德尔面前。他看得很仔细。

“我从来没见过。”他说，“这是另一个人？”

“不是，这个是安妮·里奥丹小姐在格雷利夫人保存的报纸上找到的。”

他盯着照片点点头："为了 2000 万，我会娶她的。"

"有些事情我应该告诉你，"我说，"昨夜我快疯啦，一股疯狂的念头驱使我去那家医院，进行彻底的搜查。这所医院在贝城德斯坎索街道的第二十三街区。那个自称自己是医生的桑德伯格经营着那家医院，他还窝藏了其他罪犯。我昨晚看见驼鹿马洛伊在那里的一个房间里。"

兰德尔静静地站在那里，看着我："确定吗？"

"不会错的，他块头很大，极其凶残。他可不像你曾经见过的那些人。"

他坐在椅上看着我，一动不动。他的脚缓缓地从桌下挪出来，然后站了起来。

"让我们去看看那个叫弗洛里安的女人吧。"

"那驼鹿马洛伊呢？"

他再次坐下："将你知道的全部告诉我，哪怕是蛛丝马迹。"我把我所知道的和盘托出，整个过程他的眼神都没有离开过我的脸，甚至都没有眨过眼。他微微地张开嘴呼吸，像雕塑般一动不动，手指轻轻地敲打着桌子的边缘。当我说完后，他问道，"关于这个桑德伯格，你觉得他是什么角色？"

"像个瘾君子，也许是毒品贩子。"我尽我所能地描绘桑德伯格。

他大步走到客厅，坐在电话旁，拨下了电话，陷入了一阵沉默。不过一会儿，他便回来了。期间我刚好倒满了两杯咖啡，煮熟了两个鸡蛋，涂好了两片面包片的黄油，坐在椅子上开吃了。

兰德尔坐在我的对面，右手撑着下巴。“我已经派了一名国家缉毒人员伪装成病人，进入那家医院，要求他查探消息。他应该有一些收获，不过并没有抓获马洛伊，昨晚，在你离开后的十分钟左右的样子，马洛伊便逃走了。这条消息你可以确信不疑。”

“为什么不是贝城的警察？”我向鸡蛋上撒了一些盐。

兰德尔没有回答，当我看向他时，发现他的脸红得不自然。

“我从来没有见过比你更敏感的警察了。”我说。

“快点吃，我们要走了。”

“我还要洗个澡，剃一下胡子，重新换身衣服。”

“你能不能就穿着睡衣出去？”他尖酸地回道。

“整个城镇都这么流氓？”

“这个是布鲁内特市长的管辖范围了，听说他已经花了3万元评选市长了。”

“就是那个拥有观景台俱乐部的人？”

“还有两艘赌船呢！”

“但这是我们的城市啊。”我说。

他看着自己干净透亮的手指甲，说道：“我们先去你的办公室，拿到另外两根大麻，如果它们仍放在那里，”他的手指头捏得啪啪作响，“如果你给了我钥匙，我会趁着你洗漱的时候自己去拿。”

“一起去，”我说，“我可能收到了不少的邮件。”

他点点头，隔了一会儿，又坐下点了一支烟。我剃好胡子，换上衣服，随着兰德尔来到他的车里。

我确实收到许多邮件，不过有些是垃圾信息。在桌子上的抽屉里，有两根被拧断的烟静静地躺在那里，办公室也没有被翻找过的痕迹。

兰德尔拿起那两根俄罗斯香烟，闻了闻，放进了自己的口袋里。

“他从你这里拿走了一张名片。”他沉思着，“名片的后面不可能藏有字迹，所以他对此一点都不担心。我猜阿姆托尔一点都不害怕，他只是想试探你，好知道你掌握了什么线索。我们走吧！”

30

她像好事者一样把鼻子伸出门外嗅了嗅，好像摆在她面前的是一盆盛开的紫罗兰。满头白发的她上下扫视了一下大道，然后点了点头。我和兰德尔脱掉帽子。在这附近的街区，你可能直接就成了瓦伦蒂诺那一类的人了。她好像还记得我。

“早上好，莫里森太太！”我说，“我们能进去坐一会吗？这位是来自警察局的兰德尔中尉。”

“哦，天哪，我非常忙，我还有很多衣服需要熨烫。”她说。

“我们不会耽搁您太多时间。”

她退到门后，我们越过她走进去，她的门厅摆放着餐柜，那可能是从海森城或者其他地方运来，客厅十分整洁，窗边挂着蕾丝边的窗帘。一股熨烫衣服的味道从后院飘进来。她小心翼翼地关上门，仿佛这扇门是用薄薄的馅饼皮做的。

今天早上她围的是蓝白色的围裙，她带着防备的眼神看着我，就连下巴都透着提防的意味。

她在离我 1 英尺的距离停下脚步，向前探着脸，看着我的眼睛。

“她没有收到邮件。”

我一看就明白了，点点头，看着兰德尔，他也点了点头。他走到窗前，看向弗洛里安太太的房子。随后，又跨着慢悠悠的步子走了回来，胳膊夹着她的套叠式平顶帽，高兴得如同法国戏剧学院里的伯爵大人。

“她没有收到邮件。”我说。

“是的，她没有。周六的那个愚人节是第一次。嘿嘿！”她停住脚步，正打算用围裙擦一擦她的眼睛时，才想起自己系的是橡皮围裙。这让她有点失望。她的嘴看起来像是吃了酸李子一样。

“当邮差员路过没有敲门时，她跑出来叫住了他。邮差员摇摇头告诉她没有她的信件，然后离开了。她回到了屋里，狠狠地关上了门，都快把玻璃震碎了。她当时一定非常生气。”

“可以想象得出。”我说。

她突然对着兰德尔说：“年轻人，让我看看你的证件，几天前这个年轻人满嘴酒气地来找过我，我可不信他。”

兰德尔从口袋里掏出一个镶有金蓝色瓷釉的证件，放到老妇人眼前。

“看来你确实是警察，”她承认道，“好吧，周日没有发生任何事，她出去买了一次酒，回来的时候拎着两瓶方形的酒。”

“杜松子酒，”我说，“这告诉你一个规律，好人是不喝杜松子酒的。”

“好人滴酒不沾。”老妇人声音十分刺耳。

“是的，”我说，“到了周一，也就是今天，邮差员再次路过，这次她彻底绝望了。”

“年轻人，你很会推理，是吗？完全不给别人说话的机会。”

“非常抱歉，莫里森太太，这个对我们来说很重要……”

“这个年轻人很难在适当的场合保持沉默。”

“他结婚了，”我说，“他有经验。”

她苍白的脸上带着铁青，语气十分不快地吼道：“滚出我的房间，否则我报警了！”

“太太，站在你身前的就是一位警察，”兰德尔立刻说道，“你不会有任何危险的。”

“确实如此。”她说道，脸色渐渐回复正常，“我讨厌这个人。”

“太太，英雄所见略同。弗洛里安小姐今天也没有收到寄给她的信件，是吗？”

“不。”她的声音十分短促尖锐，她的眼神躲躲闪闪的，说话的语速变得很快很快，“昨晚有人去过，我没能看清是谁。朋友带我去看电影，当我们回来的时候——不对，恰巧他们打算离开——一辆车从旁边的房子开走，车速很快，而且没有打灯，我看不见车牌号。”

她突然斜瞥了我一眼，用一种鬼鬼祟祟的眼神。我很好奇是什么让她鬼鬼祟祟的。我走到窗边，撩起花边窗帘。一名身穿灰蓝制服的邮差员走向这栋房子，他肩上挂着重重的皮革包，戴了一顶鸭舌帽。

我转过身，露齿而笑。

“你的水平下降了，”我无礼地对她说，“这样下去，明年你只能在C班玩游击了。”

“确实不太明智。”兰德尔冷冷地说。

“看看窗外吧。”

他看向窗外，脸色变得十分冷漠，而后安静地站在一旁看着莫里森太太。他在等待，等一个世上唯一的声音。过了一会儿，这个声音来了。

什么东西从前门的邮箱投递口塞了进去，以前可能是一份传单，但是这次不是。听脚步声，他回到了街道，然后沿着街道走远了。兰德尔再次走到窗边，邮差员还是没有在弗洛里安太太的房屋前停留。他一直朝前走，灰蓝色的背影被沉重的皮革包拉得笔直。

兰德尔转过头，十分有礼貌地问道：“在这一片区域，每天上午会派送几次邮件，莫里森太太？”

她努力平复脸上的表情，“就一封，”她的语速急促，“早上一封，下午一封。”

她的眼神躲躲闪闪，下巴颤抖着，双手死死抓着蓝白围裙上橡胶制成的花边。

“早上的快递已经投送了，”兰德尔呢喃道，“是挂号信还是普通的信件？”

“她多数收到的是快递。”苍老的声音带着嘶哑。

“噢，但是在周六她放弃了，当邮差员没有往她家里递送时，她跑出来开口询问邮差员，你没有说过任何关于快递的事情吗？”

看着他工作很享受，而且是审问别人。

她张开嘴，牙齿很有光泽，像是在一杯溶液里浸泡了一整夜。突然，她发出一声尖叫，从头上扯下围裙，跑出了房间。

他循着门看去，她已经消失得无影无踪了，跑出了拱门。他笑了，笑容十分疲惫。

“干得漂亮，一点也不觉得虚伪，”我说，“下次该你来扮演这个刁钻的角色了，我可不喜欢对着老太太们扮演这样的角色，即使是那些爱在背后说人长短的人。”

他微笑着耸耸肩，“又是这一套。嗬，这是公务，她开始说的全是她知道的真话。可是他们来得不够快，而且过程也不够精彩，所以她夸大其词。”

他转过身，同我走进屋子里的走廊。后院的屋子里传来一阵隐隐约约的啜泣声。对于有耐心的男人，长时间的沉寂可能是决斗中的一把利器。但是对于我来说，就是一个老妇人在哭泣，这没什么值得高兴的。

我们悄悄地离开了房间，轻轻地关上前门，确保纱门不会发出响动。兰德尔戴上帽子叹了叹气，耸耸肩，摊开冰凉的保养得不错的双手。我们仍旧能听到从后院传出来的一阵阵呜咽声。

邮差员沿着大道又派送了两家。

“真是个苦差事。”兰德尔声音低沉，像是从胸腔里挤出来的一口气。

我们沿着马路走向另一栋房子。弗洛里安太太还没来得及收回洗好的衣物，它们在侧院的一根钢丝绳上面整齐地晾着，轻轻摇晃，有点泛黄。我们走上台阶，摁下门铃。没人回应。接着敲了敲门，还是没有人回应。

“她上次没有锁门。”我说。

兰德尔试着用身体推了推门，仔细地看着手柄的转动，但是这次门锁上了。我们下了走廊，沿着房子走到靠近大房子的后面。后面有一扇铁钩做的纱门。兰德尔敲了敲门，仍旧没有人回应。他往回走到没有刷油漆的木质阶梯处，沿着台阶走到一个废旧的、长满杂草的私人车道上，打开了车库的木门。门嘎吱嘎吱地响着，车库里面什么也没有找到。仅仅堆着许多纸板盒，里面扔着一些破旧过时的运动短裤，拿来生火都不配；还有些生锈的园林工具和古老的金属罐。在门两边的墙角里有一只肥大的黑寡妇挂在布满灰尘的网上。兰德尔捡起一块木头漫不经心地打死了它。他关了车库的门，沿着杂草般的车道往回走到前门口。还是没有人开门。

他慢慢往后退，一眼望过去像是整个街道都搁在他的肩上。“后门更容易，”他说，“隔壁的老妇人现在什么也做不了，她说了太多谎。”

他两大步跨上后门的台阶，熟练地用刀片塞进门缝中，吊起了挂钩。这让我们进了纱门走廊，房间里堆满了金属罐，有的金属罐都飞满了苍蝇。

“天啊，这是什么生活呀！”他说。

后门很容易开，一把价值 5 美分的万能钥匙就能开锁，但是这扇门有门闩。

“这提醒了我，”我说，“她可能已经逃跑了。她太粗心了，不会把门这样锁着的。”

“你的帽子比我的旧，”兰德尔看着门后的玻璃嵌板，对我说道，“用帽子把玻璃推进去，或者我们想一个更好的办法？”

“把门踢开！这周围有谁知道呢？”

“行。”

他往后退了退，抬起一条腿对着门锁踢去。一阵碎裂声传来，门开了几英寸。我们推开门，从地毯上捡起一片碎裂的金属渣，放在木石做的滴水板上，旁边还有隔着九个空的杜松子酒瓶。

厨房的窗户紧锁，苍蝇嗡嗡乱撞，房间里弥漫着腐臭。兰德尔站在房间的中间，仔仔细细地打量着四周。

他轻轻地走到回转门前，用脚将回转门推到底，直到门保持敞开，起居室还是我记忆中的样子，只是收音机关掉了。

“收音机看起来很棒，”兰德尔说，“应该很贵。如果是她买的，这里应该还有其他的东西。”

他单膝跪下，顺着地毯看去。然后他走到收音机的另一边，用他的脚踢了一根松散的电线，掉下来一个插头。他弯下腰，站在收音机前研究着那些按钮。

“好家伙，”他说，“十分光滑又足够大，相当聪明！你从这上面找不到丝毫痕迹，是吗？”

“插上它，看看还能不能用。”

他四处找了找，在护壁板上找到了插座并插上了它。灯再次亮了，我们等着。接着，这家伙发出了一阵阵嗡嗡声，突然一阵刺耳的声音从音响处传出来。兰德尔急忙拉住电线猛地一拉，插头再一次松落，这个声音戛然而止。

当他站起来时，眼睛充满了光亮。

我们快步走到卧室，杰西·皮尔斯·弗洛里安太太斜挂在床上，凌乱地穿着棉布便服，头都快碰到踏足板上了。床柱的一角被染成暗黑色，苍蝇很喜欢上面的东西。

她已经死了很久了。

兰德尔没有动她，只是盯着她看了许久，而后转过头来，咬着牙看着我。

“脑浆溅了她一脸，”他说，“这似乎是这个案子的重点，这应该是用一双手完成的。天啊，这是什么样的一双手啊！看看这些颈部的伤痕，和指纹间的距离。”

“你看着她，”我说着退出了房间，“可怜的老纳尔蒂，这已经不再是一起简单的杀人案了。”

FAREWELL MYLOVELY

31

一只头部是粉色、身上带着粉色斑点、黑得发亮的虫子慢慢地爬上了兰德尔的办公桌上，向四周探着触须，好像是在测试风速，以便起飞。它爬行的时候身体会左右摇晃，像是一个老妇人搬了太重的东西一样。一位不起眼的侦探坐在另一边，对着一部老式电话的话筒喋喋不休，他的声音听起来就像是在隧道中的喃喃低语。他眯着眼，手搁在身前的桌上，上面覆盖着一道很大的伤疤，食指和中指间还夹着一根燃烧着的烟。

虫子爬到兰德尔的桌子边缘，立即朝前飞了出去。背朝下落到了地板上，对着空气无力地蹬着瘦弱的腿，然后装死。过了一会儿没有人理会它，所以它又开始蹬腿，好不容易翻了身。它慢慢地爬到一个角落，找不到前进的方向了，便停留在那。

墙上挂着警署的扩音器，里面播放着一个公告：发生在圣佩德罗南街第四十四大道的一起持枪抢劫案。这个抢劫犯是身着深灰色套装的中年男人，戴了一顶灰色毡帽。目击者最后一次见他时，他正往东方逃跑，蹿进了四十四大道上两所房子中间的巷道。“他慢慢地逼近，”播音员说，“嫌疑犯手持 A.32 口径的左轮手枪，劫持了圣佩德罗南街 3966 号的一名希腊餐馆的老板。”

嘀嗒一声，这段广播播放完毕，另外一条广播又开始公布汽车失窃名单，一个缓慢单调的语调把每条信息都重复两次。

兰德尔推开门走进来，手里拿着一摞打印好的资料。他快步穿过房间，在我对面的椅子坐下，递给了我一些资料。

“把这四份合同签了。”他说。

我把四份合同签完了。

粉色的虫子爬到了房间的一个角落，用触须探求着接下来要去的地点。它的样子看起来有点气馁，又沿着护壁板向前爬，到了另一个角落。我点了一根烟，打电话的小侦探蓦地站起身来，走出了办公室。

兰德尔向后靠在椅子上，看起来和平时一样，既冷漠又稳重，已经准备好为了适应各种场合变得低俗或优雅。

“我将告诉你一些事，”他说，“就是你不可能再得到任何的信息，也就是说你不能再参与策划所有的布局。如此一来，抛开所有，也是上帝垂怜你。”

我等着听他把话说完。

“那里没有留下手印，”他说，“你清楚我说的是哪里。拉断电线是为了关闭收音机，但有可能是她自己扯掉的。这是显而易见的，醉鬼都喜欢把收音机的声音放得很大。如果你戴着手套去杀人，为了掩盖枪声或者其他的声音，你也会把收音机的音量开到最大，当然，你也同样能关掉它。但是这台收音机不是正常关闭的。而且，那个女人的脖子被捏断了，在那个家伙砸她的头时，她已经死了。现在我想不通的是，为什么他要砸她的头。”

“继续，我听着呢。”

兰德尔眉头紧蹙，“他可能不知道她的脖子被捏断了，他恨极了她。”他说，“这仅仅是假设。”他笑得十分乖张。

我吐出一团烟，用手把它们扇开。

“那好，为什么他那么恨她？在俄勒冈州，弗洛里安从银行取出 1000 元作为他的报酬。这笔钱付给了那个死了的律师，但是，弗洛里安很有可能想要从中拿一点出来。马洛伊觉得这件事情不可信，也有可能他已经完全了解了这件事，或许他只是想要吓一吓她。”

我点点头，他说的值得让我点头。兰德尔接着说，“他只掐过她的脖子一次，而且没有任何移动。如果我们抓住了他，或许我们能够证明是他留下的那些痕迹。兴许不是他。那些痕迹是昨晚留下的，有可能更早，但是一定是看电影时留下的。目前为此，我们不能肯定马洛伊昨晚来过这个房间，因为没有任何邻居看到，但是我确定是马洛伊干的。”

“是的，”我说，“的确是马洛伊。他可能并不想杀她，但他太强壮了。”

“这对他不会有任何帮助。”兰德尔的声音十分冷淡。

“我知道不会。我只是想证明马洛伊不是职业杀手，除非把他逼入绝境，他不会杀人的，更别说为了心情、金钱和女人了。”

“这个很重要吗？”他冷静地问道。

“可能对你来说，你能明确的区分什么是重要的，什么是不重要的，但是对我来说，却不行。”

他盯着我看了很长时间，广播员都又开始播报圣佩德罗南部发生的希腊餐馆抢劫案，犯罪嫌疑人现在已经被拘留了，报道说他用一把玩具喷水手枪挟持了一名十四岁的墨西哥少年，有很多人都目睹了这一切。

兰德尔直到这则广播播报完了才接着说，“今天早上我们相处得不错，让我们保持这个状态。回家吧，躺在床上好好睡一觉。你看起来十分糟糕。让我和警察局处理马里奥特被杀一案，然后把驼鹿马洛伊找出来。”

“我领了马里奥特的酬劳，”我说，“可是我却失职了，再说格雷利夫人又雇用了我。你想让我怎么做？推掉这份工作饿肚子？”

他又看了我一眼：“我理解你，我也是人，警察局给了你授权书，是希望你干实事，而不是把这些挂在你办公室的墙上。另一方面，任何一个心怀不轨的队长都能毁了你。”

“不把我身后的格雷利夫人一起毁掉？”

他仔细琢磨着，他十分反感我有权利，哪怕是只有一半的权利，所以他皱着眉头，手指敲着桌角。

“我们应该体谅彼此的难处，”他沉默了许久说，“这个案子如果你插手了，你将不会有好果子吃的，这次你可能会想方设法地躲过。我不知道什么方法。但是慢慢地，你会在局里树敌，到时候局里可能会把处罚加重到你完全没有办法工作。”

“每一个私家侦探每天都面临着这样的威胁，除非他不做侦探了。”

“你不能再调查这桩谋杀案了。”

“你说完了你的观点，我也听完了。我从没想过我能破掉警察局都不能破掉的大案子。如果我有任何私人的想法，它们也仅代表我个人的想法。”

他的身体探过桌子，他瘦弱的手指焦躁地敲打着桌面，就像是一品红的树枝轻轻敲打着杰西·弗洛里安小姐家的前门时发出的悲号。他奶白色的头发透着光亮，冷冷地看着我。

“走吧！”他说，“到了再说。阿姆托尔总是四处奔波，他的妻子是一名秘书，不知道也不会告诉我们他去了哪里。那个印第安人也消失不见了。你会写一封控诉信告他们吗？”

“不，我不会再生事端的。”

他看起来轻松了许多，“他的妻子说她从没有听说过你。关于两个贝城的警察，如果他们没有说谎，那这件事情就超出了我的控制范围了。我希望不会有比这个还复杂的事情了。有一件事情我十分肯定，阿姆托尔跟马里奥特的死一点关系也没有。他的名片放在那些香烟里，完全是栽赃。”

“那桑德伯格医生呢？”

他摊开他的手，“先跳过这个。从地方检察院来的人偷偷去过那里，完全没和贝城政府联系。那幢被锁的房子是空的，当然，他们也进去了。他们匆忙中清理掉了那些线索，但是留下了大量的指纹。需要一周的时间才能破解我们得到的指纹。现在他们的工作是打开一个保险箱，可能有毒品，或者是其他的东西。我推测桑德伯格肯定会有一些作案记录，应该是在其他地方而不是本地，可能是堕胎或者治疗枪伤，也可能是收小费或麻醉非法移民。如果这些归入了联邦法的管辖，对我们将大有裨益。”

“他说自己是一名药理师。”我说。

兰德尔耸耸肩，“可能曾经是吧。可能他一直没有被定罪。棕榈泉的附近有一个药理师，他曾经因为非法贩卖麻醉剂被判了 5 年的刑。他罪大恶极，但是联邦法庇护了他，他逃脱了制裁。你在担心什么？”

“你了解布鲁内特吗，哪怕是听说过？”

“布鲁内特是个赌鬼，他赢了一大笔钱，他来钱的方式很容易。”

“好吧，”我说着准备站起来，“听起来有理有据，但是针对珠宝抢劫案和马里奥特被杀案之间的联系一点用也没有。”

“很多事情我不能一五一十地告诉你，马洛。”

“我也没想过你会这么做，”我说，“顺便说说，杰西·弗洛里安在我们第二次见面的时候告诉我，她说过她曾在马里奥特的家里做过仆人。这就是他一直寄给她钱的原因。这需要什么证明吗？”

“当然，他的保险箱里有一些她写的感恩信，都重复着同样的事情。”他看起来像是马上要发脾气了，“现在你会听从上帝的安排回家去，别多管闲事吗？”

“他这个人不错，那么珍惜那些信，是吧？”

他从下到上地打量我，直到将眼神停在我的头顶，而后眯着眼，打量了我差不多十秒钟，笑了起来。那天他笑了好多次，差不多把一周的笑容都用完了。

“关于这个，我有一个推测。”他说，“这让人十分吃惊，但却是人之常情。马里奥特在他的生活中处处遭受威胁，几乎所有的抢劫犯都是赌徒，而几乎所有的赌徒都是迷信的。我想杰西·弗洛里安是马里奥特的幸运星，只要他一直照顾她，他就不会有事。”

我转过头找到了那只红头小虫，它已经爬过了两个角落，现在它正郁闷地往第三个墙角爬去。我走过去用我的手帕把它捉起来，带着它回到桌边。

“看，”我说，“这个房间在十八层楼，这个小虫子一路爬上来只是想和我做朋友。它是我的幸运星。”我小心翼翼地用手帕把虫子包起来，接着把手帕放进我胸前的口袋里。兰德尔睁大了眼睛，嘴唇动了动，但是什么也没说。

“我想知道马里奥特是谁的幸运星。”我说。

“伙计，反正不是你的。”他讽刺道，声音里透出一股冷漠。

我搭乘电梯来到春天街的入口，走出了市政府大厅，下了一级台阶，来到花坛前，将手帕里的小虫子轻轻地放在灌木丛后面。

坐在回家的出租车上，我一直在想，它要多久才能再次爬上警察局办事处。

我从公寓后面的车库里把车开出来，在好莱坞大道吃了午饭后便驶向贝城。海滩的午后风和日丽，风景宜人，我驱车离开第三大道的阿圭罗大道，朝着市政厅开去。

FAREWELL MYLOVELY

32

在这个繁华的小镇上，市政厅的楼房看起来十分寒酸，跟《圣经》一样古老。流浪汉泰然自若地靠着围墙坐成一长排，围墙把街道上大部分是狗尾巴草的草坪围起来。市政厅有三楼，顶部还有一座古老的钟楼，一柄钟静静地悬挂在钟塔上。只有在召集志愿者消防队队员时，这柄钟才会被敲响。

走过已有裂缝的街道，迈上前门的台阶，有两扇大门敞开着，门边站着的人身上打着只有市政厅里才能看见的领结。他们之所以站在那里，是为了在突发情况下能够及时处理。他们都身着漂亮的制服，挺着大肚子，眼中保持警惕，对每个人都是一成不变的礼数。他们给我腾出 4 英寸的空间，以便我能进去。

里面的走廊十分宽阔，但是却暗沉沉的，估计上一次拖地是在麦金莱总统上任时，木制的指示牌摆在警察局服务台。电话交换机后面坐着一个身穿制服的男人，他正打着瞌睡，装置连接到一个满是划痕的木质柜台。一位便衣警察脱掉了外套，用消防栓一样粗壮的肥猪腿抵着胸口，眯着一只眼睛看晚报，一只痰盂在离他 10 尺左右的距离滚得当当作响。他打了个哈欠，告诉我上楼后往后走就是局长的办公室。

二楼更敞亮，也更干净，但是也只比一楼好一点儿。差不多在走廊的尽头，一扇门大大的开着，门上表明：约翰·瓦克斯，警察局长。请进！

一排低矮的木质栏杆横在走廊中间，身着制服的男人在栏杆后面，用大拇指和两根手指敲着打字机。他打着哈欠接过我的名片，说他会看的，然后走进了一间门牌上写有“约翰·瓦克斯警察局长私人专用”的办公室。过了一会儿，他出来了，手握着扶手，让我进去。

我走了进去，关上了内置办公室的门。办公室很大，空气十分凉爽。装饰很单调，三面都有窗户，远处摆放着一张像墨索里尼用过的木制的着色办公桌，差不多要穿过宽大的蓝色地毯才能走到那里，当你这样做的时候，你将被一双精明的眼睛仔细凝视着。

我走到桌前，上面随意地摆放着刻有约翰·瓦克斯警察局长的名牌。我想我会记住这个名字的。我看着办公桌对面的男人，头发纤尘不染。

他的身体像是铁铸成般强壮，微微扎手的短发还透着光亮。他的眼睛很小，低垂的眼睑挡住了充满侵略性的目光，像是贪得无厌的跳蚤。他穿着一套浅黄褐色的法兰绒制服，里面衬着咖啡色的体恤和领带，手上戴着钻戒，衣领上也别着钻石别针。他的胸袋露出手帕的三个角，看起来比平常的 3 英寸要多些。

他用一只肥胖的手拿着我的名片，扫了一遍，然后翻过去，看了看后面。不过后面是空白的，他又读了一遍前面的信息，接着把名片放在桌上，用一尊青铜色的猴子雕塑压着它，好像这样就不会弄掉。

他伸出一只冻得通红的手，我握住了它，他又示意我坐下。

"坐吧，马洛先生，我曾经在我们的办公楼见过你，我能为你做些什么？"

"一点小麻烦，局长，如果你愿意的话，一眨眼就能帮我处理好。"

"麻烦？"他轻声重复我的话，"仅仅是一点点麻烦？"

他往椅子里靠了靠，蹬着他肥壮的腿，转动着椅子，看向窗外思忖着。他穿着手工纺织的莱尔线袜子，看起来像是在酒桶里泡过的英式粗革皮鞋。加上我看不到的东西，排除他钱包里的钱，光他这身行头就值五百元。我想，他的老婆一定很有钱。

"小麻烦，"他又一次轻声重复，"在我们这个小镇上可不常见。马洛先生，我们的小镇虽然小，但是治安非常好。我透过西边的窗户看出去就能看到太平洋。没有比那里更干净的地方了，是吗？"他没有提到三海里外，漂浮在古铜色海浪上的那两艘赌船。

所以我也不能提及，“当然了，局长。”我说。

他又往后靠了靠，“我从北边的窗户看出去，阿圭罗大道充满了忙碌和喧嚣，加利福尼亚州的山麓丘陵真好看，附近的繁华商业区应该是所有男人一生的奋斗目标。我从南面的窗户看出去，就是我刚刚看的地方，有着世界上最漂亮的游艇港口，哪怕它很小。我没有窗户朝向东方，但是如果有的话，我将会看到让你垂涎三尺的居民住宅区。所以先生，我们这个小镇上不会有你说的麻烦，这是不可能的。”

“局长，我现在带着麻烦坐在你面前，至少是一些问题。你记得一个名叫加尔布雷斯的便衣警察吗？他现在是你的手下。”

“是的，我知道他。”他四处环顾地说，“他怎么了？”

“你的手下有这个样子的人吗？”我对他描述了另一个人，他沉默寡言，身材矮小，长着小胡子，而且用铁棒打昏了我。“他很有可能和加尔布雷斯是一伙的，有人叫他布莱先生，不过这个名字听起来像是假的。”

“恰恰相反，”胖局长说话的声音和所有的胖子一样生硬，“布莱是探长。”

“我能在你的办公室见见他们吗？”

他拿起我的名片，又看了一遍，然后放下，挥了挥他那白净柔软的手。

“到目前为止，你还都没有给我一个正当的理由。”他说得很有礼貌。

“我想我拿不出来理由，局长。你认识一个名叫朱尔斯·阿姆托尔的男人吗？他自称是心理医生，住在斯蒂尔伍德高地。”

“不认识，斯蒂尔伍德高地不在我的管辖范围内。”局长回道，他现在的眼神才像是一个思考中男人的眼神。

“这就有趣了，”我说，“你看，我准备去拜访阿姆托尔先生，他是我的一个客户。但是阿姆托尔先生却说我在勒索他，可能在他的职业病，像这样指认别人再简单不过了。他有一个强壮的印第安人做保镖，我压根打不过他，所以这个印第安人抓着我，阿姆托尔便用我的枪狠打了我一顿。然后他们叫来了两个警察，恰巧是加尔布雷斯和布莱先生。你对这些一点都不感兴趣吗？”

瓦克斯局长轻轻地用手拍打着桌面，他的眼睛眯得只剩一条缝了，浮肿的眼睑下闪烁着冷光，直直地盯着我。他非常安静地坐在那里，像是在认真听。然后他睁开眼，面带微笑。

“随后发生了什么？”他问道，像斯托克俱乐部的保镖一样有礼貌。

“接着他们搜了我的身，把我塞进车里，扔到一处山沟里，在我下车时把我打晕了。”

他点点头，好像我说的是世上再正常不过的事情了，“这是在斯蒂尔伍德高地发生的事情吗？”他轻声问道。

“当然。”

“想知道我是怎么想的吗？”他身体往前探，因为腹部被桌子挡住，身体只是稍稍探了出来。

“我在说谎。”我说。

“那边请。”他说着用左手小指指向大门。

我静静地看着他，纹丝不动。当他气得想要按下门铃的时候，我开口说道:“不要再犯同样的错误。你认为我不过是一个无足轻重的私家侦探，竟想着去扳倒比我厉害十倍的人，而且还想指控一个警察。即使我说的是真的，也没有证据，更何况警察之间还相互包庇。一点也不错。不过我不会去投诉他，因为我知道这种情况再正常不过。我只是想和阿姆托尔谈谈，希望你的手下加尔布雷斯能够帮助我。至于布莱先生，就不麻烦他了，加尔布雷斯就已足够。当然，如果没有人支持，我不会在这里的，我身后有一个非常重要的人。”

“你的后台有多远？”局长轻声笑道。

“远到阿斯特尔大道八百六十二号，卢因·洛克里奇·格雷利先生的住所。”

他的脸色唰地变了，以至于我都怀疑是另一个人坐在这里。“格雷利太太是我的客户。”我说道。

“关上门，”他说，“你比我想象的更年轻有为。把门锁上。这件事会有一个友善的开始，你看起来很忠诚，马洛。”

我站起来把门锁上，当我沿着蓝色地毯往回走的时候，局长拿出了一个好看的瓶子和两个杯子，抓了一把豆蔻籽放在记事簿上，然后倒了两杯酒。

我们喝了一杯。他压碎了一些豆蔻籽，我们嚼着它们，探究着彼此的眼睛，沉默不语。

“味道不错。”他说着又添了一杯。轮到我轧碎豆蔻籽了，他把笔记本上掉落的渣滓扫到地上，笑着靠在椅背上。

“开始说正事吧，”他说，“你帮格雷利太太调查的事情和阿姆托尔有关系吗？”

“有一点关联。虽然我说的是真的，不过你最好还是核实一下。”

“确实该如此。”他说着拿起电话，然后从他的背心里掏出一个小本子，找到一个电话号码。“竞选贡献者，”他眨着眼睛说道，“市长非常重视礼仪的推广，是的，正如你在楼下看到的样子。”他把本子扔到一旁，拨了号。

他在管家那里遇到了和我一样的尴尬，这让他耳根子都红透了，最终还是找到了她。他的耳朵还是红的。她和他很快就说完了。“她想跟你说话。”他说着把电话递给我，横穿了整个桌面。

“我是菲利普。”我对着局长俏皮地眨了眨眼。

电话那头传来一阵冷漠却又带有挑逗意味的大笑：“你跟这个胖子待在一起干什么？”

“正在喝酒。”

“你一定要跟他一起喝酒吗？”

“为了工作上的事情，不得不这样。我说，你最近有发生什么事情吗？你应该懂我的意思。”

“没有。朋友，你还记得不久前的一个夜晚，你让我空等了一个小时吗？我不是曾经失约于你的女人，你是要报复我吗？”

“那晚我遇到了些麻烦，今晚如何？”

“让我想想，天哪，今晚是周几呢？”

“我会打电话给你，”我说，“我有可能去不了。今天是周五。”

“你这个骗子。”她又大笑，笑声既温暖又带着沙哑，“今天是周一。同样的时间，同样的地点，这次不要再让我等了。”

“我会打电话给你的。”

“你最好来。”

“我不能确定，我会打电话给你的。”

“到我这里来有那么困难吗？我想，可能是我太烦人了。”

“说实话，有一点。”

“为什么？”

“虽然我很穷，但是我能按照自己的意愿来安排，这可能并不是你想要的那种温和的方式。”

“该死的，如果你不来的话……”

“我说了，我会给你打电话。”

她叹了叹气，“你们男人都是一个样。”

“女人也一样，除了第一次。”

她骂了我一句，挂了电话。局长的眼睛睁得很大，看起来就像是要爆出来一样。

他颤抖着倒满了两杯酒，把一杯推到我的面前。

“真像这样？”他小心翼翼的问道。

“她的丈夫毫不介意，”我说，“所以不要觉得有什么。”

他有些受伤地喝了口酒，慢慢地轧碎豆蔻籽，沉思着。我们对视着彼此的眼睛又喝了一杯，遗憾的是局长拿走了酒瓶和杯子，接通了一通电话。

“如果加尔布雷斯在的话，让他上来，如果不在，马上联系到他。”

我站起来，把门锁打开，又坐了回去。等了不过一会儿，敲门声便从侧门传来，局长大喊了一声，海明威走进了这个房间。

他步伐坚定地走到桌边停住了脚步，用一种坚强谦卑的表情看着瓦克斯局长。

“认识一下菲利普·马洛先生，”局长亲切地说，“来自洛杉矶的私家侦探。”

海明威转过身来看着我，如果他之前见过我，他的脸上不会显露出什么的。我们伸出手握了握后，他便再次看向局长。

“马洛先生有一个相当有趣的故事，”局长狡猾地说道，像是埋在地里的黎塞留河，“一个名为阿姆托尔的人住在斯蒂尔伍德高地，他十分痛恨那些占卜者。马洛先生在他那里碰巧遇到了你和布莱，还起了些争论，细节是怎么样的我忘记了。”他看向窗外的表情就像是忘记什么事情一样。

“一定是误会，”海明威说，“我从来没有见过马洛先生。”

“事实上，这确实是个误会。”局长说得很含糊。“这虽然无关紧要，但仍然是个误会。马洛先生认为这一点不那么重要。”

海明威再次看了看我，脸上的表情如同石头一样坚定。

“事实上，他对这个误会一点都不在意。”局长继续说道，“他不过是想要跟居住在斯蒂尔伍德高地的阿姆托尔再见一次面。他想要一个人能够保证他能有一个平等对话的机会，我想到了你。好像阿姆托尔有一个非常强壮的印第安保镖，马洛先生害怕自己不能控制这个局面，而且孤立无援。你能够查到阿姆托尔的居住地吗？”

“可以，”海明威说道，“但是斯蒂尔伍德高地不是我们的管辖范围，局长，这件事是你忠于朋友所托的私事吗？”

“你应该这样认为，”局长说，看着他左手的大拇指，“当然，我们也不是要做违法的事情。”

“是的，”海明威说道，“不会发生这样的事。”他咳了咳，“我们什么时候行动？”

局长充满善意地看着我：“一切都准备好了。”

我说：“如果你没意见，随时都可以动身。”

“我言出必行。”海明威说。

局长从头到脚地打量了他一番，像是要用眼睛看透他的一分一毫。“布莱队长今天怎么样了？”他嚼着豆蔻籽问道。

“很糟糕，阑尾炎。”海明威说道，“而且十分危险。”

局长难过地摇了摇头，然后他握着椅子的扶手，挪了挪脚，摊开一只手搁在桌上。

“加尔布雷斯会保护好你的，马洛先生，你可以信赖他。”

“是的，局长，你真是太贴心了，”我说，“我都不知如何感谢你。”

“呸呸！不用在意！对于朋友，我很乐意帮忙，所以别这样说。”他对着我使了个眼色。海明威看到了，但是却没有说穿。

局长说着客气话一直把我们送到办公室门口。门关上后，海明威瞥了一眼走廊，随后看着我。

“朋友，你可真够聪明！”他说，“你一定知道了一些我没有告诉你的事情。”

33

汽车沿着一条寂静的街道行驶，胡椒木的枝丫弓起来形成一个绿色隧道。阳光透过树叶，星星点点地落在地面。拐弯处的一个标示上写着：第十八街区。

海明威开着车，我坐在他身边。他开得很慢，脸色沉重地想着什么。

“你给他说了多少？”他收拾好心思，问道。

“我告诉他你和布莱到了那里把我带走了，然后把我扔出车，顺道还给我后脑勺一棒。我可没有告诉他其余的事情。”

“没有说第二十三街区和德斯坎索大道的事情吧，啊？”

“没有。”

“为什么不说？”

“我想如果我不告诉他的话，我能够得到你的帮助。”

“那只是你的想法。你真的想要去斯蒂尔伍德高地，或者这只是个借口？”

“只是个借口，我只是想要你告诉我，为什么你把我扔进那家医院，而且还把我关在那里？”

海明威思考着，他的思绪斗争着，因为他浅灰色的脸因为面部肌肉的紧张变得狰狞。

“是布莱，”他说，“这个矮个子想要打断你的腿。我不想他伤害你，但是我也不想你回家。这不过是一场骗局，因为我们和他是朋友，我们一直不让别人找他麻烦。你肯定会觉得好奇，到底是什么人敢找他麻烦。”

“确实很好奇。”我说。

他转过头，他灰色的眼睛像是被冻住了般，然后他又看向积满灰尘的挡风玻璃，陷入了沉思。

“他们老警察只是偶尔把人打昏，挣点零花钱，”他说，“我见你像一袋水泥似的被扔了下去，天啊，可把我吓坏了。我跟布莱磨了很久，然后才把你送到了桑德伯格那里，因为那个地方很近。而且他是一个好人，会照顾好你的。”

“阿姆托尔知道你们把我送到那里吗？”

“当然不知道。这是我们自己的主意。”

“因为桑德伯格是一个好人，而且会照顾好我。没有回扣，如果我是一个医生，我不会救助一个生病的人。在这个看似和谐的小镇，并不是每一个病人都能有这样好的运气，如果我真如你所说的那样。”

“你比以前更强硬了？”海明威若有所思地说。

“不是我，”我说，“也不是你。这样的情况只会在你的生命中存在一次，因为你的工作朝不保夕了。你看到了局长的眼神，你自己保重吧。我不会毫无凭证地就去他那里，不过不是这次的拜访。”

“好吧，”海明威打开窗户，吐了一口痰，“从一开始我就没有想过要强硬起来，只是例行公事罢了。还有呢？”

“布莱真的生病了吗？”

海明威点点头，但是不知为何，在他的脸上看不到任何悲伤，“是真的。肚子从前天开始疼，在医生割掉他的阑尾前，他像是被人暴打了一顿。他本来是可以治好的，但是现在情况不太理想。”

“失去他，我真的觉得很遗憾。”我说，“他是警察局的一笔财富。”

海明威咳出一口痰，朝窗外吐去。

“好了，下一个问题吧。”他叹了口气。

“你告诉了我为什么将我带到桑德伯格的医院，但是你没有告诉我为什么他将我关了差不多四十八个小时，而且捆到床上，注射了那么多麻醉剂。”

海明威把车缓缓地停到路边，他的手并排握住方向盘的下方，大拇指相互摩擦着。

“我没有其他的办法了。”他的声音听起来很远。

“我有文件证明我是一个私家侦探，”我说，“身上还有钥匙，一些钱和照片。如果他不太了解你，他可能会认为我头破血流不过是个借口，目的是为了深入他的地方，四处勘察。但是我确信他足够了解你，所以我想不通。”

“朋友，还是想不通吗？不过是为了更安全。”

“真是这样吗？”我说，“但是这个答案让我一点都不满意。”

“关于这个，你有洛杉矶的法律作为支撑吗？”

“关于哪个？”

“关于桑德伯格的一些看法。”

“不完全是。”

“这不能代表是或不是。”

“我的看法一点都不重要，”我说，“洛杉矶的法律适用于这里的任何时候，适用于他们想做的任何事，至少对于三分之二的人来说是适用的，不论是州长孩子还是地方检察官的孩子。我有一个朋友在地方检察院工作，我曾经也在那里工作过，他的名字叫本尼·奥赫斯，他是调查队的队长。”

“你跟他说了所有的事情？”

“没有，一个月内我是不会告诉他的。”

“你有考虑告诉他所有的事情吗？”

“如果没有人干涉我的工作，我不会告诉他的。”

“私人侦探的工作？”

“是的。”

“好吧，你想要知道什么呢？”

“桑德伯格的真实身份到底是什么？”

海明威的手从方向盘上挪开，伸出了窗户，“我们在一条漂亮的街道，不是吗？精美的房屋，怡人的花园，清新的空气。你听过一些关于坏警察的故事吗？”

“偶尔。”我说。

“好吧，你说有多少警察能在这样漂亮的街道生活，有着整洁的草坪和花园？我只知道四五个，全是刑警队的。他们私吞了所有违法利润。像我这样的警察，只能在一个贫困狭窄的木屋里生活。你想去看看我的住处吗？”

“这个能说明什么？”

“听着，朋友，”大个子语气十分严肃，“你现在控制着我，但是这种关系也有可能会破裂。警察不能因为钱而变坏，这是不一定的，但也不是时常发生的。他们被制度束缚着，不然他们怎么会听你的命令，去哪里，做什么？而那些家伙却坐在富丽堂皇的办公室里休息，穿着漂亮的衣服，喝着名酒，吃几粒种子就能保持口气闻起来像紫罗兰，每天就做这些事情，当然，他们也不会下达命令。你懂我的意思吗？”

“市长是这样的人吗？”

“所有地方的市长不都是这样的人吗？都是政治家，你能期望他们给出什么样的命令？呸！朋友，你知道这个国家的问题在哪吗？”

“我听说是太多的冻结资本。”

“如果一个人都不能如他希望中的那样坦诚，”海明威说，“这才是一个国家最大的问题。如果他以不正当的方式得到了钱，你可以选择跟他玩同样的把戏，但也有可能不会。很多浑蛋想着我们需要九万个西装革履，手提密码箱的 FBI 人员。呸！这样一来，这些人百分百会来顶替掉我们的。你知道我怎么想的吗？我想让这个世界来一个变动，就像是道德重整运动一样。你能从这场运动中明白什么，朋友，你一定能从这场运动中得到什么的。”

“如果贝城是这场运动的试验品，我会吃阿司匹林的。”我说。

“你太聪明了，”海明威说话的声音很温和，“你不会这样想的，但是这可能会发生。因为你太聪明了，所以你很难想到一些事情。我只是一个没有能力的警察，只能服从命令。我要养活妻子和两个孩子，只能按照他们说的去做。布莱能够告诉你其他我不知道的事情。”

“布莱真的得了阑尾炎？你确定他不是朝着自己的肚子开了一枪？”

“别那样说，”海明威不满地说道，用手到处拍打着方向盘，“试着把人往好处想。”

“对布莱？”

“他也是个人，跟我们一样是个人，”海明威说，“他的确有罪，但是他也是个人。”

“桑德伯格到底是个什么样的人？”

“好吧，我只能告诉你，可能我错了。你是一个可以自己出谋划策的人。”

海明威拿出手帕擦了擦脸，“伙计，我讨厌说这件事。”他说，“但是你真的要相信我，如果我和布莱知道桑德伯格的本性，不论是谁都不会把你扔到那里，而且你也不可能从那里逃出来，至少不会走着出来。当然，我是说他底子不干净，就像是女巫不会从水晶球里占卜出无用的东西。”

“我也没想过我能逃出来，”我说，“那里有一种叫作莨菪碱的草，能让人说实话，有的时候能让人在无意识的时候说一些他们知道的事情。这种药不能确保药效，不过比麻醉剂的效果更好，但是效果却是偶然性的。我想他们为了让我说出我知道的事情，给我注射了这种药。但是，桑德伯格只有三种方法知道我所了解的事情，而且这三种方法都有可能会伤害到他自己。阿姆托尔可能告诉过他，也有可能是驼鹿马洛伊跟他提到，我曾经去见过一个杰西·弗洛里安的女人，甚至也有可能他认为警察把我送到那里，不过是跟他开一个玩笑而已。”

海明威充满歉意地看着我，“你到底在说什么？”他说，“驼鹿马洛伊又是谁？”

“几天前，一个大块头在中央大道杀了一个人，如果你看过这则新闻，他的名字应该在你们的打字机上有，你现在可以去关注一下。”

“那又有什么用呢？”

“桑德伯格把他藏起来了，我在夜晚潜行逃跑时看到了他躺在一张床上看报纸。”

“你是怎样逃出去的？你不是被锁住了吗？”

“我很幸运，用一根床垫上的弹簧把门卫打昏了。”

“是一个大家伙看守你吗？”

“不是。”

海明威驱车前行，咧着嘴笑道，“我们去收集证据吧，”他说，“很有可能是这样，这完全说得通。如果他有钱，桑德伯格完全可能把这个无处遁身的家伙藏起来，他就是做这个的，能挣很多钱。”

他打着方向盘转进了一个拐角。

“该死的，我竟然以为他是卖大麻的，”他十分懊恼地说，“他背后肯定有人撑腰。该死的是，那竟然是一次无足轻重的抢劫，勒索金太少了。”

“你知道诈骗数额？如果只看这一点的话，那次诈骗的金额确实太少了。”

海明威快速地拐了一个弯，狠狠地摇了摇头，“是的，只够玩一次弹珠游戏、宾戈游戏和赛马，但是把这些放在一起，让一个家伙来掌控，这样就合情合理了。”

“哪个家伙？”

他呆呆地看着我，紧紧地闭着嘴，我都能看到他死死地咬紧牙关。我们开到了斯德坎索街道的东面。午后的街道格外安静，当我们走向第二十三街区，周围的安静才慢慢隐去。两个男人打量着棕榈树，想着怎样才能移动它。一辆车停在了桑德伯格医院附近，但是看不出什么来。沿着路向下走到一半，听到一个男人在念水表。

这栋房子在白天看起来要好些，玫瑰和海棠在前窗下面簇拥成团，三色堇旁绽放的白色合欢花模糊了它的颜色。攀爬在扇形棚架上的是一朵绯红色的玫瑰，也生出了嫩芽。旁边有一块冬天开花的香豌豆花，有一只古铜色的麻雀轻轻地戳了戳它们。这栋房子看起来像是上了年级的小康家庭夫妇喜欢的花园。花园里死一般沉寂，午后的阳光铺洒开来，竟让人不寒而栗。

海明威开着车慢慢地绕过这栋房屋，他的嘴角泛起冷冷的笑容，鼻子重重地吸了吸气。他转进了下一个拐角，看了看后视镜，猛然加了速。

经过了三个街区，他终于停在了一条马路边上，转过头狠狠地瞪着我。

“洛杉矶的法官，”他说，“我认识站在棕榈树下边的那个男的叫作唐纳利，他们把房子包围了。你确定你没把这件事告诉你市中心的朋友？”

“我说了我没有。”

“局长很乐意你这样做。”海明威吼道。“他们突然来到这里，而且已经开始检查，甚至都没有打一声招呼。”

我摇摇头：“目前发生的事情，我也不知道。”

“该死的，到底你知道多少？伙计！”他的语气异常温和。

“不多。这里跟阿姆托尔和桑德伯格有关系吗？”

“我不知道。”

“谁控制着这个小镇？”

海明威沉默不语。

“我听说是一个叫做莱尔德·布鲁内特的家伙，他出了 3 万元去竞选市长，而且他还是观景楼的老板，有两艘赌船。”

“可能吧。”海明威礼貌性地回答道。

“哪里能够见到布鲁内特？”

“朋友，为什么问我？”

“如果你在这个城镇无处躲藏，你会去哪里？”

“墨西哥。”我笑道，“好吧，那你愿意帮我一个忙吗？”

“说吧。”

“开车送我到市中心吧。”

他启动车离开路边，驶向一条朝向大海的公路。不久，我们到了贝城，他把车停到警察停驻区，让我下了车。

“你可以随时来找我，我会把房间整理干净等你来的。”说完，海明威伸出他的大手，“我不是故意的。”

“道德重整运动。”我握住他的手。

他咧着嘴大笑。当我正要离开的时候，他叫住了我，带着警惕的眼神四处探望，然后凑到我耳边说道，“他们的赌船已经超出了城市及国家的司法部门的管辖了，在巴拿马登记注册的。如果是我……”他的声音戛然而止，眼中充满了忧虑。

“我知道了，”我说，“我也有同样的想法。我不知道为什么会我因为一些事情打扰你这么久。但是没有你的帮助，我很难走到这步。”

他点点头后，笑道：“道德重整运动。”

34

我躺在海滨酒店的床上，等待夜幕的降临。这个房间是一个狭小的隔音室改造的，床硬邦邦的，盖着的棉毯比床垫都薄。床垫的一根弹簧也坏掉了，顶着我的左背。我躺着不动，让它戳着我。

天花板上的红色霓虹灯发着光，只有在夜幕完全降临时，整个房间才能被红色的灯光完全笼罩。汽车在名为高速路的街道上嘀嘀作响。脚步声从窗户下面的人行道上传来。空气里充斥着各色各样的呢喃声，一股油炸腐肉的味道透过生锈的铁纱窗飘进屋内。一个听起来很遥远的声音从远方传来，“饿了吗？朋友们！饿了吗？这里有好吃的热狗，饿了就来吃吧！”

天色渐渐暗了下来。我思考着，思绪在我脑海中游荡，但是行动却十分迟缓，就像是被一对暴烈残酷的眼睛监视着。我想起一双不瞑之目看着无月的夜空，嘴角还挂着黑色的血迹。我想起一个恶毒的老妇人把弄脏她床的人往死里打。我想起一个金发男孩害怕着未知的东西，因为他能轻易地感知到事情不太对劲，但是去深究什么事情不对劲又是徒劳的，而且也太无趣。我想起一个没有归属的漂亮贵妇。我还想起了一个苗条古怪的独居女孩，她也有着与众不同的生活。我想起了那些警察，他们仍然可以被贿赂，但是并不是所有的警察都这样坏，就像海明威。有钱的警察身材肥胖，有着商业区的会所，就像是瓦克斯·斯利蒙局长，也有像兰德尔一样聪明且致命的警察，但是就算他耗尽他所有的心思和头脑也不能自由地、以一种干净的方式去工作。也想到了像纳尔蒂一样满身酸臭的老色鬼，他已经放弃了希望。我还想到了印第安人，心理学家和麻醉医生。我想到了很多事情。

天色更暗了，红色霓虹灯刺眼的光线照得越来越远。我坐起来，脚踩着地面，用手按摩着我的脖子。我站起来，走过去拿起角落的洗脸盆，洗了一把冷水脸。过了一会儿，我觉得舒服了一点儿，不过还是难受。我需要喝一点酒，还需要一份人寿保险。我需要休一个假，在乡下有一所自己的房子。一件外套、一顶帽子、一把枪是我现在的全部家当。我拿起它们，离开了房间。

这栋楼没有电梯，走廊充斥着难闻的气味，楼梯的扶手挤满了灰尘。我走楼梯下楼，把钥匙扔在服务台，退了房。一位左眼长着疣子的服务员点了点头，落满灰尘的盆栽后面冒出了一个墨西哥服务员，穿着一身磨损得很厉害的制服，自告奋勇地帮我拎着箱子。但是我没有任何行李，这个墨西哥人只有带着礼貌的微笑给我开了门。

外面是一条黑黢黢的狭窄的街道，穿梭着一些胖子。街道的对面是一家宾戈游戏屋，从旁边经过一位姑娘和两位水手，貌似刚从照相馆出来，他们可能是骑在骆驼上面照的照片。热狗商人的叫卖声像是斧头一样把沉寂的夜劈开。一辆蓝色的公交车伴着刺耳的喇叭声开进了私家车经常转弯的转盘边上。我穿过这条街道。

走了一会，一股淡淡的海水味扑面而来，虽然不浓烈，但这股淡淡的味道竟能让人想起这里干净的沙滩，海浪轻涌，碧水白玉，微风轻抚，不论阴晴都能闻到海水的味道，夹杂着油炸冷汗的味道。

一辆小巴沿着宽阔的马路驶过人行道，我乘车前行，直到这条路的尽头。接着我下了车，坐在安静湿冷的沙滩上。沙滩上堆积起来的海藻都快没过我的脚背了。海面上的两艘赌船开了灯。我等着下一班小巴的到来，回到了下榻的宾馆附近。如果有人跟踪我的话，那么他完全不用跑动，我认为没有这个必要。在这个平静的小镇里，没有任何罪行值得一个侦探四处奔波。

黑黢黢的防洪堤闪着灯，清楚地照清它的长度，接着这些光亮悉数淹没在水与夜的黑暗中。滚热的油脂气味扑面而来，但是还是能够闻到海水的味道。卖热狗的商人拖着乏味沉闷的调子叫道，“饿了吗？朋友！饿了吗？好吃的热狗呀！快来吃吧！”

我看见他用一把长叉串着白花花的肉片，不停翻转地烤着。他的生意很好，而且很早之前就一直很好。我等了几分钟，他终于孤身一人了。

“最远的一艘船叫什么名字？”我用鼻子一指，问道。

“蒙特西托号。”他的表情十分平静。

“一个家伙只要有足够多的钱，就能待在那艘船上一段时间吗？”

“哪种时间？”

我笑了，带着鄙夷和粗鲁。

“热狗！”他吆喝道，“好吃的热狗！快来买呀！”他的声音慢慢降低，“女人？”

“不是。我只是想要一个吹着海风、吃着美食，没有任何人打扰我的房间，就像度假一样。”

“我没有听见你说过什么。”他转身离开，说道，然后他继续吆喝。

他的生意越来越好，我不知道他为什么讨厌我，脸上的表情带着嫌恶。一对年轻夫妇走过来买热狗，离开的时候，男孩搂着女孩的肩，互相喂着热狗。

卖热狗的男人站在离我 3 英尺的地方看着我，“现在我可以为你演奏一曲‘皮卡狄的玫瑰’，”他停顿了一下，“不过你得付钱。”他说。

“多少钱？”

“不多，50 美分。除非他们想要知道你的事情。”

“这个小镇曾经多么好啊，”我说，“现在却是世风日下啊。”

“现在它仍旧如此，”他拉长着语调说，“但是为什么问我？”

“我也不知道，”我说，我朝着柜台里扔了1元，“给孩子买点吃的，或者唱首‘皮卡狄的玫瑰’吧。”

他把钱甩得哗哗作响，然后把钱叠成细长的形状，对折再对折，接着他把钱放在柜台上，中指抵着拇指，猛地弹出。折叠的钱轻轻地打在我的胸前，四周一片死寂。我弯腰捡起，快速地转过身去，后面没有一个人看起来像侦探。

我靠着柜台，再次把钱放在上面。“从来没有人朝我丢过钱，”我说，“他们都是递给我的，你介意这样做吗？”

他看着钱，展开它，用围裙擦了擦，接着把收银机扯了出来，把钱放进了抽屉。

“他们说钱很香，”他说，“但我常常怀疑这个说法。”

我没有说话，他的生意越来越好了，客户来来往往。夜晚的气温快速地冷下来。

“如果我是你，我是不会去皇家皇冠号的，”他说，“去那个地方的全是爱贪小便宜的家伙。你看起来像一个侦探，不过这是你的事情。我希望你是游泳能手。”

我离开了他，很好奇为什么我会第一时间凭着直觉去找他。跟着直觉吃了亏。有的时候，你可能刚起床，就充满了直觉。不过，你不可能在闭着眼睛的时候，不用看菜单，就点一杯咖啡。哦，全凭直觉！

我四处溜达着，想看一下是不是有人在暗中跟踪我。我发现了一家没有散发着油炸味的饭店，挂着紫色的霓虹灯，一间鸡尾酒吧被隐藏在芦苇做的门帘后面。一个男扮女装的染着红褐色头发的人，在一个小屋内正弹着贵重的钢琴。他胡乱地敲着琴键，口中唱着斯坦尔威的歌，完全找不到调。

我仰头喝完了一杯干马提尼酒，撩起芦苇做的门帘，走进餐厅。

85 美分的晚餐吃起来像是废旧的邮件袋，而且服务员为了包含着税费的 150 美分，看我的眼神就像是要割破我的喉咙，将我撕成碎片，然后绑着一块大石头把我扔进海里。

35

我坐着出租艇行驶了路程的四分之一。这是一艘被重新涂刷的旧游艇，从头到尾的四分之三全是玻璃窗，开过固定住的其他游艇，绕过一大堆防洪堤尾部的石头。滚滚波涛毫无征兆地拍来，我们的船就像橡皮艇一样摇摆不定。但是在夜晚来临之前，我们就已经将大量的房间分配出去，让人呕吐。乘客也只有三对夫妇，一个开船的男人，他看起来凶神恶煞的，因为右臂的口袋里装了一个皮革手枪套，只能用左臂坐在凳子上一点点。我们刚离开海滨的时候，三队夫妇亲吻着彼此的脸。

我凝视着灯火辉煌的贝城，尽量不去想难吃的晚餐。所有的灯火汇聚起来，从观景窗上看出去，像是手镯上的珠宝。渐渐地，灯光变得暗淡起来，一抹橘色的光芒在海浪的边缘若隐若现。海浪十分平静，波动的浪花没有堆积起泡沫，出租艇的逆风而行让我很庆幸吃晚餐时没有喝威士忌酒。出租艇随着波浪上下摇晃，像是一条跳舞的蛇，享受着暴风雨前的宁静。海上湿冷的空气让水手们都患上了关节炎。船的左边用红色的霓虹灯把已经褪色的“皇家皇冠号”勾勒出来，结果又被幽灵般的雾气给罩住了，过了一会，灯光再次出现，跟新弹珠一样明亮。

我们保持着安全距离，从远处看去，十分漂亮。从海水中传来一道微弱的声音，这声音跃出水面，显得格外动听。皇家皇冠号像是被四根粗缆固定在码头上那样平稳前行，登船处像是露天电影院一样亮了起来。然后所有的东西渐渐变得遥远，有一只更旧更小的船趁着夜色向我们驶来。这艘船外观看起来不怎么样，一座整改过的运输机被泡沫淹没了，生锈的铁板，上层的房屋已经被摧毁到了救生甲板的那一层，上面的两根短粗的船桅只有一台收音机天线的高度。蒙特西托号灯光明亮，优美的曲调传遍湿冷的海面。相拥着的夫妻亲吻着彼此的脖颈，看着这艘船咯咯地笑。

出租艇转了一个急弯，突然的倾斜让乘客们突然躁动起来，紧靠在墙上的防撞垫上减轻倾斜的趋势。出租艇的发动机熄火了，船在浓雾中停止了前进。一盏微弱的探照灯沿着船的四周50码的范围打探了一番。

司机蓝色晚礼服上的纽扣十分抢眼，他带着明朗的笑容，满口下流话。他把船钩住，扶着一名女孩上了船，而我是最后一个上船的。他异常优雅地看着我，像是跟我说了些关于他的事情。他突然撞了一下我的肩，让我知道了更多的事情。

“停下！”他温柔地说道，“停下！”他说得十分流利，不过语气略微沙哑。一位胸前露出真丝手帕的名为哈利的男人面无表情，站得笔直，在出租艇司机的面前收紧了下巴。司机把线圈缩短了一点儿，稍微转了转方向，然后翻出了船，走在我的后面。

“朋友，十分抱歉，船上不能带枪之类的物品。”晚礼服嘀咕道。

“我会检查的，这不过是我衣服的一部分。我是布鲁内特的朋友，在工作上有些事情需要见他。”

他微微地笑了笑：“别听他瞎说，伙计，别管他。”

出租艇司机勾住我的右臂。

“我要见布鲁内特！”我的声音十分虚弱，像是一个老妇人的声音。

“我们不要争辩了。”大眼睛的小伙子说道，“我们现在不是在贝城，更不是在加利福尼亚州，哪怕是在美国，你也不能提出这样的要求。滚开！”

“回到船上去，”司机在我后面吼道，“我欠你 25 美分，走吧！”

我回到了船上，晚礼服盯着我一直笑，却不说话。我也盯着他看，直到他不再微笑，不再是一张脸，不再是任何东西，而是在码头灯光下的一个模糊的身影。看着看着，我觉得饿了。回去的路似乎更长，我和出租艇司机两两相顾无言。当我走下码头时，他递给了我 25 美分。

“换一个晚上吧，”他漫不经心地说，“当我们有房间接待你的时候。”

等待着上船的六个乘客看着我，听他说道。我从他们身边走过，经过狭小的休息室的门，朝着通向陆地窄小的台阶走去。

一个流氓穿着破旧的胶底运动鞋，满是油迹的裤子，顶着一头红发，一边脸印着黑色条痕，蓝色水手服的左侧已经裂开了。他搭着扶手径直走过来，无意中撞了我一下。

我停下脚步看着他，他的块头太大了，差不多比我高 3 英寸，壮 30 磅。但是，这对我来说是一个好机会，即使我的胳膊像是木制的，也可以一拳打碎他的牙。

光亮从他背后打过来，四周变暗了。“朋友，怎么了？”

他慢吞吞地说道：“在这个该死的船上什么也干不了！”

“先补补你的衬衫吧，”我说，“你的肚子都露出来了。”

“可能还会更糟，”他说，“在灯光下暴露出来的手枪更适合那里。”

“你的鼻子怎么被打扁了？”

“天啊，什么事都没发生。仅仅是好奇而已。请勿见怪，伙计。”

“该死的，很好吧，请让一让。”

“当然，我只是在这里休息一下。”

他的笑容十分疲倦，说话的声音十分温柔，轻飘飘的，这对于一个大块头来说很让人吃惊。这让我想起了另一个我很喜欢的、说话温柔的大个子。

“我的方法是错误的，”他悲哀地说道，“叫我瑞德就行。”

“让开，瑞德，好人总是容易犯错。我总觉得有什么事情会对我不利。”

他若有所思地看着我，踌躇不决。他把我拉到船上一个隐蔽的角落，我们看起来多多少少有点孤单。

“你想上蒙特西托号？如果你告诉我缘由，我就带你上去。”

一些穿得光鲜亮丽的乘客面带笑容地从我们身边走过，坐进了出租车里。我等他们走远。

“这个理由值多少钱？”

“50 元，如果你坐我的船再加 10 元。”

我上下打量一下他。

“25 元，”他轻声说道，“如果有人跟你一起回来就 50 元。”

“我没有朋友。”我说着走远了。他也没有喊我停下来的意思。

我沿着水泥人行道向右转弯，拐了进去，这条路上许多小车来来往往，看起来像是开着婴儿车一样，吹着小喇叭，这样就不会吓到那些孕妇了。在第一个码头的下面有一家宾戈游戏屋闪烁着灯光，早已经宾客满堂。我走了进去，在几名玩家身后靠着墙站着，这里也站着一些其他的人，都在等一个坐的位置。

我看到电表上的数字一直上升，听着其他的玩家叫嚣着让他们离开，甚至试着去找出老板，可是毫无进展，我转身离开这家店。

那个身穿蓝色衣服的大个子突然站在我身边，一股柏油的味道迎面而来，“你是没有现金，还是单纯的没钱？”他的声音犹如绅士般优雅。

我看向他，我从来没有看过这样一双眼睛，仅仅在书里读到过。他的眼睛犹如紫罗兰一般，全是紫色，看起来像是女孩子的眼睛，而且是一个非常漂亮的女孩子。他的皮肤如丝绸般顺滑，脸颊微微泛红但是绝不会是棕褐色的，看起来十分柔弱。他看起来比海明威年轻几岁，也比他更壮一些，然而还是没有驼鹿马洛伊强壮，不过看他的腿，动作应该很敏捷。他的头发是暗红色的，微微泛着金光。但是忽略眼睛，他的脸就像是农民一样普通，跟英俊完全沾不上边。

“你到底是谁？”他问道，“私家侦探？”

“我为什么要告诉你？”我大声说道。

“果然没错，”他说，“你觉得25元太贵了吗？难道你没有报销账单吗？”

“没有。”

他叹了口气，“无论如何，我有一个不祥的预感。”他说，“他们会把你撕成碎片扔出来的。”

“这个我一点也不惊讶。你到底是谁呢？”

“不过是到处混饭吃罢了。我曾经是警察，后来被他们开除了。”

“为什么告诉我？”

他看起来很诧异，“因为我说的是真的。”

“你以前一定很厉害。”

他微微笑了笑。

“听说过一个叫做布鲁内特的人吗？”

他的脸上保持着淡淡的笑意，三个赌徒坐成一排，很快便把钱输光了。一个鹰钩鼻的男人瘦瘦高高的，面色土灰，脸颊深深地陷了进去，满脸皱纹。他朝我走近，靠在墙上，完全不看我。瑞德微微地朝他那边靠了靠，问道：“朋友，有些事情我想告诉你，可以吗？”

鹰钩鼻的高个子男人咧嘴笑了笑，走开了。瑞德露齿而笑，猛地靠在墙上。

“我认识一个家伙，他可以把你抓起来。”我说。

“我希望你能认识更多的警察，”他的语气很严肃，“万事不可能都为他策划好，那个大个子总得花钱的。他需要花钱吃饭，买衣服，而且不能穿着鞋子睡觉。同理，你可能认为这里不是适合说话的地方，但是其实它是。我将会知道所有的告密者，除此之外的其他人只关心数字的变化，不会在意其他的事情。我们可以选择另一条道路过去。也就是说，我将租一艘船，沿着河道往前走，有一个没有灯光的码头。我能打开在蒙蒂的一个装货港口。我有时会运一些东西出去。甲板下面也没有几个人把守。”

“他们有探照灯和盯梢塔。”我说。

“我们能成功的。”

我掏出钱包，抽出一张二十、一张五元的钱，贴在腹部，接着把它们折叠得很小。这双紫色的眼睛看着我，面无表情。

“单程？”

“说好了 15 元的。”

“行情涨了。”

满是油迹的手拿过钱，默默地走开了，渐渐融入到门外热闹的黑暗中。鹰钩鼻的男人站在我的左边，神神秘秘地说道：“我想我认识那个穿着水手衣服的男人，他是你朋友吗？我以前见过他。”

我离开墙站直身体，一言不发地从他身边走过，走出门往左拐，看见 100 英尺远的地方，有一个高个子从一盏路灯走到另一盏路灯。几分钟过后，我走进两个棚屋的中间，鹰钩鼻的男人再次出现在我面前，眼睛盯着地上闲逛着。我走到他身边。

“晚上好，”我说，“我猜你是为了 25 块钱吧？”我看着他，皱巴巴的外套里是一把枪。

他面无表情地看着我：“小子，你很欠揍，知道吗？在这个地方，我说了算。”

“现在是谁说了算？”

“你的朋友看起来有点眼熟。”

“当然，他是一个警察。”

“哦，该死的。”鹰钩鼻的语气变得忍耐，“这就是我见过他的原因，晚安。”

他转身折返。大个子已经消失在视线范围之内了。不过我一点儿也不担心。我对那家伙没有一点不放心。

我慢悠悠地走着。

36

我的思绪越过路灯，越过嘟嘟作响的小巴车，越过难闻的热油、爆米花、小孩子的吵闹以及马戏团的表演，越过了一切除了海水的味道和突然清晰的海岸线，以及拍打着海滩的海浪。我独自一人漫无目的地闲逛着，喧嚣声在我的身后消融，不真实的、灼热的光线变成模糊刺眼的光。在黑暗中，一座黑色码头突然露出模糊的轮廓来，应该就是这里。我转身朝着它走去。

瑞德靠着一大堆箱子的前端站起来，对着我说："行了，你先去舷梯阶梯，我马上去启动，把船开过来。"

"有一个海滨警察跟踪我，就是在宾戈游戏屋里的那个家伙。我不得不停下来跟他搭话。"

"他叫奥尔森，专抓扒手的警察。他人不错，只是偶尔会专门掉一些皮革物品，让它被捡到，以保证他的逮捕记录。这成了他的一个污点，不是吗？”

“在贝城，这样做很正常。我们走吧，我来解缆绳吧。我不想把这些雾气弄散了，虽然会影响可视距离，但是对我们来说很有帮助。”

“这些雾气足够阻隔探照灯，”瑞德说，“他们的救生艇甲板上有汤姆枪，你先上去，我在后面跟上。”

他渐渐消失在黑暗中，我走上了漆黑的甲板，木板像是涂了鱼的黏液般打滑。远处有一架低矮破旧的扶手，一对夫妇在墙角卿卿我我。男的大声咒骂着，带着女的离开了。

大约 10 分钟后，传来了拍打水的声音。一只夜莺在黑暗中噗噗作响，它径直从我面前飞过，消失在黑暗中，我看见它的翅膀是淡灰色。头顶上空一架飞机嗡嗡直响。远处传来一个发动机嗡嗡的喧闹声，这个声音一直持续着，比六辆卡车的发动机还要响。过了一会，这个声音渐渐地减小，突然戛然而止。

又过了几分钟。我又回到了舷梯阶梯，我把阶梯往下移，就像是一辆车在湿滑的路面上行驶般小心翼翼。一个模糊的形状突然在黑暗中凸现出来，什么东西发出砰的一声。一个声音说道：“都准备好了，进来吧。”

我走进船里，坐在他旁边的屏风边上。船在水里前行着，除了船两侧的拨水声，没有发出任何声音。贝城的灯光再一次亮了起来，这道灯光变得暗淡了，像是起伏的波浪。我再次看到皇家皇冠号明亮的灯火在海面的另一边熠熠生辉，这艘船看起来像是转台上面一个时装模特儿般闪亮。也再次看到了蒙特西托号从太平洋中缓缓展现出来，顶端的探照灯平稳缓慢地扫射着四周，就像是一座灯塔。

“我很害怕。”我突然说道，“我真的很害怕。”

瑞德启动节流阀，让船随着水波上下漂浮，犹如地下的水流动着，船却停留在原地。他转过头看着我。

“死亡和绝望让我恐惧，”我说，“黑压压的水面，溺死过的人脸以及眼窝空洞洞的骷髅头，都让我极度恐惧。我害怕我会死，害怕一事无成，害怕我找不到一个叫做布鲁内特的人。”

他轻笑道：“你有我陪着呢，给自己打打气吧。布鲁内特肯定在某个地方，可能在船上，可能在他自己的俱乐部，可能在美国东部的某个地方，可能在里诺市，也可能穿着拖鞋在家里。这些就是你想要的？”

“我想找一个叫马洛伊的大浑蛋，他因为银行抢劫案在俄勒冈州蹲了八年监狱，前不久刚放出来。他躲在贝城。”我把这些事情告诉他，这比我原本打算的还要多。这肯定是因为他那一双眼睛。

最终，他思考了很久，才慢吞吞地开口说话，他的话像是被捆绑成团的雾气，或是胡子上的水珠。可能这会显得他更聪明，也可能会适得其反。

“你说的有一些讲得通。”他说，“但是有一些却不。有些事情我不知道，而有些事情我却知道。如果这个桑德伯格经营一个藏匿点，贩卖大麻，而且还安排一些有着动物贪婪本能的家伙从富婆那里抢劫珠宝首饰，这显然证明他在政府里面有人。但是这并不意味着那人知道他所做的事情，也不能说明所有的警察都认识他，并帮他做事。有可能布莱认识他，而你口中的海明威却并不认识他。布莱这个人太坏了，另一个警察的处境却很艰难，既不好也不坏，既不做不正当事也不忠诚，他精力充沛，只能装聋作哑。就像我，认为做警察是一条谋生的明路。这个是心理医生也很难辨别的。他为自己买了一把最好的保护伞，贝城则是他需要的时候才利用一下。你不知道像那样的家伙能做些什么，所以你更不会知道他有他自己的底线以及他害怕什么。可能他的客户有时也会被骗，你知道的，那些富婆比纸人更容易对付。所以我觉得你被留在桑德伯格那里，仅仅是因为布莱知道桑德伯格会因为你的身份不知道怎么处置你，他既不能让你离开，又不能给你一棒。而且桑德伯格将他们告诉他的说给你听，他们发现你神志不清地在街上晃悠。接着一段时间过后，布莱又去了桑德伯格那里为他自己加赌注。这就是事情的根由。仅仅是他们可以利用你，而且他们这样做了。布莱应该认识马洛伊，这一点并不奇怪。”

我听他说完，盯着右侧海面上的出租艇在缓慢散射的探照灯下来来回回地行驶。

“我知道那些家伙的想法，”瑞德说，“警察的问题不是他们是哑巴，或做些违法的勾当，又或者是处境艰难，而是他们想以警察身份做一些以前不能做的事情。可能只是做了一两次，而且不会再犯。他们被更聪明的一些人推到了风口浪尖处，诱导我们去找布鲁内特。他没有掌管这个城镇，也不想找麻烦上身。他花了那么多钱去竞选市长，只是为了不让他的出租艇遇到麻烦。如果还有其他一些事情是他想要的，他们将会满足他。像之前他的一个律师朋友，因为酒驾被逮捕了。布鲁内特花钱把作案程度降低成大意驾驶，他们顶着重罪修改了作案记录。这可能给了你一个思路，他的行当就是赌博以及与赌博相关的事情。所以，他买卖大麻，或者是帮他的一个朋友经营大麻。他有可能认识桑德伯格，也有可能不认识。但是珠宝抢劫案应该跟他没关系。那些家伙抢了珠宝却只要 8000 元，如果是布鲁内特做的这件事情就很搞笑了。”

“是的，”我说，“你还记得有一个人被杀了吗？”

“他既不会那样做，也不会做那样的事情。如果布鲁内特干了那样的事，你不会发现尸体的，也猜不透他们心里的想法。为什么要冒险呢？你看我为了 25 块做了什么？布鲁内特应该怎么花那么多钱？”

“他会不会杀人呢？”

他思忖了片刻：“他会。他有可能那么做。但是他没有那么残忍。这些勒索者是新人。我们以这样的角度来看，我们考虑往昔的强盗，或者脾气暴躁的朋克族。守不住秘密的警察会在收音机上大声播报，他们都像黄鼠狼一样胆小，只会杀小孩和女人，如果看见身穿制服的警察则会嚎叫着乞求怜悯。他们应该知道得更多，而不是试图背叛公众，仅仅是一小部分的警察。关于高层的人，也就是像布鲁内特那样的人，他们不会为达目的而杀人，仅仅用勇气和头脑就足够，而且他们跟警察一样没有勇气。但是不论怎样，他们是商人，就像其他的商人一样是以钱为目的的，有时某个家伙也会变坏阻挡其他人的路。好吧，不说了。他们会在做之前全面考虑的。我讲这么多有什么意义呢？”

“像布鲁内特这样的人是不会藏匿马洛伊的，”我说，“在他杀了两个人后。”

“不，或许有一些比钱更重要的原因。我们需要回去吗？”

“不。”

瑞德双手握着方向盘，船加速前进。“不要认为我喜欢这些浑球，”他说，“我恨死他们了！”

FAREWELL MYLOVELY

37

旋转的探照灯扫射着距船将近100英尺远的海面，像是苍白模糊的手指掠过海面一样。看上去更像是虚张声势，尤其是在晚上的时候。任何人想要劫持这样一艘赌船，需要大量的帮手，而且不能把时间拖到凌晨四点之后，因为这个时候的赌徒会少一些，留下来的都是些赌红了眼的人。而且工作人员因为疲劳变得行动迟缓。即使如此，这个时候也并不容易赢钱，因为曾经有人试验过。

一辆出租艇拐进登船处，等赌徒们都上了船后，便沿着海岸开走了。瑞德把引擎启动着，将快艇停在探照灯的范围之外。如果他们稍微把灯往上面抬一点——哪怕是为了好玩，就能发现我们，不过他们没有这样做。探照灯阴暗的光线扫在海面上，海水泛着黑亮，快艇以风雷电掣之势穿过探照灯的扫射区域，靠近船尾的底部，越过两根巨大的缆绳。我们悄无声息地沿着满是油迹的船侧前行，就像是酒店服务员委婉地劝解一个皮条客离开大厅。

两扇铁门隐约出现在我们的头顶，它们看起来太高了，很难爬上去，而且即使我能上去，这两扇门也重得打不开。快艇不时撞击着蒙特西托号破旧的船身，海浪轻轻拍打着我们脚下的快艇。我旁边压下来一道高大的影子，接着，一圈绳子向空中飞去，挂在了船上的某个地方后绳子的尾端才掉进了水里。瑞德用一根钩竿把绳子捞起来，拉紧之后把绳子绑在发动机上固定好。雾气太浓，足以让所有的事情都变得不真实，潮湿的空气像爱的余烬般冷彻人心。

瑞德靠近我，呼吸的气息搔在我耳上："绳子挂得太高了，如果刮大风，绳子会被吹掉的。即使如此，我们还是得爬上去。"

"我都等不及了。"我的声音微微颤抖。

他把我的手抓着放到方向盘上，按照他的设定把节流阀和航行角度调好，然后让我把好方向盘。有一排铁梯在船身附近，弯曲地架在船体的外侧，不过这个阶梯看起来像是打了润滑剂一样。

爬上船就跟翻过一栋办公室大楼一样的惊险刺激。瑞德把双手用力地在裤子上擦干净，抓住了绳子。他轻轻地把自己往上拽，甚至都没有喘气声，他的胶底运动鞋蹬着铁梯，为了提升牵引力，他的身体绷得笔直，都快与船板成直角了。

我们已经不在探照灯的扫射范围之内了，水面将灯光反射在我的脸上，清楚得就像打着照明弹一样，幸好没有任何人发现。接着从我头顶传来铁链沉重迟钝的嘎吱声，一道模糊的微黄色光线在大雾中闪了一下，又消失了，将运货舱口的轮廓照亮了一半，然而让我困惑不已的是这运货舱口看起来并不像是从里面上锁的。

一阵低语声传来，却没有任何意义。我松开方向盘，开始往上爬。这是我此生最艰难的时刻。爬上去的时候我已经气喘吁吁了。散发着酸臭的货舱里，装货箱、机筒、卷绳以及生锈的铁链凌乱地搁在地上。老鼠在幽暗的角落里吱吱作响。一束灯光从远侧的一个狭窄的门中渗了进来。

瑞德附在我耳边说，"从这里一直往前走，便是锅炉房。那里有一个备用的蒸汽机，因为这艘船用不了内燃机。可能会有一个家伙守在那里。其他的工作人员，像游戏厅里的发牌人、裁判、服务生，他们都在上面，因为那儿能拿到双倍的钱。他们都是签了类似船员的合约后才上船的。到了锅炉房，我会带你去一个没有设铁栏的通风口，它通向救生艇甲板，那里一般人都是不能进去的。一旦到了那里，只要你还能喘上一口气，就只能靠自己。"

"在这艘船上你肯定有亲戚。"我说。

"还有更有趣的事情，你会很快回来吗？"

"我可能会从救生艇甲板上纵身一跃跳下去。"我拿出钱包说道，"我想这一趟值更多的价钱，拿着，好好照顾自己。"

"你不欠我任何东西了，朋友。"

“这是回程的钱，即使我用不了。在我眼泪打湿你衬衫之前拿着这些钱。”

“需要我陪着你一起吗？”

“我只需要流利的口才，不过，我的舌头此时却如同蜥蜴的后背一样僵硬。”

“收好你的钱，”瑞德说，“你已经付给我钱了。我想你一定是太害怕了。”他握紧我的手，他的手十分有力，坚硬，带着暖暖的湿意。“我知道你害怕。”他轻声说道。

“无论如何，我会战胜它的。”我说。

他带着一种奇怪的表情转过身去，光线太暗了，我压根看不清楚他到底是什么意思。我跟着他穿过箱子和机筒，跨过凸起的铁门槛，走进一条充满轮船味的昏暗的走廊。出了走廊是一个四周铸满铁栏的平台，满是油光，有一条钢梯直通楼下，但是却很难站住脚。燃油器里注满了空气，发出了缓慢的滋滋声，湮没了其他的声音。我们转身朝滋滋声走去，从一堆废铁边上经过。

转过弯，我们看到了一个矮小邋遢的意大利黑人。他穿着紫色的丝绸衬衫，坐在灯泡下面的椅子上，这把椅子是用铁丝网做成的。他手里拿着晚报，边读边用黑黑的手指指着，鼻梁上的铁框眼镜多半是从他祖父那辈传下来的。

瑞德悄无声息地站在他的身后，轻声说道，“嗨，小子，其他的人怎么样了？”

意大利人哒的一下张开嘴，吓得他一只手扯着紫衬衫。瑞德对准他的下巴一拳打下去，抓住他轻轻地放在地上，把他的紫衬衫撕成一条一条的。

“这可比刚刚的那一拳让他更难过，”瑞德轻声说，“但是不这样做，如果穿过通风设备，下面会听得到很大的响动。所幸，现在他们听不到任何声音。”

他手法熟练地把意大利人捆住，塞住了他的嘴，把他的眼镜取下折好，收在一个安全的地方。我们来到通风口悄然无声地继续前行。抬眼望去，黑暗笼罩了一切，什么也看不清。

“再见。”我说。

“可能你需要一个帮手。”

我像一只湿了的狗一样甩着头：“那我需要一支陆战队。但是，要么我一个人去，要么不去。再见。”

“你需要多久？”他的声音听起来有点担心。

“一个小时左右。”

他盯着我，下意识地咬了咬嘴唇。然后他点了点头，“一个人有时确实得这么做，”他说，“如果你有时间，欢迎再来宾戈游戏屋。”

他迈着轻巧的步子离去，走了四步，又折返回来，对我说道，“那个开放的装货舱口，你记住了，可能你会用得到。”说完，快步离开。

38

通风管道到达底端还有很长的距离，里面冷空气直灌。不过短短三分钟，仿佛是一个小时般漫长，我终于可以把头探出一个类似喇叭状的出口。附近停靠的帆布帆船，像是一堆污点围绕在这艘船周边。黑暗中传来了一阵呓呓低语。探照灯的光线慢慢地转着圈。声音来自高处，可能是站在我头顶上某处伫立着粗短桅杆的天台栏杆边上。可能这个小伙子身上带着汤姆枪，甚至是一把轻巧的勃朗宁手枪。如坠冰窖的处境让我觉得那个离开时没有将装货舱口锁上门的人是如此可爱。

远处飘来的音乐听上去像是从廉价收音机发出的盗版声音。高处的桅灯静静地照着云雾缭绕的高台，一仰头，寥寥无几的寒星尽收眼底。

我从通风管道中爬了出来，从肩上的枪套里取出 38 口径的手枪，用袖子遮挡着紧贴着胸。我蹑手蹑脚地走了三步，竖着耳朵听着身边的动静。没有任何异常。嘀嘀咕咕的讨论声没有了，但却不是因为我。我终于知道了声音的来源——两艘救生艇中间，鬼鬼祟祟的。透过黑暗和浓雾，淡淡的灯光聚集在一起，照亮了三角架上的机关炮，炮口越过横杆朝下耷拉着。两个男人站在旁边，毫无动静，也没有抽烟，不过一会儿，他们又开始低声交谈，声音太小了，我什么也听不到。

我站在那里听他们说了很久，突然，一个声音从我后面冒出来。

"非常抱歉，客人禁止上救生艇甲板。"

我慢慢地转身，看着此人的手，有点脏，不过没拿任何东西。我点点头从一旁走过，直到一艘小船挡住了我的身影。那个男人慢慢地跟着我，他的脚步在潮湿的甲板上没有发出一丝声音。

"我想我迷路了。"我说。

"我想也是。"他的声音很年轻，也没有冷冰冰的责怪。"在升降扶梯的底部有一扇弹簧门，那扇门锁得很牢固。那里有一条楼梯通道，不过被铁链锁住了，而且挂有黄铜警示牌。但是，我们还是常常发现一些不安分的游客会跨过那里。"

他一直嘀咕抱怨着，可能是在向我展示友好，也可能是在等待什么出现。我不太清楚他的意图，说道："也许是有人打开了那扇门。"

他比我矮，所以，我看到一个黑乎乎的头点了点。

“不过，你应该站在我的立场上想想。如果有人打开了门，老板会很生气的。但是如果没有人打开门，我很好奇你是怎么上来的。我想你应该明白。”

“这很简单，我们下去直接找你们老板吧。”

“你一个人来的？”

“有几个同伴。”

“你应该和他们待在一起。”

“你明白的，有时候你不过一转头，便会有很多家伙围着他转。”

他轻声一笑，点了点头。

我弯下腰，弓着背闪到了一边，横扫过来的铁棒夹杂着簌簌声，这一棒毫无保留。最近开始，身边的铁棒都自然而然地往我身上扫来。打我的是一个高个子，信誓旦旦地想再给我一棒。

我说，“再往前，你就英勇就义了。”

我把保险栓拉响。

虽然这样做很无耻，但却很有效。高个子停住了前行的脚步，我能看到他手腕中舞动的铁棒。跟我交谈的那个家伙不慌不忙地站在那里思考着什么事情。

“没有用的，”他很严肃，“你不可能逃得掉。”

“我也不想逃，不过，你并不在乎我的想法。”

现在的局面很不愉快。

“你想做什么？”他轻声问道。

“我有枪，”我说，“但是我没有必要开枪，我只是想跟布鲁内特说点事。”

“他去圣地亚哥出差了。”

“那让我和他的代理人见上一面。”

“你真难缠，”矮个子说道，“我们走吧。在我们走进那扇门前放下枪。”

“当我确保我能够安全走过那扇门时，我自会放下枪的。”

他无所谓地笑道，“去忙你的吧，斯利蒙，我会盯着他的。”说完，他满不在乎地在前面带路，高个子渐渐地消失在黑暗中。

“那么，跟我走吧。”

他走过甲板，下了古铜色的不好下脚的楼梯。底部是一扇厚重的大门，他打开门，看着锁，笑着点了点头。他为我把门推开，我走进去，把枪揣进口袋。

关门声从我们身后传来，他说：“到目前为止，今晚很平静。”

我们面前是一座镀金的拱门，穿过去便是一间人数不多的游戏厅。这里跟普通的游戏厅相比，没有什么特别之处，不远处的墙角，有一个玻璃吧台和几把凳子。房间中央的楼梯是通往楼下的，震耳欲聋的音乐声从底下传来，不过一会儿音乐就停了。我听着轮盘转动的声音，一个工作人员将法罗牌递给一位孤身前来的顾客。整个游戏厅不超过六十个人，玩法罗牌的桌子堆满的筹码都够开一家银行了。这个玩家是一位头发花白的老人，他对庄家态度谦和，但是又不过度谄媚。

两个身穿晚礼服的男人在拱门那里安安静静地踱着步，眼中毫无焦点。这很正常。他们朝着我走来，矮个子站在我身边等着他们的到来。他们穿过拱门前，将手伸进身侧的口袋里，肯定是拿香烟。

“从现在起，我们需要定一点规矩。”矮个子说道，“我想你不会介意吧？”

“你是布鲁内特。”我突然开口。

“不然呢。”他耸耸肩。

“你看起来一点也不粗鲁。”我说。

“我也不希望如此。”

穿着晚礼服的两个人静静地站在我两侧。

“进去说话吧，”布鲁内特说，“我们可以随意一点。”

他打开了一扇门，我被身侧的两个人带了进去。

这个房间像是船舱，却又不完全像。两盏古铜色的灯用平衡环悬挂在一张深黑色的书桌上空，书桌不是木质的，看起来像是塑料。在房间的尽头，摆放着一张漆成木纹的双层木床。下铺看起来很整洁，上铺的唱片都快堆满一半的位置了。跟床铺相对的角落里还有一个小小的吧台，旁边还摆放着一座组合式的收音电唱两用机。房间内还有一把红色皮革长靠椅，红地毯上摆放着一张烟缸拖座台和一台茶几，茶几上搁着几支香烟、一瓶酒和几个杯子。

“坐吧。”布鲁内特边说边踱着步绕到书桌背后。书桌上有一台记账机器和许多按照价格分成专栏的商业文件。他坐上一把高背靠椅，往后仰了仰，上下打量着我。然后他又站起来，脱下围巾和外套，扔在一边后再坐下。他拿起一支笔挠着一侧的耳朵。他的笑容看起来像一只猫。不过我喜欢猫。

他看起来像是不惑之年，身材适中。他应该用了很多时间去海边，把皮肤晒成健康的小麦色。深棕色的头发原本就卷得很自然，更别说船上常年的海风吹动了。他前额很窄，不过看起来很聪明，眼中带着淡淡的威严。在灯光的照耀下，都泛着淡黄色。他的手很漂亮，不像婴儿那样肤如凝脂，不过也保养得不错。他的晚礼服因为颜色太黑不好辨别颜色，不过我想应该是深蓝色的。他的过人之处应该过于夸大了，不过，这只是我的猜忌。

他静静地盯着我看了很长时间，才开口说话："他有枪。"

其中一个大个子站在我身后，用什么东西——总之不会是渔竿，抵着我的脊背，搜了我的身，夺走了枪。

"还有其他事情吗？"一个声音问道。

"暂时没有。"布鲁内特摇了摇头。

其中一个枪手把我的手枪从桌子上滑给布鲁内特。布鲁内特放下笔，拿起一把开信刀，另一只手拿起我的枪在他的笔记本上轻轻地转着。

"好了，"他轻声说着，眼光越过我的肩头，"还需要我告诉你该怎么做吗？"

其中一个家伙快步走出房间，关上门，另一个像是隐形般站立不动。我们陷入了长时间的沉默中，远处传来的深沉的嗡嗡声以及楼下某处微妙的颤抖声混合在一起，打破了沉默。

“喝点吗？”

“好的，谢谢！”

大个子走到吧台，调了两杯酒。当他调酒的时候压根没有试图将杯子藏起来。他将托着两杯酒的黑色酒托放在桌子的一边。

“抽烟吗？”

“好的，谢谢！”

“埃及烟可以吗？”

“当然。”

我们点燃了烟。酒喝起来像是纯酿的苏格兰威士忌，那个大个子没有喝酒。

“我想……”我切入正题。

“非常抱歉，但是这个真的不重要，不是吗？”他的脸上挂着猫般温顺的笑容，眼睛慵懒地半合着。

门开了，另一个晚礼服咧着嘴走了进来，他死死地盯着我，脸色泛白。

“他不是从我那里进来的。”他的语气很快，嘴角抿得很紧。

“他身上有枪，”布鲁内特用拆信刀划着枪，说道，“刚刚在救生艇甲板就是这把枪，不偏不倚地抵在我的后背。”

“老板，他不是从我那里上来的。”晚礼服即刻回道。

布鲁内特微微抬起他浅黄色的眼睛，笑看着我：“是吗？”

“把他赶出去，”我说，“另行处置吧。”

“出租艇司机能够证明。”晚礼服不死心地说道。

“5 点半以后你有离开过登船处吗？”

“一分钟都没有，老板。”

“这不是答案，一分钟也能叫一个帝国毁灭。”

“一秒钟也没有，老板。”

“但是他可以这样做。”我笑着说。

晚礼服对着我横着飞来一拳，就像一道鞭子向我袭来。这一拳都快打到我的太阳穴了，却发出了砰的一声迟缓的重击。他的拳头像是在半空中融化了，整个人跌倒在一旁，抓着书桌的一个脚，躺在地上挣扎着。有机会看到别人被狠敲一下，别提有多痛快了。

布鲁内特一直看着我笑。

“你希望你没有陷他于不义，”布鲁内特说，“升降扶梯门的问题亟待解决啊。”

“很可能只是碰巧而已。”

“你对这件事有其他看法吗？”

“没有，这里有这么多人呢。”

“我想和你单独聊聊。”布鲁内特说，眼睛死死地盯着我。

大个子将晚礼服扶起来，拽着他穿过这个房间，打开了一扇内门，走了进去。房间的门再次关上了。

“好吧，”布鲁内特说，“你到底是谁，你想干什么？”

“我是一个私家侦探，我有些事情想要找一个叫做驼鹿马洛伊的家伙说清楚。”

“给我看看你的侦探证件。”

他看完我的证件，将钱包沿着桌面扔还给我。他深褐色的嘴唇向上挑着，一直保持着微笑，不过笑容却极其不自然。

“我正在调查一起谋杀案，”我说，“被杀的是一个叫做马里奥特的人，上周四他在你的观景台附近的断崖被杀的。这起谋杀案恰巧和另一起谋杀案有关系，死的是一个妇女。这起谋杀案是马洛伊干的，他有过抢劫银行的前科，是一个彻头彻尾的坏蛋。”

他点点头：“我还没有问你，这些事情与我有何关联。不过，你会告诉我的。让我想想，你是怎样登上我的船的？”

“我已经告诉你了。”

“那是骗人的，”他温柔地说道，“你是马洛，对吧？那都是谎话，马洛。你知道的，登船处的那个小子是不会说谎的。我选择手下很谨慎的。”

“你拥有着贝城的绝对话语权，”我说，“我不知道这有多厉害，但是足够你做你想做的事情。一个名为桑德伯格的男人运营着一处藏匿点，干着贩卖大麻、抢劫、私藏罪犯的勾当。当然，他这样做不可能没有关系。我想，如果没有你的支持，他做不了这些勾当的。马洛伊曾待在他那里，不过后来离开了。马洛伊有7英尺高，很难躲藏的。我想，他可能藏到了赌船的某一个地方。”

“你想得太简单了。”布鲁内特轻声说道，“如果我要藏匿他，我为何要拼着这么大的风险带他上船？”他抿了一口酒，

“这毕竟是我的另一桩生意，维护出租艇服务的一堆麻烦事都已经很棘手了。世上到处都有地方能够躲藏，只要他有钱。你能有一个更好的想法吗？”

“有是有，不过让它见鬼去吧。”

“我帮不了你，所以告诉我你到底是怎么上船的吧？”

“我不能说。”

“马洛，那我就只能让你开口说了。”古铜色灯具照出的光，把他的牙齿照得雪亮，“那样的话，你什么都会说的。”

“如果我告诉你，你能帮我给马洛伊带个信儿吗？”

“你想说什么？”

我掏出我的钱夹放在桌上，从里面取出一张名片翻了一面放下。我将钱夹放回口袋，拿起一支铅笔，在上面写了五个字，然后将名片推给布鲁内特。他拿起名片，看了看我写的字，说道，“这对我来说毫无意义。”

“对马洛伊来说，意义重大。”

他向后靠了靠，眼睛瞪着我，“我不明白，你冒着生命危险来到这里，就只是让我给一个我不认识的家伙带一张名片。这完全说不通。”

“如果你不认识他，才是毫无意义的事。”

“为什么你不把枪留在岸上，通过正常的方式上船？”

“刚开始忘了，接着那个固执的晚礼服不让我上船，后来我偶然碰到一个家伙，知道另一条路能上船。”

他黄色的眼睛亮得像是刚点燃的火焰，面带笑容，一言不发。

“那个朋友是好人，只是消息灵通罢了。你的装货舱口没有从里面锁门，而且通风管道的铁栏已经被挪开了。打倒一个家伙就能上到救生艇甲板上来。你最好盘查一下船员名单，布鲁内特。”

他的嘴唇微微动了动，再次看了看名片，“这艘船上没有叫马洛伊的家伙。”他说，“但是如果你说的这些都是真话，我会传达的。”

“好好盘查一下吧。”

他一直低垂着眼：“如果我能用我的方式给马洛伊传话，我定当尽力。尽管我自己都不清楚为什么要蹚这趟浑水。”

“派人查一查装货舱口。”

他静静地坐了一会儿，然后向前倾了倾，将枪沿着桌面推到我面前。

“我会的。”他若有所思地说着，又像是自言自语，“我掌控这个城市，当选市长，收买了警察，贩卖大麻，私藏罪犯，抢劫老妇人的珠宝时错手勒死了她。我有这么多时间去做这些事情，”他突然笑道，“这么多的时间。”

我把枪收到胳膊下面，布鲁内特站了起来，“我对你没有承诺，”他说，眼神稳稳地看着我，“但是我相信你。”

“为什么不呢？”

“你冒了这么大的险，收获却颇微。”

“是的。”

"好吧……"他毫无意义地挥了挥手，然后伸出手来。

"和笨蛋握握手吧。"他轻声说道。

我握住了他的手，他的手掌很小，带着点温暖，而且十分结实。

"你还是不打算告诉我，你是怎么发现那个装货港口的吗？"

"不能说，但是告诉我的那个人是个好人。"

"我可以让你开口，"他刚说完便摇了摇头，"不过，已经相信你一次了，也不介意再信你一次。坐下来，再喝一杯吧。"

他摁响了门铃，后门打开了，刚刚的那大个子走了进来。

"待在这里，如果他乐意的话，让他喝个痛快，态度好点。"

这个家伙坐下来对着我冷冷地笑。布鲁内特快步离开了房间。我抽着烟，喝完了酒。他又给我倒了一杯，我再次一仰而尽，再点了一支烟。

布鲁内特回来了，在角落的洗漱台洗了洗手，又坐回了办公桌后面的椅子上。他对着大个子扬了扬头，大个子默默地退了出去。

这双黄色的眼睛研究着我，"马洛，你赢了。我有164名船员，好吧……"他耸耸肩，"你可以乘坐出租艇回去，不会有人找你麻烦的。至于你要我捎的信儿，我会利用我的关系网帮你传达的。晚安，可能我应该对你说声谢谢，因为你帮我找到了破绽。"

"晚安。"说完，我站起来走出了办公室。

登船处换了一个人，我乘坐了一辆与众不同的出租车到了海岸边。我一直往前走，走进那家人满为患的宾戈游戏屋，靠在墙上。

过了几分钟，瑞德出来了，站在我边上靠着墙。

“很简单嘛，啊？”瑞德轻声说道，跟桌前嘶声力竭叫喊着数字的家伙形成鲜明对比。

“谢谢你，他答应了我的请求，不过他看起来满心忧虑。”

瑞德犹豫了一下附在我耳边问道：“见到想见的人了吗？”

“没有，不过我希望布鲁内特能够给他传达几句话。”

瑞德转过头，再次看着桌子。他打了个哈欠，直起身走开了。鹰钩鼻的男人还在这里，瑞德走到他身边，从他身边挤过去，差点把他撞倒，“嗨，奥伦森。”

奥伦森满眼怒气地看着他，理了理帽子，往地上啐了一口痰。

直到他离开后，我才离开游戏屋，往铁轨后面的停车场走去，我把车停在那里了。

我驱车来到好莱坞大道，把车停好，回到了公寓。

我脱掉鞋，穿着袜子到处转悠，体会着脚趾出来的触感。有时，它们还是会麻木无感。

接着，我坐在床边，试着去估算时间。但是却不了了之。要找到马洛伊，可能需要几个小时，也可能需要好几天。除非警察抓到他，当然必须是活着的，不然也许我永远也找不到他。

39

10 点钟左右的时候，我在贝城拨通了格雷利家的电话。我原本还担心现在联系她可能太晚了，不过并不晚。之所以这样认为，是因为刚接通电话的是一名女仆，然后转接给男管家，最后才听到她的声音。她的语气很轻快，显然已经为晚上的约会准备妥当。

“我说过我会给你打电话的。”我说，“虽说有一点点迟，但是我还是给你打电话了。”

“身边站着的是谁？”她的声音突然变得冷冰冰的。

“没有人，你的司机下班了吗？”

“他的工作时间由我定。”

“能顺便接我一下吗？我得穿正式点。”

“你真行，”她懒洋洋地说，“我真的让你觉得讨厌吗？”

如果她以前真的有口音的话，阿姆托尔确实把她的发音纠正得很到位。

“我将给你看我的刻画。”

“仅仅是刻画？”

“这只是一间单身公寓而已。”

“我听他们说起过，”她的语气还是漫不经心的。她突然提高了语调，“不要太谦虚了，你的身材很棒，先生，而且别让他人告诉你你的过人之处。再说一次地址吧，先生。”

我念了一遍地址和门牌号：“大厅的门已经锁了，不过我会为你下楼开门的。”

“你真好，”她说，“我可不会带铁棍来。”

她挂了电话，我突然涌起一种奇怪的感觉，好像刚刚跟我聊天的那个是不复存在般。

我走到大厅打开门，然后上楼洗了个澡，穿上我的睡衣躺在床上。我觉得我可以睡上一周。我挣扎着从床上爬起来，把刚刚忘记关上的门掩好，穿过冷森森的客厅走近厨房，拿出两个杯子和一瓶珍藏许久的苏格兰威士忌。

我再次躺在床上，大声说道：“祈祷！除了祈祷，别无他求。”

我闭上眼，四周的墙像船一样飘动，空气里的雾像是要滴出水来，海风阵阵袭来。我闻到了废旧船舱的酸臭味，我还闻到了润滑油的味道，一个身穿紫衬衫的男人带着祖父传下来的眼镜，坐在电灯泡下面读报纸。我爬了好久才到了通风管道的铁栏处。我爬上了喜马拉雅山，站在山顶，一群家伙举着枪围着我。我说了什么，莫名其妙地，每一个黄眼睛的人都是敲诈犯，甚至更坏。我想到了那个紫眼睛红头发的大个子，他可能是我见过最好的人了。

我收起思绪，光束在我闭上的眼睛里转动。我在太空迷失了，不顾危险地往前冲，猛然回头，才发现自己像个傻瓜一样做着无用功。我就好比一百元一包的炸药，爆炸的时候却无声无息。我是那只沿着市政厅墙壁攀爬的粉红色虫子。

我渐渐睡着了。

我悠悠地醒来，满腔不情愿，呆呆地盯着天花板上灯泡的光芒。有人在房间里走动。

这个声音听起来神神秘秘，安静却沉重。我静静地听着，然后慢慢转过头，看着驼鹿马洛伊。那是一处阴影，他在阴影中挪动，就像我之前见他的那次那样悄无声息。他拿着泛着暗色油光的枪，帽子挂在脑后的卷发上，像猎狗的鼻子嗅着什么东西。

他看着我睁开了眼，轻手轻脚走到了我的床边，站着俯看我。

“我收到你的纸条，”他说，“这里已经被我清理干净了，外面没有警察。如果这里是一间工厂，有两个家伙已经被我装进篮子里了。”

我躺在床上微微扭了扭身体，他对枕头十分敏锐，快速地搜查了一遍。他的脸仍然很大，面色苍白，深邃的眼睛仍旧充满着温柔。他穿着一间深黑色外套，看起来很衬他，就是肩缝露出了一点线头，可能是刚刚太兴奋了。这衣服有可能是店里最大的型号了，但是对于驼鹿马洛伊来说还是太小了。

“我希望你有时间能顺道拜访一下我，”我说，“不会有警察知道这件事的。我不过想见你一面而已。”

“说下去。”他说。

他走到桌子另一边，把枪放下，脱下外套坐在我最舒适的椅子上。椅子发出嘎吱嘎吱的声音，不过还是能承受住。他慢慢地向后仰，把枪放到右手能最快拿到的地方。他从口袋里拿出一盒香烟，摇了一根出来，直接含在嘴里，接着用大拇指划燃火柴。香烟的刺鼻味一下子就充斥了整个房间。

“你既没有生病，也没有怎么样？”他说。

“不过休息一会儿，今天太累了。”

“门是开着的，在等人？”

“一位夫人。”

他一言不发地盯着我。

“可能她不会来了，”我说，“如果她来了，我会尽量让她多待一会儿。”

“哪位夫人？”

“噢，不过是一位夫人罢了。我会让她离开的，我更想和你谈一谈。”

他脸上的笑容看起来很勉强，吃力地抽着烟，对他粗大的手指来说，这根烟太小巧了，很难把握。

“你为什么会认为我在蒙特西托号上？”他问道。

“一个贝城警察提醒了我，这个故事说来话长，而且几乎全是推测。”

“追捕我的贝城警察？”

“这会让你觉得厌烦吗？”

他再一次勉强地笑了笑，轻轻地摇了摇头。

“你杀了一个女人，”我说，“一个叫杰西·弗洛里安的女人。哦，你的做法太蠢了。”

他沉思了片刻，点点头，轻声说道：“我确实做过。”

“但奇怪的是，我并不害怕你。你不是杀手，你不想杀她的，中央大街的那起杀人案，应该不是出自你所愿。但是也没有必要把一个女人的头往床柱上撞，直到她的脑浆溅了她满脸吧。”我说。

“伙计，你尽说些什么鬼话。”他轻声说道。

“这种手法我曾经遇到过，”我说，“我也没有看出任何不同之处。你不想杀她，不是吗？”

他的眼神焦躁不安，他的头高昂着，保持着聆听的状态。

“那时你没有控制好自己的力量。”我说。

“太迟了。”他说。

“你想从她嘴里打听些什么，”我说，“你掐住她的脖子，使劲摇她。当你用她的头撞击床柱时，她已经死了。”

他死死地盯着我。

“我知道你想从她嘴里探听什么。”我说。

“继续说。”

“我们发现她的时候，有一个警察和我一起的，所以需要把这些事情理清楚。”

“怎样理清楚？”

“只不过是简单的理理罢了，”我说，“但是不是在今晚。”

他盯着我，“好吧，你是从哪里知道我在蒙特西托号上的？”他又一次问了我这个问题，我还以为他忘了。

“我不知道，不过离开这里最简单的方式就是水路。在贝城地下组织的掩护下，你能够上得了其中一辆赌船。在那里，如果有人帮你，就能给你清白。”

“莱尔德·布鲁内特是个好人，”他的声音听起来很虚无，“我只是听说而已，从来没有和他说过话。”

“他给你传达的信息。”

“该死的，他有一大堆方式来传你的话，伙计。我们什么时候开始做你说的那件事？我有预感你可能会离开，否则我不会冒着风险到你这里来。我们要去哪里？”

他掐灭了烟，看着我。他的影子映在墙上，也是一个大个子。他的身影太高大了，反而像是假的一样。

“是什么让你认为是我杀了杰西·弗洛里安？”他突然问道。

“她脖子上留下的手痕。事实上，你已经从她那里得到了你想要的，但是你太强壮了，所以错手杀了她。”

“那些浑蛋把我拉下了浑水。”

“我不知道。”

“我想从她口中探听什么消息？”

“你想她可能知道维尔玛在哪里。”

他沉默不语地点点头，继续看着我。

“但是她不知道，”我说，“维尔玛对她来说太聪明了。”

轻轻的叩门声响起。

马洛伊往前靠了靠，笑着拿起桌上的枪。有人握着门把手试着推开门。马洛伊慢慢地站起来，弯下腰听着门外的动静，接着他回过头，视线从门上移到我的身上。

我从床上坐起来，脚踩在地上站起来，马洛伊静静地看着我，一动不动。我朝门走去。

“是谁？”我贴着门问道。

果然是她的声音，“开门，笨蛋，是我，温莎公爵的夫人。”

“请等一下。”

我回过头看着马洛伊，他的眉头紧皱。我走到他身边，小声说道：“没有别的路出去，你先到床后面的更衣室等我，我尽快把她赶走。”

他听了我的话后想了想，我看不懂他的表情。他是一个很少失败的男人，也从来不明白害怕为何物，甚至这些都不能完全构建他巨人般的身躯。最后他点点头，拿起他的帽子和外套，轻声走到床后面的更衣室里。他关了门，但是却不够牢靠。

我四处检查了一下他留下的痕迹，除了一个不能辨识主人的烟蒂，其他什么也没有。我走到门边，开了门。因为马洛伊进来的时候把门闩拴上了。

她似笑非笑地站在门外，披着她曾经告诉过我的高领白狐狸毛披风。翠绿色的耳饰悬挂在脸颊两侧，都快被白色的狐狸毛淹没了。她的手里拎着小巧的晚宴包。

当她看到我时，脸上的笑容消失殆尽，从上到下打量着我，眼里一片冰冷。

“就是这个样子？”她冷冷地说，“睡衣和家居服，向我展示你漂亮的刻画？我太傻了！”

我站在一边握着门把手，“不是这样的，我正在换衣服的时候一个警察来了，他刚走。”

“兰德尔？”

我点点头，尽管是点头，但是谎言依旧是谎言，不过这个谎无伤大雅。她犹豫了一下，从我身边走过，香水味扑面而来。

我关上门，她慢悠悠地走到房间里，眼神空洞地盯着墙出神，突然一下转过身来。

“我们彼此了解一下对方吧，”她说，“我并不是一个易于征服的人，我也不是为了一夜风流而来，我这一生有太多的时间去拥有它。我喜欢一件事情做得干净漂亮，不留下丝毫痕迹。”

“走之前要喝点酒吗？”我倚着门看着她。

“我有说过要离开吗？”

“我感觉你并不喜欢我这里。”

“我只是想表明我的观点，虽然听起来有点粗俗，但我不是那些乱七八糟的婊子。我可以像那样子，但是，不是通过这样的方式。呃，是的，我要喝点儿酒。”

我走进厨房，颤抖着双手调制了两杯酒。我端着它们出来，递了一杯给她。

更衣室没有发出任何声响，甚至都没有呼吸的声音。

她端起酒杯抿了一口，又静静地望着远处的墙，然后说道，“我讨厌男人穿着睡衣见我。不过可笑的是，我竟然喜欢你穿着睡衣的样子。我太喜欢你了，都超出了我的控制。有时我竟会重温这些事情。”

我点点头，喝了一口酒。

“大部分的男人都是令人讨厌的动物，”她说，“事实上，如果你问我的话，我会说这个世界相当污秽。”

“钱是万能的。”

“当你缺钱的时候，你总是想要得到它。可是，有钱后，也会遇到新的问题。”她带着奇怪的笑容，说道，“到时，你会忘记以前那些那么难以解决的老问题。”

她从包里掏出一盒镶金边的香烟，我探过身去帮她点燃火柴。她眯着眼看着自己吐出的一团如同羽毛般的烟雾。

“坐到我旁边来。”她突然说道。

“我们先聊聊吧。”

“聊什么？噢，我的翡翠？”

“聊杀人案吧。”

她脸上的表情毫无动摇，缓缓地吐出另一口烟雾。“这个话题很恶心，我们必须聊这个吗？”

我耸耸肩。

“林赛·马里奥特不是什么好人，”她说，“但是我一直不想谈论这件事情。”

她十分冷静地盯着我好长时间，接着将手伸到她打开的提包里，拿出一条手帕。

“就我看来，他应该不是珠宝抢劫案的线人。”我说，“警察做了很大假设，觉得他不是线人。甚至，我的直觉也告诉我他不是勒索者。很可笑，是不是？”

“是吗？”她的声音突然非常非常冷漠。

“好吧，也不见得，”我顺着她的话说，仰头喝完了杯中的酒，“格雷利太太，你能来真的是太好了，不过我们好像破坏了彼此的心情。就好像，我并不认为马里奥特是被一群人杀害的。我也不认为他去峡谷是为了赎回那条翡翠项链。我甚至都不相信那条翡翠项链是真的被抢了。我想，他在那个峡谷是被谋杀的，尽管他还认为他在协同犯罪。但是马里奥特确实是一个非常残忍的凶手。”

她向前靠了一点点，笑容也变得呆滞起来。她没有任何改变，却让我突然觉得不那么漂亮了。她看起来就像是一个活在一百年前的危险人物，有着二十年前的胆量，但是如今也不过是好莱坞大道的一个 B 级女演员。

她一言不发，右手轻轻地敲着晚宴包的纽扣。

“凶手是个心狠手辣的人，”我说，“就像是莎士比亚笔下《查理三世》里面的第二个凶手。那个家伙铁石心肠，但是十分贪财，到最后都没能完成任务，不过是因为他不能够克制他的情绪。像这样的谋杀犯非常危险，他们务必会被抹杀掉，哪怕是用铁棍。”

她笑道，“按照你的猜想，他到底想杀谁？”

“我。”

“这简直是天方夜谭，有人会恨你恨到如此地步？还有，你说我的翡翠项链没有被抢，你有证据吗？”

“我可没说我有证据，我只是推测罢了。”

“那你还像个傻瓜一样说这些？”

“证据是一些相关的事情，”我说，“能够占据绝对性优势，而且跟他们袭击你有关系。他要杀我的动机很简单，仅仅是因为我在中央大道去追查一个曾经的酒吧歌手时，一个名叫驼鹿马洛伊的犯人刚出监狱里放出来，也在寻找她。显然，我是在帮他找那个女孩子，而且，我可能会找到她。或许这值得马里奥特煞费苦心地演戏，然后将我杀害，而且是一击即中。不过，显然他没有完全相信，因为一切并不像你们预料的那样。但是，杀马里奥特的动机很明确，因为他不忠于虚荣心、爱欲、贪婪，以及三者都有，那么就相当于没有利用价值。他害怕了，但是不是为了他自己。他害怕自己成为罪犯的同伙，害怕会被判刑。于是他为了生存，抓住了这次机会。”

我沉默了，她点点头，接着说道：“如果我知道你在说什么的话，那肯定十分有趣。”

“有人会明白的。”我说。

我们盯着彼此，她再次伸出右手在包里摸索着。我有一个好想法，不过还不是时候说，每件事都得讲究出场顺序的。

“不开玩笑了，”我说，“这里就我和你，我们都说到了彼此都反感的话题，那么大家扯平了。出身乡野的女孩成为了千万富翁的妻子。这个时候，一个老妇人认出了她，可能是在收音机里听过她唱歌，认出了这个声音，然后去见了她。这个老妇人被要求保守秘密。但是她太好控制了，因为她只知道一点点。但是安排她生活每月给她钱，而且持有她家的房产委托书，能够随时随地将她扔进下水沟的那个男人知道所有的事情。他就值钱多了。但是只要没有人知道这个事情，也不会有任何问题。但是有一天，一个名叫驼鹿马洛伊的大块头从监狱里出来了，开始寻找他从前的爱人。因为他还爱着她，一直都深爱着她。这让一切变得有趣，而且充满了悲剧色彩。在那个时候，一名私家侦探也开始找这个女孩。这些薄弱环节衔接在一起，马里奥特也不再有价值了，反而成了一个危险品。他们会把他抓起来，大卸八块。他那样的年轻人，就快要承受不住危险的压力了。所以在他崩溃之前，就被铁棒打死了。而且，凶手就是你！”

她从包里抽出一把枪来，笑着用枪指着我。而我什么也不能做。

但这不意味着所有。驼鹿马洛伊手里拿着45口径的柯尔特手枪从更衣室走了出来，手枪在他的大手里看起来像玩具一样。

他完全没有看我，死死地盯着卢因·洛克里奇·格雷利太太。他微微向前探着身体，看着她微笑，温柔地对她说，“我记得这个声音，我听了这声音八年，我能记住这声音的一丝一毫。可是，我更喜欢你红头发的样子。嗨，亲爱的，好久不见。”

她将枪口转向马洛伊。

“该死的！离我远点！”她说道。

他停下来脚步，离她不过几英尺，呼吸变得急促，握着枪的手垂到身侧。

“我没想到，”他轻声说道，“这么快就见到你了，太出乎意料了。是你，我的小维尔玛，把我出卖给警察了。”

我对着她扔了一个枕头，不过还是太迟了。她对着他的肚子射了五枪。开枪的声音竟然还没有戴手套的声音大。

接着，她转过枪对着我射击，好在枪里的子弹已经耗尽了。她扑向马洛伊掉在地上的枪。这次我扔的枕头恰到好处。我走到床边，在她从枕头中挣扎出来之前打晕了她。我捡起地上的枪，握着它再次走到床边。

马洛伊摇摇晃晃地站立着，他的嘴唇抽搐着，双手哆哆嗦嗦地捂着肚子。他慢慢地跪在地上，脸朝下地倒在床的一边，沉重而缓慢的呼吸声响彻整个房间。

在她醒来之前，我手里拿着电话往外拨。她的眼睛里泛着死灰，像冻结了的水，奔出了房间。我没有试图拦下她，任由她撇下敞开的大门。当我打完电话以后，我起身把门关上。我把马洛伊的头微微地转向一旁，以保他不会窒息而死。他还活着，但是哪怕是驼鹿马洛伊这样强壮的人，肚子上挨了五枪也不可能活太长时间的。

我走到电话旁，给兰德尔的家里打去：“马洛伊在我的公寓，”我说，“格雷利太太给了他肚子五枪，我已经给医院打了急救电话，但是她逃走了。”

“所以你最好放聪明点。”他话音一落便挂下电话。

我再次走到床边，马洛伊仍旧跪立在床边，试着站起来，床单被他抓成一团。他的脸颊全是冷汗，眼睑微微颤抖，耳垂渐渐乌黑。

当救护车来时，他依旧跪着，挣扎着想要站起来。四个人抬着他上了担架。

“如果用的是25口径的手枪，他还有机会活着，”急救医生在他离开前说道，“这全得根据里面的伤情决定。但是他还有机会活着。”

“他可能不想要这个机会了。”我说。

他确实放弃了这个机会，当天夜晚，就去世了。

40

“你应该举办一场晚宴，”安妮·里奥尔坐在棕褐色花纹的小地毯上，看着我说，“金光闪闪的银器和水晶饰品，色彩明亮的亚麻布——如果他们能在晚宴上用到亚麻布的话。在烛光下，女人们穿金戴银，男人打着白领带，仆人托着有包装的酒在宴会中盘旋，警察穿着租来的晚礼服总觉得不舒服，但是谁不是这样呢。这些嫌疑人带着居心叵测的笑容，手焦躁不安地乱动，你在长桌的最前端把所有的事情和盘托出。与此同时，你的笑容越发地迷人耀眼，说着蹩脚的地方英语，就像菲洛·万斯。”

“是的，”我说，“当你变聪明的时候，我手里是要准备一些东西送给你，怎么样？”

她走进了厨房，里面传来冰块的咯咯声，一会儿，她端着两只高脚杯出来，坐了下来。

“这些酒应该能换点猛料吧。”她说着抿了一小口。

“男管家突然昏倒了，”我说，“不过他可不是被谋杀了，仅仅是单纯的晕倒了。”

我喝了一口酒：“这可不是平常的故事，一点也不轻快灵动，反而充满了血腥和黑暗。”

“所以，她逃跑了？”

我点点头：“目前为止，是的，她没有回家。她肯定有一个藏匿点，能够让她换衣服和改变样貌。毕竟她像海员一样，四处都面临着危险。她来见我时是孤身一人，没有司机。她自己开了一辆小车来的，不过逃跑的时候，把车扔在距离这里几个街区以外的地方了。”

“他们会抓到她的，如果他们尽力而为。”

“别这样说，王尔德是个蛮靠谱的地方检察官，我曾经在他手下做过事。但是如果他们抓到了她，下一步该怎么办呢？他们面对的可是2000万元的身价和一张漂亮的脸蛋，李·法雷尔或是伦莱凯姆特。很难证明她杀了马里奥特。他们只能确认她有杀人动机，以及以前的生活情况罢了。如果他们能够追查，她有可能没有犯罪记录，或者，她会用其他的方式来处理。”

“马洛伊怎么样了？如果你以前就告诉我，我立马就能知道她是怎么样的人了。顺便问一下，你是怎么知道的？这两张照片里的女人可不一样。”

“我也不知道。我只是怀疑可能老弗洛里安知道他们把她的照片换掉了，当我把那张带着维尔玛·瓦伦托签名的照片拿给她看时，她看起来有点惊讶。但是她有可能只是知道而已，也许她想留着后面以高价卖给我这个消息。因为她知道马里奥特用其他女孩替换掉维尔玛的照片，这没有什么坏处。”

“这仅仅是猜测而已。”

“一定是这样的。正如马里奥特找到我，自编自演地导了一出赎回首饰的戏码，无非是因为我在弗洛里安太太家里看到了维尔玛的照片。当马里奥特被杀害，无疑是因为他是这件事情最危险的地方。弗洛里安太太甚至都不知道维尔玛已经成为卢因·洛克里奇·格雷利太太了，她也不可能知道。他们只花了很少的钱就能封住了她的嘴。格雷利说他们在欧洲结的婚，可是，格雷利太太已经用维尔玛的名字结过一次婚了。格雷利没有说出时间和地点，也没有说出她的真名，更没有说出她从哪里来。我想他可能真的不知道，但是警察不相信他说的。”

“为什么他不说出来？”安妮·里奥丹用手托着下巴，阴影里的双眼盯着我。

“他太痴迷于她了，以至于都不在乎她曾经坐在谁的腿上。”

“我想她可能喜欢坐在你的腿上。”安妮·里奥丹的语气酸酸的。

“她在玩我，不过也有点怕我。她之所以不愿意杀我，是因为杀死一个工作性质类似警察的人还是很棘手的。但是，她在最后是真的想杀了我，就好像如果马洛伊没有帮她杀掉杰西·弗洛里安，她也会杀了她一样。”

“被金发碧眼的美女玩弄一定很有趣吧，”安妮·里奥丹说，“即使有一点危险，但是通常不都是这样的吗？”

我无言以对。

“我想，就算她杀了马洛伊，那些警察也做不了什么，因为他身上有枪。”

“不，不会如她所愿的。”

那对金色的眼睛严肃地看着我：“你的意思是她本来就想杀死马洛伊？”

“她很怕他，”我说，“她八年前背叛了他。他可能知道这件事，但是还是不想伤害她，一如既往地爱着她。是的，她可以杀掉任何她想要杀的人，她有理由这样做。但是你不能在不确定的情况下就妄下断言。她在我的公寓想要杀了我的时候，那把枪里已经没有子弹了。她应该在杀害马里奥特的峡谷里就把我杀掉。”

“他太爱她了，”安妮轻声说道，“我是指马洛伊。他不在乎他在监狱的时候，她六年没有给他写过信，也没有去探望他。他也不在乎她为了赏金出卖了他。当他出狱后的第一件事就是买了漂亮的衣服去见她。然后她给他的见面礼却是五发子弹。他虽然杀了两个人，却因为爱情。这个世界啊！”

我喝完了杯里的酒，带着渴望的表情看着她，希望再来一杯。然而她却忽视了，说道，“而且格雷利先生一点都不在乎她口中的过往。他在她用了另外一个名字结婚的前提下与她结为夫妻，卖掉了他的电台只为了斩断任何可能认出她的可能性，他给了她所有能用钱买到的东西，然而她的回报是什么呢？”

“这很难说清楚。”我摇晃着杯底的冰块，这还是没能给我换回一杯酒，“我想，她给了他骄傲。一个老男人，有着如此年轻漂亮时髦的老婆是一件非常骄傲的事情。更何况，他深爱着她。我们到底在说什么？事情总是这样发生着，她到底做了些什么，和谁一起鬼混，甚至是她曾经怎样都完全不影响他对她的爱。”

“就像驼鹿马洛伊。”安妮静静地说道。

“我们去乘船吧。”

“你还没有告诉我布鲁内特的事情，还有大麻里的名片、阿姆托尔和桑德伯格医生，以及那些让你破案的小线索呢。”

“我给了弗洛里安太太我的名片，她放在了潮湿的玻璃杯上面。后来那张名片在马里奥特的口袋找到，还带着湿润后玻璃印的痕迹。马里奥特是一个蛮整洁的人。这就是一条线索，一旦你怀疑一件事情，你很容易找到其他的关联，就像是马里奥特身上有着弗洛里安太太的房产委托信，仅仅是为了确保她守口如瓶。而阿姆托尔，是个彻彻底底的浑蛋。他们在纽约宾馆抓到了他，说他是一名国际通缉犯。伦敦警察厅有他的作案记录，巴黎也有。不过，我不太清楚那些警察是在昨天还是前天知道这件事的。这些家伙在想做什么事情的时候动作蛮利索的。我想兰德尔已经听了好几天的录音带了，怕我踩碎这些录音带才没有告诉我的吧。但是阿姆托尔确实没有杀人。再说桑德伯格吧。他们至今还没有找到桑德伯格，他们认为他有前科，但是不确定以前是否逮捕过他。而布鲁内特，你不会从他那里得到任何东西的。他们在开庭前逮捕了他，但是他以宪法权利为由拒绝承认任何事情。他一点都不担心他的名誉。但是在贝城还是有不小的变动。局长被抓，一半的刑警被降为巡警，还有一个名叫瑞德·诺加德的好警察，就是之前帮我上蒙特西托号的那个家伙恢复原职了。市长做的这些事情，在紧急关头，改变了市民心中的形象。”

“你一定要像这样说话吗？”

“这是莎翁的格调，再让我喝一杯后，我们去乘船吧。”

“你喝我的吧。”安妮·里奥丹说完站立起来，端着她那杯丝毫未动的酒走到我面前。她端着酒站在我身前，大大的眼睛里带着点儿害怕。

“你真厉害，”她说，“十分勇敢和果断，而且只是为了那么一点儿钱。每个人都用棒球棒打你的头，掐着你的脖子，打你的下巴，给你注射麻醉剂，但是你在他们所有人都疲惫不堪的时候，还是坚持着寻找真相。是什么支撑着你，让你这么伟大的？”

“继续说，”我大声说道，“我喜欢听赞美之词。”

安妮·里奥丹沉思了片刻，说道：“该死，我想吻你了！”

41

三个月后警方终于抓到了维尔玛。警察不相信格雷利先生不知道她去了哪里，没有帮助她逃跑。所以这个城市的每个警察和新闻记者都死死盯着那些能用钱把人藏起来的地方，但是并不是钱藏住她的。直到她被捕，人们才知道她躲藏的地方相当明显。

一个晚上，巴尔的摩市的一个有着过目不忘本领的侦探像一只稀有的粉色斑马游荡在一家夜总会。伴着乐队的演唱，他看到了一个有着漂亮黑发、像火炬般黑眉的歌手在唱歌。他被她脸上的某种东西打动了，这种震撼一直持续着。

他回到警局，翻出所有的通缉文档，开始一篇篇寻找。他花了很长时间去读他需要的那份文档。然后他把帽子戴正，再次走进了夜总会，找到了经理。他们把他带到了舞台后的更衣室，经理推开其中一扇没有锁的门。这个侦探把经理推到一边，走了进去锁上了门。

他肯定闻到了大麻的味道，因为她正吸着，但是他完全没有留意到这点。她坐在三角镜前，打理着头发，描着她未经涂抹的眉毛。这个侦探笑着走过房间，递给她一份资料。

她肯定看到了那份资料上的照片，那是侦探从警局的通缉文档上撕下来的。当她看着这份资料时，考虑了一下。侦探翘着二郎腿坐在旁边，点燃一根烟。他有着一双慧眼，不过不够专业，不够了解眼前的这个女人。

最终，她笑着说道："你是一个十分聪明的警察，我知道你们可能会认出我的声音，之前一个朋友就因为听到了收音机里的声音，认出了我。但是我和这个乐队组合唱了一个月的歌，而且每周在收音机里播放两次，却没有任何一个人认出我来。"

"我没有听过你的声音。"这个侦探保持着微笑，说道。

她说："我想我们可能在这一点上很难统一意见。你知道的，如果你选择正确的话，你会得到许多钱的。"

"我不会这么做的，"这个侦探说道，"抱歉。"

"那我们走吧。"她说着站起来，拎着包，取下衣架上的外套。她拿着外套走到他身边，示意他帮她穿上。他站起来，像一个绅士一样帮她拿着外套。

她转过身去，从包里拿出一把枪，对着他连开三枪，子弹穿过他举起的外套。

当警察撞开门时，她的枪里还留着两发子弹。她在他们走到身边之前用了两发子弹，不过第二发子弹纯属条件反射。他们在她倒地之前扶住了她，但是她的头已经垂下去了。

“那个侦探第二天就去世了。”兰德尔告诉了我这些事，“在我们给他注射麻醉剂前，他把他知道的都说了。我不明白他为什么那么粗心，除非他真的想要和她达成某种交易，那个念头扰乱了他的思绪。但是，显然我不想那么认为。”

我告诉他，我也是这样想的。

“她朝着自己的心脏开了枪，而且还是两枪。”兰德尔说，“但是我听专家说，从头到尾保持着意识那是不可能的。还有，你知道其他的事情吗？”

“什么事？”

“她射杀侦探的行为蠢爆了。我们没有定她的罪，不是因为她的相貌、金钱和那些位居高位者施加的压力。这个可怜的小女孩，从一个酒吧歌手熬到成为有钱人家的太太，而那些认识她的贪婪之徒也不让她安宁。哦，该死的，像这样的事情，伦奈卡姆在法庭上已经遇到六个穿着邋遢、假惺惺地哭泣的老妇人，她们这些年一直勒索她。从这个角度看来，你阻止了这样的情况再次发生，而且法官会审讯她们的。维尔玛做得聪明的事情是独自一人逃跑，没有让格雷利先生参与其中，但是她被抓住时最聪明的做法是回家。”

“噢，现在你相信她让格雷利置身事外了吧。”我说。

他点点头。

我说：“你认为她这样做是因为别的原因？”

他看着我，“无论如何，我会查到它的。”

“她是个杀手，”我说，“但是就算是马洛伊，也是因为许多事情最终变成坏蛋的。可能这个巴尔的摩市的侦探并没有履历上写的那么干净。可能她看到了除了逃跑的其他机会，她已经很厌烦四处躲藏的日子，但是那是给那个唯一给过她尊严的男人一个回报。”

兰德尔微张开嘴，看着我，眼里带着怀疑。

“该死的，她完全没有必要去枪杀那个侦探。”他说。

“我从未说过她是一个圣人或是一个不太干净的女孩子，也永远不会这样说。如果不是把她逼入绝境，她不会选择自杀的。但是她的所作所为，回去肯定会受到审讯的。仔细想想，谁会被这场审讯伤得最深？谁最不能承受这样的事情？而且，不论输赢还是平局，谁会为此付出最大的代价呢？是一个为爱丧失理智的老男人，但是他人太好了。”

兰德尔的语气颇为刻薄：“这不过是感性的推测罢了。”

“是的，我说的听起来确实像是如此。可能所有的推测都是错误的。不用管它了。我的粉红色小虫回到这里了吗？”

他不知道我说的是什么。

我走过市政厅前的台阶，来到在大街上。今天的天气十分凉爽，空气清新，能够看到远处的路，但是远没有维尔玛走的那条路遥远。

图书在版编目（CIP）数据

再见，吾爱 /（美）钱德勒著；张晓玲，秦怡译．—北京：现代出版社，2016.3

ISBN 978-7-5143-4448-6

Ⅰ. ①再… Ⅱ. ①钱… ②张… ③秦… Ⅲ. ①推理小说－美国－现代 Ⅳ. ① I712.45

中国版本图书馆 CIP 数据核字（2015）第 319660 号

再见，吾爱

作　　者	【美】雷蒙德·钱德勒
译　　者	张晓玲　秦　怡
责任编辑	赵海燕
出版发行	现代出版社
通讯地址	北京市安定门外安华里 504 号
邮政编码	100011
电　　话	010-64267325　64245264（传真）
网　　址	www.1980xd.com
电子邮箱	xiandai@vip.sina.com
印　　刷	三河市南阳印刷有限公司
开　　本	890mm × 1240mm　1/32
印　　张	10.5
版　　次	2016 年 3 月第 1 版　2016 年 3 月第 1 次印刷
书　　号	ISBN 978-7-5143-4448-6
定　　价	38.00 元

FAREWELL MYLOVELY

寻找唯一的真相